GOLDMANN

Buch

Kriminalinspektor Napoleon Bonaparte arbeitet an einem neuen Fall. Bony spielt Katz und Maus mit einem gefährlichen Mörder. Ohne erkannt zu werden, bringt der berühmte Inspektor den skrupellosen Verbrecher zur Strecke.

Autor

Arthur W. Upfield, geboren 1888 in England, wanderte nach Australien aus und bereiste per Anhalter diesen Kontinent. Seine dabei als Pelztierjäger, Schafzüchter, Goldsucher und Opalschürfer gewonnenen Erfahrungen fanden Eingang in 28 Kriminalromane. Hauptfigur ist der sympathische Inspektor Bonaparte, der mit faszinierender Findigkeit verzwickte Situationen und menschliche Probleme zu entwirren versteht. Upfield starb 1964, und *Reclams Kriminalromanführer* meint zu seinem schriftstellerischen Lebenswerk: »Seine Krimis gehören zum Besten, was die australische Literatur zu bieten hat.«

Von Arthur W. Upfield im Goldmann Verlag:

Bony kauft eine Frau. 236 · Bony übernimmt den Fall. 2031 · Bony und die Todesotter. 2088 · Bony und die weiße Wilde. 1135 · Bony wird verhaftet. 1281 · Das rote Flugzeug. 5158 · Der Pfad des Teufels. 5195 · Der schwarze Brunnen. 224 · Der sterbende See. 214 · Der streitbare Prophet. 232 · Die Giftvilla. 5903 · Die Junggesellen von Broken Hill. 241 · Die Witwen von Broome. 142 · Ein glücklicher Zufall. 1044 · Fremde sind unerwünscht. 1230 · Gefahr für Bony. 2289 · Höhle des Schweigens. 5147 · Tödlicher Kult. 5132 · Viermal bei Neumond. 4756 · Wer war der zweite Mann. 1208

Arthur W. Upfield

Bony und die Maus

Kriminalroman

aus dem Englischen
von Arno Dohm

GOLDMANN VERLAG

Originaltitel: »Bony and the Mouse«

Umwelthinweis:
Alle bedruckten Materialien dieses Taschenbuches
sind chlorfrei und umweltschonend.
Das Papier enthält Recycling-Anteile.

Der Goldmann Verlag
ist ein Unternehmen der Verlagsgruppe Bertelsmann

Umschlaggestaltung: Design Team München
Umschlagmotiv: Süddeutscher Verlag Bilderdienst, Hubertus Kanns
Druck: Elsnerdruck, Berlin
Krimi 1011
AB · Herstellung: sc
Made in Germany
ISBN 3-442-01011-X

7 9 10 8 6

I

Wer das Flugzeug bei Golden Mile in Westaustralien verläßt, mit der Bahn nordwärts bis Laverton fährt und von dort einem kaum erkennbaren Weg durch Busch und Steppe noch hundertfünfzig Meilen weit folgt, kommt in das Land von Melody Sam.

Kriminalinspektor Napoleon Bonaparte reiste unter falschem Namen auf einer anderen Route, da er guten Grund hatte, dieses Gebiet lieber unerkannt zu betreten. Es war ein klarer, heißer, windiger Tag, als sein Blick von einem kleinen Plateau zum erstenmal auf Sam Loaders Reich fiel. Er sprang vom Pferd und studierte die Landschaft. Dieser Steilabfall war der granitene Rand einer riesigen Senke, in der Mulgabäume einen Wald bildeten.

Jenseits der vielen Quadratmeilen Mulgawald, am östlichen Horizont, lag breit hingestreckt der Bergzug Bulows Range, unter dem hellblauen, flimmernden Himmel nur ein blaßgrauer Fleck. Bony erkannte einen Förderturm, der aus der Ferne einem abgebrannten Streichholz glich, und die Konturen des mindestens noch zehn Meilen entfernten Städtchens Daybreak. Das also war das Land von Melody Sam, das Ziel dieses Reiters, dessen Beruf darin bestand, Übeltäter zu überführen.

Der heiße Nordwind zauste die Mähne seiner braunen Stute und die des Packpferdes.

Wieder im Sattel, ritt der Mann, den seine Freunde ›Bony‹ nannten, den Hang hinab und durch den Wald, dessen Bäume etwa acht Meter hoch und alle von gleicher Größe waren.

Bony überquerte mit seinen Pferden eine parkettähnliche Fläche von hellrot und tiefschwarz gemusterter Erde. Durch die oberen Zweige der Mulgabäume fuhr brausend der Wind, aber er konnte die grüne Masse nicht bis nach unten durchdringen. Da am Boden nichts wuchs, war kein Tier zu sehen. Ganz ohne Unterholz, ohne Spinifex oder anderes Gras wirkte der Wald seltsam leer. Auf der Lichtung, die er schließlich erreichte, sprang er wieder aus dem Sattel. Die Pferde, die Wasser witterten, wieherten leise.

Bony fand das Wasser in einem tiefen Loch unter einem Haufen Felsbrocken. Ein Eimer lag daneben. So konnte er seinen Tieren zu trinken geben. Er löste die Sattelgurte, kochte Wasser in einem Topf und goß sich Tee auf. Im Schatten des Steinhaufens saß er, und war in Gedanken ganz mit seinem Auftrag beschäftigt.

Die Akten des Falles, die Protokolle, die Gipsabgüsse von Spuren und die Berichte der Kriminalbeamten – ein beängstigend hoher Stapel – hatten ihm ein ziemlich klares Bild von dem Ort und seinen Bewohnern vermittelt, die jetzt von rätselhaften Morden aufgestört waren. Daybreak war ein Städtchen, das ein einziger Mann gegründet hatte und offenbar allein beherrschte – einer, den alle Goldsucher und Erzfachleute in Westaustralien unter dem Namen Melody Sam kannten. Dreihundert Meilen von Kalgoorlie entfernt, und hundertfünfzig von der Endstation der Kleinbahn in Laverton lag dieses große Gebiet, das Sam Loader gehörte, ohne Grenzmarkierung, ungenutzt und von Goldsuchern kaum berührt.

Daybreak, ein Städtchen mit nur einer Kneipe, war ganz im Besitz von Melody Sam. Ihm gehörte auch der Laden, in dem es alles zu kaufen gab, was die Bewohner brauchten. Er unterhielt den Post- und Güterverkehr von und nach Laverton, er hatte die Kirche aus eigenen Mitteln errichtet und bezahlte den Pfarrer und hatte das Rathaus und die Schule gebaut.

Melody Sam – ein Magnat? Ein Diktator? Aus allem, was in den Berichten stand, ergab sich deutlich nur eins: Melody Sam wurde von allen Ortsbewohnern respektiert, um nicht zu sagen geliebt. Anscheinend schätzten sie nur eine einzige Besonderheit an ihm nicht so besonders: Er pflegte, ohne es vorher anzukündigen, mit seiner Geige die Hauptstraße auf und ab zu spazieren. Er spielte sehr gut, wenn auch nicht gerade moderne Melodien. Außerdem war er unberechenbar: Niemand konnte voraussagen, wann er mit einer neuen Saufperiode anfing, die oft viele Tage andauerte.

Drei Morde waren begangen worden: der erste an einer jungen Eingeborenen namens Mary, einem Schützling des Ortsgeistlichen und seiner Gattin. Man hatte Mary im Juli des letzten Jahres auf einem Fußweg beim Pfarrhaus tot aufgefunden, mit einem stumpfen Gegenstand erschlagen. Einen Monat später wurde Mavis Lorelli, die Frau eines Viehzüchters, der fünf Meilen vor der Stadt an der Straße nach Laverton wohnte, von ihrem heimkehrenden Mann erwürgt aufgefunden. Und im Januar dieses Jahres war der dritte Mord geschehen. Das Opfer war ein in der Stadt als Automechanikerlehrling beschäftigter junger Mann, dem die Kehle durchgeschnitten worden war.

Jetzt war es April, zehn Monate nach Ermordung des Mädchens, und die Polizei hatte nichts weiter erreicht als eine Sammlung von Gipsabgüssen der Spuren von geflochtenen Schuhen, die ein Mann getragen hatte, der mit dem rechten Bein etwas hinkte.

Erstaunlich war, wie viele in Daybreak wohnende Männer einen Schaden am rechten Bein hatten. Und als sonderbar fiel Bony auch auf, daß der im Gebiet um Daybreak lebende Eingeborenenstamm sich gerade wieder einmal auf einer seiner üblichen Wanderungen befand, als das junge Mädchen vor dem Pfarrhaus ermordet wurde. Nicht weniger sonderbar, daß auch zur Zeit der beiden anderen Morde der Stamm auf Wanderung gewesen war, so daß der die Fälle untersuchende Polizeibeamte einen eingeborenen Fährtensucher aus dem fernen Kalgoorlie kommen lassen mußte, der aber anscheinend nichts von Bedeutung festgestellt hatte.

Die Annahme, daß alle drei Morde von demselben Täter verübt worden waren, lag nahe. Seine Fußspuren hatte man sowohl am Ort des zweiten wie des dritten Verbrechens gefunden, was durch die Gleichheit der Gipsabgüsse einwandfrei bewiesen wurde. Im übrigen war kein Indiz von Wert vorhanden und auch kein Motiv erkennbar. Verdächtige? Nur einer – ein junger Mann namens Tony Carr, der bereits wegen mehrerer Delikte vorbestraft und derzeit beim Fleischer des Ortes beschäftigt war.

Also eine recht ungewöhnliche Situation. Kriminalinspektor Bonaparte weilte aus dienstlichem Anlaß in Perth und erfuhr davon. Am Abend vor seinem Aufbruch hatte ihn der Polizeidirektor zum Essen eingeladen und ihn mit den besten Wünschen verabschiedet, während seine Gattin Bony empfahl, in Daybreak bei ihrer Nichte, die dort Krankenschwester sei, vorzusprechen.

Schwester Emily Jenks war in den Akten oft erwähnt. Wachtmeister George Harmon war offenbar ein tüchtiger Mann, vielleicht etwas schroff in seinen Methoden. Eine Rolle in den Berichten spielten ferner der Ratsdiener sowie Katherine Loader, Sams

Enkelin, und ein gewisser Fred Joyce, der Fleischermeister, der als Arbeitgeber, Vormund und Erzieher des jugendlichen Delinquenten Tony Carr angegeben war. Außerdem wurden natürlich noch andere Personen erwähnt, darunter ein farbiger Eingeborener namens Iriti und ein Medizinmann mit dem Namen Nittajuri.

Jedenfalls war die Stadt so klein und waren die Beziehungen ihrer Bürger untereinander so eng verflochten, daß es unklug gewesen wäre, einen Kriminalinspektor von außerhalb offiziell dort erscheinen zu lassen. Ein umherziehender Pferdezureiter namens Nat Bonnar hatte gewiß bessere Erfolgsaussichten.

Bony schnallte die Sattelgurte wieder fest und verließ den Steinhaufen. Doch ganz in der Nähe schon erregten eine Anzahl offenbar von Eingeborenen nach bestimmtem Muster gelegte Steine seine Aufmerksamkeit. Diese Steine waren kreisrund und flach, durchweg von der Größe eines Suppentellers, und bildeten, in Abständen von etwa einem halben Meter gruppiert, zwei durch einen schmalen Gang verbundene Ringe. Der von dem Steinhaufen weiter entfernte war bedeutend größer als der andere. In ihm hätten zwanzig Männer stehen können, ohne einander zu berühren, in dem kleineren vielleicht zehn, während zwischen den als Verbindungsgang beider Ringe ausgelegten Steinreihen, die ungefähr hundert Meter lang waren, zwei Männer gut nebeneinander gehen konnten. Am jenseitigen Bogen des großen Ringes fehlten drei Steine, so daß man dort hineingehen und durch den Gang bis in den kleinen gelangen konnte, ohne über die Umgrenzung zu treten.

Ein von den Eingeborenen für feierliche Riten bestimmter Platz, ohne Zweifel. Die mit Sorgfalt ausgewählten Steine stammten nicht aus dieser Gegend. Warum hatte man Steine von weit her in den Wald geschleppt?

Noch etwas anderes regte Bony zum Nachdenken an. Die Abstände zwischen den weißen Steinen waren genau bemessen, und auf keinem entdeckte er Flugsand, während doch das Fehlen menschlicher Fußspuren bewies, daß hier seit längerer Zeit keine Zeremonien mehr vollzogen worden waren. Es war ein Platz, der sich gut geheimhalten ließ, denn kein Weißer hätte Anlaß gehabt, hier etwa nach Vieh, das sich verlaufen hatte, zu suchen.

Die Geister von Bonys mütterlichen Vorfahren flüsterten ihm

von den Bäumen herab ihre Mahnungen zu. Und die Geister seiner weißen Vorfahren verspotteten ihn in solchen Momenten und erinnerten ihn an seine moderne Ausbildung.

Er vermied eine falsche Entscheidung, indem er seine Pferde im Bogen um die Lichtung herumführte und dann weiter durch den Wald ritt. Der hellrote Waldboden war ganz eben, nirgends von Spuren menschlicher oder tierischer Füße gezeichnet.

Bony mußte wohl neun bis zehn Meilen geritten sein, als er es zwischen den Bäumen vor sich heller werden sah und den Ostrand des Waldes erreichte. Er erblickte das dahinter sanft ansteigende offene Land und in einiger Entfernung vereinzelt Eukalyptusbäume. Vom Waldrand an wurden die Mulgabäume spärlich, der Boden war hier durchzogen von flachen trockenen Wasserrinnen. Er stellte fest, daß er in dem dichten Wald gut seine Richtung gehalten hatte, denn sein Blick traf, wenn er geradeaus schaute, fast genau das Städtchen Daybreak. Vor dem Waldrand verlief ein Drahtzaun, offenbar als Grenze des Gemeindelandes. Bony ritt nach rechts, in der Hoffnung, dort ein Tor zu finden, und scheuchte dabei einen Schwarm Krähen von einer Beute hoch, die nahe am Wald liegen mußte. Da er es nicht eilig hatte, gab er seiner Neugier nach und ging hin. Ein totes Känguruh war es.

Eine von einem Hund begleitete Frau mußte hier barfuß in den Wald gelaufen sein. Der Hund hatte das Känguruh getötet, die Frau war gestürzt, hatte eine Weile auf der Erde gelegen und war dann über den sandigen Boden zu dem Grenzzaun gekrochen.

Bony trieb seine Pferde auf den Spuren dieser Frau schneller vorwärts und entdeckte bald die Stelle, wo sie unter dem Draht durchgekrochen und in offenes Gebiet bis in die Nähe der sieben oder acht uralten Eukalyptusbäume gekommen sein mußte. An einem der Bäume stand festgebunden ein gesatteltes Pferd. Vorsichtig folgte Bony den Schleifspuren der Frau bis an den Rand der kleinen Senke.

Unter einem der Stämme lag eine Frau, über sie gebeugt sah er einen Mann, der ein Messer mit langer Klinge in der Rechten hielt.

2

Der Mann merkte nichts von Bonys Nähe; die Frau, ein junges Mädchen, gewiß noch nicht zwanzig, lag mit geschlossenen Augen da, ihr blondes Haar war zerzaust, ihr Gesicht bleich.

Sie sagte: »Los, Tony, du mußt es tun.«

»Ich sage dir doch, ich kann's nicht, ich bringe es einfach nicht fertig«, gab der Mann zurück.

Das Messer wurde ihm aus der Hand genommen, und erst jetzt merkte er, daß jemand neben ihm kniete. Als er aufsah, traf sein Blick in die blauen Augen eines Unbekannten. Schnell, wie in Abwehr, erklärte er: »Sie hat sich einen scheußlichen Splitter in den Fuß getreten, und den sollte ich 'rausschneiden. Sehen Sie doch, wie tief er drin sitzt! Sie liegt hier schon seit gestern früh. Muß schlimm für sie gewesen sein. Als ich sie fand, war ihre Zunge vom Durst so dick, daß sie den Mund gar nicht aufmachen konnte.«

Das Holz war dicht hinter ihren Zehen tief in die Sohle und fast bis zur Ferse durchgedrungen, ein über zwanzig Zentimeter langes, eisenhartes Stück Mulgaholz.

»Ich möchte was trinken, Tony«, stöhnte das Mädchen, das jetzt die Augen öffnete, die so golden schimmerten wie ihr Haar.

»Du dürftest eigentlich nicht schon wieder trinken«, sagte der junge Mann und blickte den Fremden beinah bittend an. »In so einem Zustand soll man den Leuten nicht viel geben.«

»Machen Sie jetzt mal ein Feuer an, ich hole Wasser und was wir sonst noch brauchen«, sagte Bony. Er gab dem jungen Mann das Messer zurück, dann brachte er von seinem Packpferd einen Wasserkanister, einen kleinen Blechkessel, seinen Topf, Tee und Zucker und einen einfachen Sanitätskasten.

»Ich kam hierher, um Vieh zum Schlachten einzutreiben«, erklärte Tony Carr, während Bony seine Vorbereitungen traf. »Auf einem Felsen sah ich ihren Hund, der sehr hungrig zu sein schien, und dann fand ich hier Joy. Sie sagte mir, daß sie nach Granatsteinen gesucht hätte. Ihr Hund hatte ein ziemlich großes Känguruh aufgestöbert und es über den Zaun in den Wald gejagt, und als sie hinterher wollte, sprang sie vom Zaun direkt auf das Stück Holz, das mit der Spitze nach oben im Boden steckte.

Sie weiß, daß diesen Wald kein Mensch betritt, deshalb kroch sie unterm Zaun zurück und schaffte es bis hierher. Sie konnte das Holz nicht herausziehen, aber damit auch nicht gehen. Das war gestern morgen. Als ich herkam, konnte sie nicht sprechen, so geschwollen war ihre Zunge. Na, da ließ ich ihr aus meinem Wasserbeutel ein bißchen auf die Zunge tropfen, bis die Schwellung etwas zurückging. Man darf ja in solchen Fällen zuerst nur wenig Flüssigkeit geben. Ich bin zwar Fleischergeselle, aber ich bringe es trotzdem nicht fertig, das Holz aus ihrem Fuß zu entfernen. Was sollen wir denn bloß machen?«

Ein stämmiger junger Mann, dieser Tony Carr – gedrungen, breitschultrig, mittelgroß. Seine nackten Unterarme waren ebenso dunkelbraun gebrannt wie die kraftvollen Hände. Ein derbes Gesicht, Haare und Augen braun. Sein Gesichtsausdruck wirkte freilich jetzt ganz anders, als Bony nach der Beschreibung in der Personalakte, die er in Perth überprüft hatte, eigentlich erwarten mußte.

»Ich bin bereit«, sagte Bony. »Sobald ich ›jetzt‹ sage, umfassen Sie den Fuß am Knöchel und halten ihn ganz fest.«

Er ging zu dem jungen Mädchen, legte ihr einen nassen Lappen über die Augen und sagte sanft: »Es wird schmerzen, doch das müssen Sie aushalten. Glauben Sie, das zu können?«

»Ja, ja. Bitte, ziehen Sie das Ding unbedingt 'raus.«

Tony Carr schaute nicht hin bei dieser Operation. Er hielt, wie angeordnet, den Fuß über dem Knöchel fest, spürte, wie ihr Körper unter dem Messer aufzuckte, hörte ihren jähen Schrei und fühlte ihren Schmerz mit. Und gleich danach empfand er die Erleichterung der Verletzten. Die Spannung wich aus ihrem Körper, und sie stieß einen langen Seufzer aus. Als er gebeten wurde, den Fuß loszulassen, sah er, daß der Fremde die Wunde schon behutsam mit Gaze bedeckte.

»Nach meiner Schätzung sind es bis zur Stadt vier bis fünf Meilen. Gibt es dort einen Arzt?«

»Nein, aber eine Krankenschwester, Schwester Jenks. Joy wohnt jedoch in Dryblowers Flat. Wollen wir sie hintragen?«

»Das probieren wir lieber gar nicht«, entschied Bony nach einem Blick auf das Gesicht des Mädchens. »Reiten Sie jetzt schnell zur

Stadt und sorgen Sie dafür, daß ein Wagen mit einer Bahre herkommt. Berichten Sie Schwester Jenks, was passiert ist.«

Der junge Mann rannte über den holprigen Boden davon. Der Hund kam heran und beschnupperte den Wasserbeutel. Bony drückte oben in seinen Hut eine Kuhle und füllte sie für das durstige Tier. Dann kostete er den Tee, den er in seinen Becher gegossen hatte, und fand ihn genug abgekühlt. Er tat etwas Zucker hinein, kniete neben dem Mädchen nieder und nahm den inzwischen trockenen Lappen von ihrem Gesicht. Ihre großen goldbraunen Augen schwammen in Tränen der Erschöpfung.

»Dies wird Ihnen guttun«, sagte er, indem er einen Arm unter ihre Schulter schob. »Joy, nicht wahr? So nannte Sie der junge Mann, und er sagte auch, daß Sie in Dryblowers Flat wohnen. Nicht so hastig. Es ist reichlich Tee da, doch Sie müssen ihn langsam trinken.«

Als er den Becher neu füllte, hörte er sie schluchzen. »Ich kann nichts dafür – ich muß weinen. Ich kann nicht . . .«

»Ganz natürlich, daß Sie weinen müssen«, sagte Bony beruhigend. »Hier haben Sie ein sauberes Taschentuch. Weinen Sie nur – es wird Sie erleichtern. So, nun noch ein paar Schluck Tee, und dann ruhen Sie eine Weile aus. Ihr Hund war auch so durstig und schwach, er ist gewiß die ganze Zeit bei Ihnen geblieben?«

Sie nickte und brachte einen halblauten Ausruf zustande. Der Hund kam näher und kauerte sich neben sie. »Er hat da zwischen den Mulgabumen ein Känguruh aufgestöbert, und als ich nachkam, wehrte sich das Tier, das ein Junges im Beutel trug, so heftig, daß es für ihn gefährlich wurde. Und als ich hinlief, um ihn zurückzureißen, trat ich mir den Splitter in den Fuß und konnte mich um das Känguruh nicht mehr kümmern. Deshalb kroch ich dann hierher und hoffte, Tony oder Mr. Joyce würden bald mal in die Nähe kommen, wenn sie Vieh holen wollten.«

»Und Sie sind auf der Suche nach Granatsteinen hier einfach ohne Schuhe 'rumgelaufen?«

»Wir tragen nie Schuhe, höchstens wenn wir zur Kirche nach Daybreak gehen«, erklärte Joy matt, doch Bony fand, es sei besser für sie, zu sprechen, als an ihre Schmerzen zu denken.

»Janet und ich wohnen bei Vater«, fuhr sie fort. »Er ist Goldwäscher und schon ziemlich alt, und viel Geld haben wir nicht. Wozu sollten wir übrigens Schuhe tragen? Vater meint allerdings, das müßten wir eigentlich, wir wären beide zu wild und müßten vernünftig werden. Mit dem Wildsein mag er recht haben, aber wir werden mit dem Leben gut fertig.«

Sie sei kürzlich achtzehn geworden, sagte sie noch; dann schlief sie plötzlich ein. Die Ameisen wurden sehr lästig und die Fliegen nicht minder. Er holte das Deckenbündel vom Packpferd, breitete eine Decke im Schatten aus und legte Joy behutsam darauf. Dann befeuchtete er ihr wiederum das Gesicht und setzte sich neben sie, um die Fliegen zu verscheuchen. Er bezweifelte, daß sie noch eine Nacht lebend überstanden hätte. Warum mochte wohl niemand nach ihr gesucht haben?

Als er nach einer Stunde noch immer die Fliegen vertrieb, sah er drei Reiter über den Rand der Senke näherkommen. Der eine war Tony Carr, der zweite ein großer Mensch mit hartem Gesicht und stechend scharfen Augen, der sehr gerade im Sattel saß, der dritte war auch groß, wirkte aber mit seinem ruhigen, offenen Blick entschieden freundlicher. Er ritt lässig und leicht, wie einer, der es von klein auf gewöhnt ist. Sie sprangen ab. Der mit den scharfen, verkniffenen Augen ging schnell zu dem Mädchen, beugte sich über sie, horchte auf ihren Atem und schob die Decke beiseite, um sich den verletzten Fuß anzusehen.

»Wie heißen Sie und woher kommen Sie?« herrschte er Bony an, als er sich wieder aufrichtete.

»Und wer sind Sie?« entgegnete Bony.

»Polizei«, kam es in schroffem Ton zurück.

»Nat Bonnar heiße ich. Ich komme von Hall's Creek und suche Arbeit als Zureiter. Ich war nach Daybreak unterwegs, da kam ich dazu, wie der junge Mann hier dem Mädchen einen Splitter aus dem Fuß ziehen wollte, sich aber nicht dazu entschließen konnte. Wir haben das dann zusammen gemacht, und er ritt los, um aus dem Ort Hilfe zu holen.«

»Um wieviel Uhr kamen Sie hierher?«

»Zwischen vier und fünf muß es gewesen sein.«

»Das sagen Sie mir gefälligst genauer. Für Leute aus Ihrem Fach ist ja im allgemeinen die Sonne eine gute Uhr. Und was hat der Bursche hier tatsächlich gemacht, als Sie ihn sahen?«

»Wie ich bereits erklärte, überlegte er gerade, ob er dem jungen Mädchen einen Splitter aus dem Fuß ziehen sollte.«

»Als Sie ankamen – war sie da bewußtlos oder schlief sie?«

»Sie war bei Bewußtsein. Ich hörte, wie sie den jungen Mann dringend bat, ihr zu helfen.«

»Und das haben Sie dann gemeinsam getan. Warum haben Sie das Mädchen nicht auf einem der Pferde zur Stadt gebracht?«

»Weil sie völlig erledigt war«, antwortete Carr an Bonys Stelle. Daraufhin wurde er grob angeschnauzt, er habe den Mund zu halten.

Carr ballte die Hände, doch der Wachtmeister starrte unentwegt Bony an, um dessen Antwort zu hören.

»Das Mädchen war durch Schmerzen, Hitze und Durst sehr erschöpft«, sagte Bony ruhig. »Im übrigen ist es eine Faustregel, Verunglückte nicht vom Platz zu bewegen, bis ein Arzt, zumindest jemand mit medizinischer Erfahrung sie untersucht hat.«

»Ah! Schlaukopf, was? Womit war dieser junge Mann beschäftigt, als Sie kamen?«

»Er kniete neben dem Mädchen und betrachtete das aus dem verletzten Fuß ragende Stück Holz. In der rechten Hand hatte er ein Messer. Als ich erkannte, daß er nicht die Absicht hatte, dem Mädchen die Kehle durchzuschneiden, band ich meine Pferde fest und hockte mich neben ihn. Er sagte als Antwort auf die Bitten des Mädchens: ›Ich kann's nicht tun.‹ Aber er war bereit, mir zu helfen.«

»Können Sie mit Bestimmtheit sagen, daß er sie nicht belästigt hat?«

»Belästigt?« gab Bony zurück, ohne seine Empörung merken zu lassen.

Scharf fuhr der Polizist ihn an: »Ganz recht, das war meine Frage! Los, 'raus mit der Antwort.«

»Eine saubere Phantasie müssen Sie haben«, sagte Bony und, mit dem Kopf auf Carr deutend, fügte er hinzu: »Sieht mir ganz unbeschädigt aus. Kein blaues Auge, alle Knochen heil.«

»Hm. Wir werden ja hören, was das Mädchen sagt, wenn es wieder bei Bewußtsein ist. Sie kommen also von Hall's Creek, wie? Was haben Sie da getrieben?«

»Zwei Jungpferde für einen Polizeibeamten zugeritten.«

»So? Und wie heißt der?«

»Kennedy. Oberwachtmeister.«

»Oh! Das werde ich schnell nachprüfen. Ich hätte auch ein Pferd, das Sie mir zureiten können.«

Jetzt wandte auch der andere Mann sich Joy Elder zu, beugte sich über sie und betrachtete ihr Gesicht. Ihm gegenüber saß ihr Hund, der knurrend seine Zähne zeigte. Er legte sich erst hin, als der Fremde sich wieder aufrichtete und zu dem Wachtmeister sagte: »Sie schläft tatsächlich. Muß einiges ausgehalten haben. Ein Glück, daß die beiden zufällig hierherkamen.«

»Ja«, sagte der Polizeibeamte, »ein Zufall. Aber ich mag Zufälle nicht. In diese Gegend kommt kein Mensch außer Tony Carr. Und du wirst Aufklärung zu geben haben, Tony, aus welchem Grunde du heute nachmittag hergekommen bist. Und Sie ebenfalls, egal wie Sie heißen. Verflixt noch mal, die Leute mit der Tragbahre müßten doch längst hier sein!«

Er entfernte sich von der Gruppe, umschritt den Platz, wo das Mädchen lag, und untersuchte die von den Pferden und den Männern stammenden Spuren. Er mußte auch die Kriechspur von Joy Elder, die bis zu dem Zaun ging, bemerkt haben. Während er umherwanderte, erschienen am Rand der Senke die erwarteten Leute. Er kam zu den anderen zurück.

Es waren mehrere Männer, von denen zwei eine zusammengeklappte Bahre trugen, sowie eine junge Frau in Blue jeans und einer roten Jacke. Mit schnellen Schritten kam sie den Hang herab. Bony schätzte sie auf Anfang Zwanzig. Ihr Haar war von rötlichem Braun.

Sie interessierte sich nur für die Verletzte. Die Männer beobachteten sie, wie sie Joy Elder den Puls fühlte und den Verband am Fuß betrachtete, ohne ihn anzufassen. Als sie das Mädchen ansprach und keine Antwort bekam, schob sie ein Augenlid hoch.

»Kommen Sie her, mit der Bahre, Mr. Ellis«, sagte sie. »Bitte erst die Decken drauflegen und eine zum Zudecken nehmen. Wir bringen sie lieber gleich zur Stadt. Sie müssen aber sehr vorsichtig sein. Würden Sie das überwachen, Mr. Harmon?«

»Mach' ich, Schwester«, antwortete der Wachtmeister.

Schwester Jenks zog ein Päckchen aus der Tasche und nahm sich eine Zigarette. Ein Streichholz wurde angerissen, und über das Flämmchen schaute sie in Bonys undurchdringliche blaue Augen. Sie warf einen Blick auf die mit der Trage beschäftigten Männer. Unzufrieden mit dem, was sie sah, zeigte sie ihnen, wie sie das Mädchen vom Boden heben mußten. Als Bony sein nicht mehr benötigtes Deckenbündel wieder zum Packpferd bringen wollte, rief sie ihn an.

»Wie ich höre, haben Sie den Splitter aus der Wunde entfernt?«

»Jawohl, Schwester«, erwiderte er, indem er in ihre dunklen Augen blickte und das zarte kleine Gesicht musterte, dessen besonderes Merkmal das energische Kinn war.

»Wie haben Sie's gemacht?« fragte sie.

Er beschrieb ihr die primitive Operation.

»Ganz vernünftig«, entschied sie. »Unter den Umständen konnten Sie's gar nicht besser machen.«

»Danke für die Anerkennung, Schwester.«

»Oh, die ist verdient – Bonnar, sagten Sie, ist Ihr Name? Ich heiße Jenks. Darf ich eine halbe Minute lang neugierig fragen?«

»Sogar zehn Minuten lang, wenn Sie's wünschen, Schwester.«

»Mal sehen, ob Sie über meine Fragen lächeln. Ihre Mutter war eine Eingeborene, ja?«

»Hat man mir berichtet, jawohl«, antwortete Bony.

»Und Ihr Vater war Weißer?«

»Auch das sagte man mir, Schwester.«

»Sie sind eine Rarität, Bonnar – ein Mann zweier Rassen, mit unwahrscheinlich blauen Augen. Sind Sie etwa Inspektor Napoleon Bonaparte?«

»Das wäre schon möglich.«

»Sie sind inkognito hier?«

Bony nickte. »Bei diesen Ermittlungen könnte ein Pferdezureiter schneller Erfolg haben als ein Kriminalbeamter.«

Zum erstenmal lächelte Schwester Jenks.

»Ich hoffe, Sie bald wiederzutreffen«, sagte sie. »Ich werde

Ihnen dann erzählen, was meine Tante von Ihnen hält, bloß um zu sehen, ob Sie dann eitel werden. Jetzt muß ich mich aber rasch um meine Patientin kümmern. Die Bekanntschaft mit Ihnen macht mir Spaß. Und Ihr Geheimnis werde ich bewahren, als ob es meins wäre.«

3

Als Bony aus der Senke ritt, hoben die beiden Träger die Bahre in einen Lieferwagen, der am jenseitigen Abhang wartete, da er in dem rissigen Boden nicht weiterkam. Die drei Reiter schlugen einen kürzeren Weg zur Stadt ein.

Den Reifenspuren des Wagens folgend, kam Bony an einen zur Stadt führenden Weg, der nach der anderen Richtung bergab zu einem ziemlich weit entfernten Wäldchen von Sandelholzbäumen führte, in dem er Häuser erkennen konnte. Das mußte wohl Dryblowers Flat sein. Dann kam er am Schlachthof und dem Häuteschuppen des Fleischers und an dem verlassenen Schacht mit dem Förderturm vorbei und gelangte so auf die Hauptstraße des Ortes.

Hauptstraße – davon konnte man hier wirklich nicht reden, denn Nebenstraßen gab es keine. Die Zahl der Leute auf den ungepflasterten Fußsteigen freilich konnte einen ebenso überraschen wie die am Fahrdamm geparkten Autos und Lieferwagen. Bei dem Haus, wo der Wagen hielt, der das verletzte Mädchen gebracht hatte, stand eine Schar Leute; vor dem Polizeigebäude sah er neben ihren Pferden den Wachtmeister, den jungen Carr und den dritten Reiter stehen.

Er ritt an ihnen vorbei und fand am anderen Ende der Straße den einzigen Gasthof der Stadt.

Dieses Haus war das letzte Haus an der westlichen Straßenseite. Gegenüber lag das kleine, saubere Schulgebäude, und zwischen beiden Häusern stand ein Denkmal aus Naturstein: die Statue eines Mannes, der nach Laverton schaute oder auf Reisende wartete, um sie in Daybreak willkommen zu heißen. Er trug keinen Hut, sein Haar war ungekämmt, die Enden seines dicken Schnurrbarts hingen schlaff herab. Mit dem linken Arm hielt er eine Geige samt

Bogen an sich gedrückt und in der rechten, vorgestreckten Hand, vielleicht als Zeichen freundlicher Begrüßung, einen Brocken, der wohl einen Goldklumpen darstellen sollte. In den niedrigen Sockel des Denkmals war kunstvoll eingemeißelt: ›Samuel Loader‹.

Bony betrachtete das ›Hotel Melody Sam‹, ein einstöckiges, langes Holzhaus. Es stand niemand davor und, soviel er sehen und hören konnte, war auch im Lokal kein Mensch, während in den Läden des Ortes und an der Straße recht reger Betrieb herrschte.

Er nickte dem steinernen Mann zu und ritt hinters Hotel in den Hof, in dessen Mitte ein einzelner knorriger Eukalyptusbaum emporragte. An den Hof grenzten Koppeln und Ställe, mehrere Schuppen und, in einer Reihe, fünf Einzelzimmer für Gäste.

Bony sattelte seine Pferde ab, tränkte sie und entließ sie in einen der leeren Ställe. Kein Mensch war zu sehen.

Er betrat das Lokal durch die Vordertür, fand es ohne Gäste und entdeckte eine attraktive junge Frau, die auf einem hohen Hocker hinter der Theke saß, ganz vertieft in eine Illustrierte.

»Guten Abend«, sagte sie, als sie ihn bemerkte. Ihr dunkles Haar war schlicht frisiert. Besonders ins Auge fielen die Perlenhalskette und die funkelnden Brillanten an ihren Händen.

»Guten Abend!« gab Bony höflich zurück. »Bitte ein schönes kühles Bier und später ein Zimmer.«

»Sind Sie auf Reisen?«

»Sehr richtig, auf Reisen.«

Die Frau machte keine Anstalten, ihm Bier einzuschenken. »Es gibt kein Bier«, sagte sie. »Unser Bier ist im Keller und Melody Sam auch. Ferner eine Kiste Dynamit sowie Sprengkapseln und Zündschnur. Wenn einer da 'runter geht, um Bier zu holen, fliegen wir alle in die Luft.«

Sie tat, als sei ihr die Illustrierte interessanter als der unbekannte Gast. Die Kneipe, so ohne Gäste, war tadellos sauber. Kein bißchen Abfall verriet, daß hier Menschen zu trinken pflegten.

»Wenn ich recht verstanden habe, erwähnten Sie Dynamit.«

»Und Zündschnur sowie Sprengkapseln und dergleichen«, ergänzte die Frau, die wohl kaum als Barmädchen anzusprechen war, denn die Perlen um ihren Hals schienen echt zu sein. »Ja, und dort ist auch unser Bier. – Ihr Gesicht ist mir noch neu.«

»Ich möchte eine Weile hierbleiben, falls Sie mir ein Zimmer geben können. Bonnar heiße ich – Nat Bonnar.«

Die Frau verließ ihren Hocker und betrachtete blinzelnd die Seiten eines Buches, das aufgeklappt auf dem schmalen Bord hinter dem Schanktisch lag. Sie drehte sich wieder zu Bony und sagte: »Nummer sieben. Abendessen um sieben Uhr. Frühstück um sieben Uhr. Dreimal sieben für Sie, leicht zu merken.« Ihre dunklen Augen verengten sich bei dem Lächeln, das sie wesentlich jünger machte. Er spürte, wie genau sie sein Gesicht erforschte und entdeckte in ihren dunklen Augen, als er sie ebenso frei ansah, wachsende Freundlichkeit und ehrliches Interesse. Sie sagte: »Tut mir leid, daß ich kein Bier für Sie habe. Er wird aber bald 'raufkommen. Acht Tage ist er ja schon unten. Hin und wieder kriegt er nämlich seine Tour.«

»Ich kenne so was ganz gut«, sagte Bony. »Wenn ich also richtig verstehe, ist Melody Sam im Keller und säuft, und er hat Sprengstoff bei sich, den er hochgehen lassen will, wenn jemand ihn oder das Bier da unten 'rausholen will. Stimmt's?«

»Genau. Er macht's etwa zweimal im Jahr so. Spart sich sozusagen seinen Durst dafür auf. Stellt sich eine Kiste Dynamit und alles, was sonst dazugehört, hin, sowie eine Lampe und einen Kanister Petroleum, verschwindet nach unten, ohne es vorher zu sagen, und schwört, daß er das Haus in die Luft sprengen wird, wenn einer versuchen sollte, ihn selber oder Bier heraufzuholen.«

»Und Sie glauben im Ernst, er täte das, wenn –«

»Davon bin ich überzeugt. Deshalb gehe ich selbst nicht in den Keller und erlaube es auch niemandem. Melody Sam gehört ja das Hotel und alles. Und ich erbe es, wenn er mal stirbt, also werde ich's doch nicht in die Luft sprengen lassen.«

»Wär' auch ein Jammer, da das nächste Hotel hundertfünfzig Meilen von hier in Laverton liegt«, stimmte Bony ebenso sachlich zu, wie sie gesprochen hatte. »Was sagt der Wachtmeister dazu?«

»Was kann der machen? Nach dem Gesetz haben wir das Hotel offenzuhalten und Speise und Trank für Mensch und Tier anzubieten. Na, geöffnet haben wir ja. Das Gesetz zwingt uns nicht, Wein, Schnaps und Bier zu servieren. Wir haben für die Gäste Essen bereit und Tee und Kaffee, für die Pferde Heu und Wasser. Zufällig ist noch etwas Wein und Schnaps hier oben. Das Gesetz schreibt dem Wirt nicht vor, daß er Bier verkaufen muß, und wenn er sich mit seinem eigenen vollaufen läßt und sich dazu auf eine Kiste Dynamit setzt, so kann ihm das kein Gesetz verbieten.«

»Da könnten Sie recht haben«, gab Bony zweifelnd zu.

»Oh, ich weiß genau, was ich sage.«

»Aber man kann doch sicher Melody Sam daran hindern, das Haus zu Kleinholz zu machen!«

»Wie denn?« hielt die Frau ihm entgegen. »Angenommen, ich ließe das zu – wer würde es wagen, da 'runterzugehen? Von meinen Bekannten keiner. Nicht mal der Wachtmeister würde es riskieren. Auch Sie nicht, jedenfalls nicht mehr, sobald Sie gesehen haben, wie Sam dann gleich ein brennendes Streichholz an eine kurze Zündschnur hält. Nein, das wagt keiner, auch wenn ich die Erlaubnis geben würde. Es wagt nicht mal einer, wenn Sam seine Tour hat, hier in die Gaststube zu kommen. Wollen Sie bleiben?«

»Wenn Sie diese Aufregung aushalten können, kann ich's auch«, erwiderte Bony. »Immerhin sind's ja bis zum Abendessen noch beinah zwei Stunden, da kann ich doch ebensogut hierbleiben und Ihnen Gesellschaft leisten.«

»Nett von Ihnen. – Kommen Sie von weither?«

»Von Hall's Creek.«

»Oh, das ist ein ganz schönes Stück Weg.«

»Ich wüßte gern, wie ich Sie anreden soll.«

»Ich bin Katherine Loader. Und Sie heißen Nat Bonnar. Oder einfacher Nat. Also Nat und Kat. Verheiratet?«

Bony antwortete: »Na, was meinen Sie wohl?«

»Ich würde wetten, Sie sind's. Ich habe nur mit Karten Glück.«

»Sagen Ihnen die Karten auch, daß Ihnen später das Hotel gehören wird?«

»Nein, das nicht. Ich bin zwar Sams Enkelin und werde es doch nie besitzen, denn er wird ja nie sterben. Sieht noch immer genauso aus wie in meiner Kinderzeit. Mein Vater sah, als er mit siebzig starb, doppelt so alt aus wie Sam – nun hören Sie sich das mal an!«

Die Stimme klang fest und doch wie aus einem Grabgewölbe vom Keller herauf. »Oh, komm in meine Arme!«

Einen Augenblick war es still, dann kam die Geigenbegleitung dazu, weich und gedämpft.

Nat und Kat sahen sich über den Schanktisch hinweg an und warteten auf den nächsten Vers. Als es still blieb, sagte Bony: »Kommt denn da nicht noch mehr?«

»Ich glaube kaum. Neues singt er nur, wenn ihm gerade etwas einfällt. – Möchten Sie eine Tasse Tee?«

»Sehr gern«, antwortete Bony prompt.

Sonderbare Situation, dachte er. Die Stadt ist voller Menschen, und das einzige Hotel leer.

Vor der offenen Tür zur Straße fragte jemand: »Ist der alte Sam immer noch unten?«

Bony drehte sich um. Es war der kleine Mann, den Schwester Jenks mit Mr. Ellis angeredet hatte, als die Tragbahre gebracht wurde. »Wird er wohl«, antwortete Bony. »Ich habe ihn gerade noch singen hören.«

»Na, Sie haben aber auch Nerven«, meinte Ellis.

»Wieso?«

»Daß Sie da so ruhig stehenbleiben. Wissen Sie denn nicht, daß Melody Sam sich da unten immer mit ein paar Kisten Dynamit einschließt?«

»Doch, das ist mir soeben erklärt worden«, bestätigte Bony.

»Na, Mann! Wollen Sie denn in solcher Gefahr bleiben? Mir schlägt's auf den Magen, bloß in der Nähe zu stehen.«

Der Kleine verschwand.

Als Kat Loader mit dem Teetablett kam, sagte Bony: »Sie erwähnten, daß Ihr Großvater schon acht Tage lang zecht. Wäre es nicht Zeit, daß er mal an die frische Luft kommt?«

»Er wird gewiß bald von selbst erscheinen. Machen Sie sich keine Sorge um Sam. Eines Tages kommt er wieder ans Licht.«

»Wovon lebt er denn?«

»Von nichts – außer Whisky.«

»Aber lange kann er's doch so nicht aushalten, wie?«

»So? Sein Rekord sind bis jetzt fünfzehn Tage. Vor zwei Jahren war das.«

Sie lachte fröhlich.

»Oh, komm in meine Arme!«

Bony stampfte hart mit dem Fuß auf den Boden, worauf der Gesang jäh abbrach. Katherine sah ihn entsetzt an und erblaßte.

»Oh, komm zu mir –«

Wieder stampfte Bony kräftig auf den Fußboden und rief jetzt: »Ruhe da unten! Ruhe, sage ich!«

Ein Geigenbogen kratzte rauh über straffe Seiten. Es folgte eine bedrohlich wirkende Stille, plötzlich zerrissen durch die dröhnende Stimme des Sängers: »Hölle und Teufel! Wer erlaubt sich da oben, mir Ruhe zu befehlen?«

»Kichern Sie«, flüsterte Bony zu Kat. »Tun Sie, als sei ich ein stürmischer Liebhaber. Los!« Er ergriff über die Theke ihr Handgelenk. »Scharren Sie mit den Füßen«, verlangte er.

Er selbst tat das mit seinen Reitstiefeln und lächelte zufrieden, als Katherine wirklich zu kichern anfing. Laut sagte er: »Kümmere dich doch nicht um den alten Trottel da unten, Darling.«

»Laß das sein, Nat«, rief sie und bewies damit die schauspielerische Begabung, die ja alle Frauen seit Eva haben. »Nein, nicht doch, nicht hier, Nat. Bitte laß es sein!«

Plötzlich gab es einen harten Knall, als die Falltür über der Kellertreppe hochgeworfen wurde und unter ihr Melody Sam auftauchte.

Als er oben war, fixierte er erbost die beiden ›Liebenden‹. Sam war über einsachtzig groß und stand kraftvoll und aufrecht wie ein Baumstamm da, aber er sah fürchterlich aus.

Als er auf den Schanktisch zuschritt, glitt Katherine gewandt an ihm vorbei und ging schnell hinter ihm zu der Falltür, die sie sofort geräuschlos zumachte.

Sich mit beiden Händen auf die Theke stützend, starrte der unrasierte ungewaschene Mann Bony an, der gelassen dastand.

»Wie heißen Sie?« fragte Loader.

»Ich bin Nat Bonnar.«

»Und was machen Sie hier, Mr. Bonnar?«

»Ich bin der neue Hausdiener«, antwortete Bony.

»Der neue Hausdiener?« brüllte der alte Mann. »He, Kat, was soll das bedeuten?«

Katherine rollte leere Fässer auf die Falltür. Sie antwortete mit einer auf einmal schrillen Stimme: »Den habe ich gerade eben angestellt. Weshalb fragst du?«

»Weshalb ich frage?« schrie der alte Mann. »Wer ist hier der Wirt, zum Donnerwetter?«

Er schlurfte auf Bony zu. »Raus mit Ihnen, egal wie Sie heißen! Hier besorge allein ich das Anstellen, und das Rausschmeißen auch! Hier in diesem Lokal bin ich der Boß, und in der Stadt bin ich's auch. Wollen Sie friedlich verschwinden oder . . .?«

»Ich verschwinde überhaupt nicht«, sagte Nat Bonnar in gewollt kläglichem Ton. »Ich kenne Sie nicht, habe Sie noch nie gesehen. Die Dame hier hat mich als Hausdiener angestellt, und das bin ich, bis sie mich selbst entläßt. Lassen Sie mich bloß in Ruhe. Wenn Sie mich anfassen, werde ich Sie durch die Gewerkschaft verklagen. Ich bin ein Arbeiter, und wir haben unsere Rechte!«

Melody Sam explodierte. Er mußte so lachen, daß er ins Wanken geriet, und aus seinem Bartgestrüpp brachen die Worte wie ein Orkan. »Na so was! Erzählt mir der Kerl, er hätte Rechte! Rechte, Rechte, behauptet dieser Mensch! Ich habe das Recht, Sie aus meinem Lokal zu befördern, und wenn ich das mache, fliegen Sie bis an die Garage da drüben!«

Melody Sams Enkeltochter schob einen Eiskasten neben die Fässer über der Falltür. Sie drehte den beiden Männern, die mitten im Lokal standen, den Rücken zu. Sie hörte einen dumpfen Schlag, und als sie sich umwandte, sah sie ihren Großvater taumeln und in Nat Bonnars Arme sinken. »Sie haben ihn geschlagen«, rief sie.

»Er ist im Stehen eingeschlafen«, gab Bony empört zurück. »Ein tüchtiger Hausdiener kann sich in so einem Hotel sehr nützlich machen. Nicht bloß den Hof ausfegen, die Betrunkenen an die Luft setzen, an der Theke helfen, leere Fässer wegfahren, sondern auch dem Boß ein prächtiger Begleiter und Beschützer sein. Wo soll ich Ihren Großvater hinbringen?«

»Hierher«, antwortete Katherine. »Nein, warten Sie. Halten Sie ihn fest.« Sie eilte zur Tür, schloß sie und schob den Riegel vor. Dann lief sie durch den Korridor, und Bony hörte sie auch die Haustür zuschließen. Als sie an der Gangtür erschien, winkte sie Bony zu und rief: »Kommen Sie hier durch, ich zeige Ihnen die Löwenhöhle, wo wir ihn immer hinbringen.«

Der schwerbepackte Bony stolperte ihr nach. Sie gingen durch die Küche, in der Köchin und Hausmädchen sie verblüfft anstarrten, über den Hof und dort nach rechts zu einem Anbau, der ein kleines, hoch angebrachtes Fenster mit Eisenstangen und eine Tür hatte, die selbst ein Pferd nicht hätte zertrümmern können. Dort stand ein Feldbett mit Decken für einen Logiergast bereit.

»Da legen Sie ihn hin«, befahl Katherine Loader.

Bony lud den Alten ab, sie deckte ihn zu. Der Betrunkene stöhnte, seine Augenlider zuckten.

»Er kommt gleich wieder zu sich. Schnell, verschwinden wir.«

Sie drängte Bony förmlich hinaus. In der massiven Tür sah er sogar eine kleine, durch zwei Eisenstäbe gesicherte Öffnung. Nachdem sie rasch außen einen Riegel vorgeschoben und den Schlüssel im Vorhängeschloß herumgedreht hatte, keuchte sie ein bißchen und fing an zu zittern. Ihre Stimme, die auf einmal so angstvoll geklungen hatte, bekam sofort wieder Festigkeit. »Die draußen wissen's schon. Hören Sie mal.«

Hinter dem Hofzaun war es auf der Straße lebendig geworden. Männer riefen »Aufmachen!« Andere klopften an die Tür.

»Kommen Sie«, sagte Melody Sams Enkelin, »gleich ins Lokal, bevor die Leute die Türen aufbrechen.« Sie faßte Bony bei der Hand, zerrte ihn buchstäblich durch die Küche und den Korridor, indem sie dem Hausmädchen befahl, mitzukommen. Das Getrommel an der Vordertür wurde wilder.

»Nat, wälzen Sie gleich all die Sachen da von der Falltür«, ordnete Katherine an. »Ganz schnell, ja? Und jetzt gehen Sie sofort 'runter und holen erst mal Flaschenbier für den Anfang. Und Sie, Susi, nehmen Nat die Kisten ab und stellen mir Flaschen auf die Theke.«

»Ich soll also der neue Hausdiener sein?« fragte Nat Bonnar.

»Sie sind es bereits, Nat«, gab sie zurück und hielt schon für ihn die Falltür auf. Er sah im Keller auf dem Fußboden eine brennende Petroleumlampe neben einem großen Kasten stehen, auf dem ein Ende Zündschnur lag. »Beeilen Sie sich, Nat, sonst zerschlagen mir die Gäste noch das halbe Lokal. Selbstverständlich sind Sie unser neuer Hausdiener.«

4

Eine Zeitlang schien es Joy Elder, als liefe sie im Gelände hin und her und suchte überall, wo sie Granatsteine sah, nur den größten aus, denn sie lagen ja hier so dicht, wie an den Berghängen bei Dryblowers Flat der Glimmer aus dem Gestein blinkte. Auf einmal aber merkte sie, daß sie langsam wach wurde. Sie fühlte sich schläfrig, und der Schmerz an ihrem Fuß klopfte rhythmisch. Sie lag draußen, an einen Eukalyptusbaum gelehnt, und Tony Carr und ein Fremder waren bei ihr, über ihren Fuß gebeugt. An Tonys Blick mußte sie denken, an dieses Entsetzen und den Jammer in seinem Blick, und daran, wie der andere Mann ihren Fuß betrachtet hatte und da etwas mit einem Blechnapf machte, der voll Blut oder einer ähnlichen Flüssigkeit war.

Wie weit lag das plötzlich zurück! Die Sonne war untergegangen, es war Nacht, am Himmel stand der Mond, bräunlichgolden in dem Dunst, der ihn verhüllte. Tony Carr sah sie nicht mehr in ihrer Nähe, der war gewiß fort, um Hilfe zu holen. Aber der andere Mann war noch da. Sie spürte mehr, als sie es sah, daß er neben ihr kauerte. Seine Augen waren merkwürdig blau, und sie las Mitleid in ihnen.

Irgendwo tickte eine Uhr, aber es konnte doch hier draußen in der Senke bei den Eukalyptusbäumen keine Uhr geben! Sonderbar. Sterne waren auch nicht zu sehen, nur eine weiße Zimmerdecke. Plötzlich wurde ihr klar: Sie war in einem Haus, lag in einem Bett. Und neben ihr saß wirklich der fremde Mann . . .

»Wo bin ich?« fragte sie kläglich, denn ihr Fuß schmerzte heftig.

»In der kleinen Klinik von Schwester Jenks«, antwortete Bony. »Kann ich Ihnen irgend etwas holen?«

»Ja, bitte, etwas zu trinken. Ich habe großen Durst, könnte immerzu trinken. So durstig bin ich noch nie gewesen.«

»Vielleicht können wir Schwester Jenks überreden, daß sie uns eine Tasse Tee macht. Wie wäre das, hm?«

»Zwei Tassen bitte. Lieber drei.« Sie sah zu, wie er durchs Zimmer ging. An der anderen Seite hing eine Lampe, und sie bemerkte da noch drei Betten, in denen anscheinend niemand lag. Sie hörte, wie er gedämpft nach der Schwester rief, die sofort antwortete: »Was ist los?«

»Die Patientin ist wach und möchte gern etwas trinken. Vielleicht eine Kanne Tee ... oder zwei, Schwester«, sagte Bony, kam zurück und setzte sich wieder neben Joys Bett. Er flüsterte ihr zu: »Jetzt werde ich sicher ausgeschimpft, daß ich hier bin.«

In einem Morgenrock mit Blumenmuster, eine Petroleumlampe in der Hand, erschien Schwester Jenks, stellte die Lampe auf einen Tisch bei der Tür und kam ans Fußende des Bettes, wo sie ganz verblüfft stehenblieb.

»Zum Donnerwetter, was machen denn Sie hier, Nat Bonnar?«

»Ich betreue nur die Patientin, Schwester. Ich konnte nicht schlafen, deshalb fand ich's richtiger, hierherzukommen und bei ihr zu sitzen. Sie ist jetzt wach.«

»Das sehe ich selbst.« Schwester Jenks neigte sich über Joy und fragte sie nach ihrem Befinden.

»Mein Fuß tut sehr weh, Schwester, und ich bin so schrecklich durstig.«

»Das werden wir gleich haben. Mr. Bonnar, die erste Tür rechts führt zur Küche. Gehen Sie hin, und gießen Sie eine Kanne Tee auf. Und bleiben Sie dort, bis ich komme.«

Bony fand in der Küche auf dem Tisch eine zweite Petroleumlampe, die er schnell anzündete, und einen Ölherd, auf dem das Wasser fast kochte. Teekanne, Teedose und Milch fand er auch gleich. Der Tee zog schon, als Schwester Jenks von der Patientin kam. Ihr kleines Gesicht war vor Ärger ganz streng, ihre Augen funkelten.

»Nun, was soll das eigentlich bedeuten?«

»Pst! Eine gute Tasse Tee für die Patientin und vielleicht etwas zu essen. Auch Tee für uns zwei, und dann, Schwester, kann das Schimpfen losgehen.«

»Wie sind Sie hier ins Haus eingebrochen?«

»Eingebrochen gar nicht«, erwiderte Bony, wobei er Tee in die Tasse goß. »Gewaltsamer Einbruch ist nach dem Gesetz ein schweres Vergehen, aber schlichtes Eintreten durch die Tür ist viel weniger bedenklich. Deshalb kam ich einfach herein, und zwar durch die hintere Tür, die nicht verschlossen war.«

»Das ist nicht wahr. Ich habe sie vor dem Schlafengehen selbst zugeriegelt.«

»Inzwischen stirbt die Patientin fast vor Durst«, mahnte Bony in mildem Ton. »Gerade jetzt müßte sie eine Tasse Tee haben und etwas Zwieback. In einer Stunde dann eine kräftigende Mahlzeit. Danach wird sie sich so erholt haben, daß sie den ganzen Weg bis nach Hause im Trab laufen kann.«

»Was für ein Unsinn!« rief Schwester Jenks. Sie nahm das kleine Tablett, das er ihr hinhielt, und ging.

Nat Bonnar zog einen Stuhl an den Tisch und genoß seinen Tee. Nach fünf Minuten kam Schwester Jenks zurück, setzte sich zu ihm und fuhr ihn mit blitzenden Augen an: »Sie sind mir zumindest eine Erklärung schuldig.«

»Bekommen Sie«, stimmte er zu. »Jetzt ist die Zeit dafür. Alles zu seiner Zeit. Zunächst: Was halten Sie von dem Mädchen?«

»Die Temperatur ist gestiegen, die Wunde entzündet, und daran sind Sie schuld. Die Lösung von Kaliumpermanganat, die Sie zum Säubern der Wunde benutzt haben, war viel zu stark. Das hätten Sie wissen müssen.«

»So so. Haben Sie schon einmal mit einem Fleischmesser operieren müssen und die Wunde so gesehen, wie ich sie sah? Weder den Schmutz noch die Fliegenmaden haben Sie gesehen, und Sie bedenken auch gar nicht, daß Mulgaholz giftig ist und die Wunde schon über vierundzwanzig Stunden alt war, als ich sie behandelte. Im übrigen ziehen Sie nicht in Betracht, daß ich ein fahrender Geselle bin und weder Arzt noch ausgebildet bin wie Sie.«

»Genau wie man Sie mir beschrieben hat!« sagte Schwester Jenks mit Überzeugung. »Aber lassen wir das jetzt. Was haben Sie hier morgens um vier Uhr zu suchen?«

»Sind wir Freunde oder Gegner?«

»Antworten Sie auf meine Frage.«

»Beantworten Sie meine.«

»Haben meine Tante oder mein Onkel mit Ihnen über mich gesprochen?« fragte sie.

»Ihr Onkel hatte mich vor fünf Tagen zum Abendessen eingeladen«, gab er zu. »Wir sprachen über vielerlei, auch über Sie und Ihre Tätigkeit in Daybreak.«

»Dann müssen wir Freunde sein.«

»Ein Zwang dafür besteht nicht«, sagte er.

Ihre Blicke trafen sich kampflustig über den Tisch hinweg.

»Nein, kein Zwang«, sagte sie. »Verzeihen Sie mir, daß ich so nervös war. Meine Vorstellungen von Ihnen waren durcheinandergeraten. – Die Suppe für die Patientin ist fertig. Sie bleiben doch noch?«

Bony nickte. Die kleine leichte Gestalt entschwebte, um der Patientin das Essen zu servieren. Nach einer halben Stunde kam sie wieder und sagte: »Sie schläft beinahe schon. Für ein paar Stunden wird sie Ruhe haben. Der Fuß allerdings gefällt mir gar nicht. Und ich weiß genau, daß ich die hintere Haustür zugeriegelt hatte.«

»Sie war nicht nur nicht zugeriegelt, sondern stand sogar ein Stück offen.«

»Und Sie glauben, es ist hier jemand hereingeschlichen, während ich schlief?«

»Ich habe mir eine Stellung im Gasthof verschafft – als Hausdiener«, sagte Bony. »Nachdem es so lange kein Bier gegeben hatte, wurde tüchtig gezecht, deshalb blieb dort bis Mitternacht geöffnet. Als ich mir dann die Hauptstraße ein bißchen ansah, bemerkte ich einen Mann, der durchs Seitentor dieses Grundstück betrat. Ein später Besucher, fand ich, denn in Ihrem Hause war ja alles dunkel. Also kam ich 'rüber und kontrollierte hier ein bißchen nach. Die Vordertür war verschlossen, an den Fenstern alles in Ordnung. Die Hintertür war nur angelehnt. Ich kam herein, machte sie hinter mir zu, schob den Riegel vor und setzte mich dann ins Zimmer der Patientin, bis sie aufwachte. »Wann waren Sie zu Bett gegangen?«

»Um halb elf Uhr. Meinen Wecker hatte ich auf halb eins gestellt, um nach der Patientin zu sehen. Sie schlief um die Zeit, wie ich erwartete, denn ich hatte ihr eine Tablette gegeben. Also ging ich wieder zu Bett.«

»Nach draußen, etwa durch die Hintertür, sind Sie nicht gegangen?«

»Nein, zur Hintertür bin ich nicht mehr gegangen, also konnte ich auch nicht bemerken, daß sie offen war. Aber ich weiß genau, daß ich sie um halb elf, ehe ich mich hinlegte, zugeriegelt habe. Bei uns in Daybreak läuft schließlich ein Mörder frei herum!«

»Also hat jemand zwischen zehn Uhr dreißig und null Uhr fünfundzwanzig, als ich hereinkam, die Tür geöffnet.«

»Warum aber? Aus welchem Grund?« fragte Schwester Jenks beunruhigt.

»Bei der Aufklärung von Verbrechen gibt es stets viele Warum. Darf ich Ihnen empfehlen, wieder in Ihr Zimmer zu gehen und weiterzuschlafen? Ich werde hier sitzen bleiben und über die wahrscheinlichen Antworten nachdenken.«

»Ich könnte jetzt doch nicht schlafen! Der Tee ist kalt, ich werde Ihnen frischen aufgießen. Möchten Sie noch etwas zu essen haben, ja? Aufschnitt, Brot und Butter?«

Als er bejahte, ging sie wieder zur Anrichte, blieb aber kurz davor stehen und sagte: »Wenn nun der Mann erst kurz vor Ihnen hereingekommen ist, könnte er doch noch im Haus sein?«

»Seien Sie versichert, daß er nicht hier ist. Ich habe in jeden einzelnen Raum gerochen, auch in Ihr Zimmer.«

»In jeden Raum gerochen!« rief sie wie ein Echo, und Bony amüsierte sich königlich über ihre verblüffte Miene.

»›Gerochen‹ ist der richtige Ausdruck. Ich öffnete nur die Tür und zog die Luft ein. Einen Feind kann ich wittern. Bei Ihnen haben mich die Antiseptika ein bißchen beim Riechen gestört, doch ich bin überzeugt, daß meine Nase nicht versagt hat.«

»Also haben Sie auch in mein Schlafzimmer gerochen?«

»Ja.«

»Das ist aber ein starkes Stück!«

»Ich mußte das doch – um mich zu vergewissern, daß sich kein Mann bei Ihnen eingeschlichen hatte.«

»Oh! Ich geb's auf, Nat.«

»Besser gleich als später. Und schlafen wollen Sie nicht mehr?«

»Nein. Ich möchte Ihnen ein paar Fragen stellen.«

»Ist das denn die Möglichkeit!« rief Bony spöttisch. »Genau das wollte ich auch. Gestatten Sie mir bitte den Vortritt. Als Sie hier mit der Verletzten eintrafen – was geschah da weiter? Wer trug sie übrigens herein?«

»Bert Ellis und Bob Merke. Bert ist Ratsdiener und Merke arbeitet bei seinem Bruder in der einzigen Garage des Ortes.«

»Die beiden trugen sie also ins Krankenzimmer?«

»Ja.«

»Und gingen sofort wieder?«

»Ja. Kurz vorher war noch Janet, Joys Schwester, gekommen. Sie ist zwei Jahre älter. Beide wohnen bei ihrem Vater in Dryblowers Flat und sind – na, sagen wir: ein bißchen seltsam. Janet regte sich jedenfalls über den Unfall ihrer Schwester nicht im geringsten auf. Sie half mir, sie auszukleiden und ins Bett zu packen und scheute sich kein bißchen, mir auch beim Behandeln des Fußes zu helfen, der doch, wie Sie wissen, wahrhaftig nicht schön aussieht. Eine Mrs. Powell, die mir den Haushalt führt, aber nicht hier wohnt, bereitete etwas zu essen, und wir weckten die Patientin, damit sie etwas zu sich nähme.«

»Also waren nur Sie drei Frauen hier und die Patientin. Kam niemand zu Besuch?«

»Harmon kam, der Wachtmeister. Er wollte Joy Elder vernehmen, aber ich sagte ihm, er solle bis morgen früh warten.«

»Sonst niemand?«

»Nein. Es ist natürlich viel über die Sache geredet worden. Als Janet fortging, haben die Leute sie mit Fragen bestürmt. Ihr Vater war auch auf dem Wege hierher, aber sie hat ihn beruhigt, daß er nicht zu kommen brauche.«

»Haben Sie bemerkt, ob Janet Schuhe trug?«

»Sie trug keine. Ist offenbar so, wie sie war, von zu Hause weggerannt, ohne sich erst umzuziehen.«

»Ihre Haushälterin – ging die schon, bevor Sie die Hintertür endgültig zuschlossen?«

»Ja, gewiß. Zerbrechen Sie sich über die Tür immer noch den Kopf?«

Bony sagte: »Ihre Tante hat mir erzählt, daß Sie von Ihrem jungen Leben drei Jahre mit der Arbeit in dieser schrecklichen Abgeschiedenheit verschwendet haben und daß sie es viel lieber sähe, Sie wären in einem großstädtischen Krankenhaus tätig, wo Sie nette junge Ärzte kennenlernen könnten. Halt, bitte nicht aufbrausen – das hat Ihre Tante gesagt, nicht ich. Auf Ihre Tätigkeit in Daybreak und deren Dauer komme ich jetzt nur zu sprechen, um zwei Tatsachen festzuhalten: Erstens, daß Sie hier sämtliche Einwohner vom Baby bis zum Greis, Mann, Frau und Kind kennen, und zweitens, daß Sie schon hier waren, als die Mordserie begann. Stimmt es, daß das erste dieser Verbrechen passierte, nachdem Anthony Carr hier zugezogen war?«

»Ja. Er war ungefähr fünf Monate hier, als die junge Eingeborene getötet wurde. Aber ich kann einfach nicht glauben –«

»Glauben Sie nichts, weder Gutes noch Schlechtes, von den Leuten im Ort, wer es auch sei. Gerade Vorurteile und unbegründete Behauptungen haben viel zur Verwirrung bei solchen Affären beigetragen – Ansichten und Behauptungen von Leuten, die immer in einem engen Gesichtskreis gelebt haben.«

»Und das, meinen Sie, träfe auch auf mich zu?« Ihre dunklen Augen begannen wieder zu funkeln, ihr hübscher Mund wurde streng, und sie schob das Kinn kampflustig vor, als sie Bony bei dieser Frage ansah.

Er lächelte. »Ich halte es für möglich, und Ihre Tante behauptet es unverblümt.«

»Ach, meine Tante überlegt bloß immer, wie sie mich an den Mann bringen kann, weiter nichts, Nat. Auf was zielen Sie eigentlich mit dieser Fragerei ab?«

»Auf die Demaskierung der Person, die in Daybreak innerhalb von sieben Monaten drei Morde verübt hat, denn Sie müssen diese Person kennen und kannten die drei Opfer. Ich hoffe, daß Sie für mich das Vergrößerungsglas sein könnten, mit dem ich die Ermordeten und sämtliche in und um Daybreak wohnenden Menschen betrachten werde.«

5

An der Hauptstraße von Daybreak hatte Bony seine Freude, denn bei dieser durch die stattlichen Pfefferbäume geteilten Straße waren weder der Fahrweg noch die Gehsteige gepflastert. Als er zum Polizeirevier spazierte, vermerkte er mit Genugtuung, daß der in den Akten als Ratsdiener erwähnte Mann gewissenhaft allen

Abfall zusammenkehrte und daß andere Bürger dabei waren, vor ihren Läden und Häusern die Fußwege sauberzufegen. Also durfte er damit rechnen, daß die Hauptstraße jeden Morgen für Abdrücke menschlicher Füße und Schuhe frisch präpariert war.

Das Polizeirevier war geräumig angelegt und, wie zu erwarten, in bester Ordnung. Es bestand aus dem Revier selbst, rechts davon lag das Wohnhaus des Wachtmeisters, dahinter ein Block mit vier Gefängniszellen, und an der anderen Seite des Hofes lagen die Ställe und Schuppen sowie eine Koppel für die Pferde.

Wachtmeister Harmon rief ihn herein, und Bony betrat das Dienstzimmer.

»Setzen Sie sich«, befahl Harmon und deutete auf den Stuhl gegenüber seinem Schreibtisch. »Ich habe schon die Auskünfte über Sie erhalten. Mit Hall's Creek hat alles seine Ordnung. Trifft es zu, daß Sie als Hausdiener drüben im Gasthof arbeiten?«

Nat Bonnar, der Zureiter, scharrte verlegen mit den Füßen und fummelte in seinen Taschen herum. Nach einigem Zögern hob er den Kopf, um dem Polizisten frei in die Augen zu sehen, und sogleich war Harmon überzeugt, daß der auffallend scharfe Blick, den der Mann ihm tags zuvor zugeworfen hatte, nur der Aufregung zuzuschreiben sei, in die dieser sonst sicher ruhige Mensch offenbar angesichts des Unfalls geraten war.

»Sie dürfen rauchen, wenn Sie wollen«, sagte er.

»Danke. Ja, ich habe den Posten da angenommen. Und dann mußte ich gleich den alten Sam mit einem Trick aus seinem Saufkeller 'rauflotsen. Sam fühlt sich heute morgen ganz miserabel.«

»Ich habe ihn gesehen«, knurrte der Wachtmeister. »Inzwischen habe ich mir überlegt, Bonnar, daß Sie vielleicht auch für mich etwas tun könnten. Privat. Ich habe da ein Pferd, das zwar sehr wild, aber sonst für mich bestens geeignet ist. Ich würde es vielleicht verkorksen, und mein Fährtensucher ist ihm nicht gewachsen. Würden Sie sich das mal vornehmen?«

»Es sattelfest machen, meinen Sie?«

»Ganz recht. Ich liebe gute Pferde. Dieser Hengst ist, wie gesagt, wild, aber er gefällt mir trotzdem.«

»Na schön, ich seh' ihn mir mal an«, sagte Bony gemächlich.

»Ich könnte ihn in meiner Freizeit zureiten, aber das müßten Sie mit Miss Loader besprechen.«

»Sie ist nicht schwer zu behandeln. Im übrigen, wenn Sie Ihre Sache gut machen, bin ich nicht knauserig. Jedenfalls werde ich ihn heute nachmittag herbringen lassen, und dann können wir weiter darüber reden. Sitzt Melody Sam noch in seiner Löwenhöhle?«

»Vor einer halben Stunde war er noch drin. Was ist das denn eigentlich für ein Loch?«

Harmon lachte. »Den Gasthof hat er vor über fünfzig Jahren errichtet, und er baute im Hof auch gleich diese Zelle, weil es im Ort keine gab und auch noch keine Polizei. Und jetzt wird er selber da eingebuchtet! Kümmern Sie sich um ihn? Kurieren Sie ihn auch?«

»Er ist wie der Hengst, von dem Sie eben sprachen – noch urwüchsig wild.«

»Ich glaube, wir werden uns ganz gut verstehen, Bonnar«, sagte er, und Bony spürte sofort, daß jetzt ein anderes Thema an die Reihe kommen sollte. »Mein Fährtensucher ist tatsächlich nicht viel wert. Die Eingeborenen in dieser Gegend leben ja noch beinah wie Wilde und sind meistens, wenn man gerade einen Fährtensucher braucht, weit weg – auf Wanderung, oder was sie sonst treiben mögen. Von den Mordfällen hier im Ort haben Sie gewiß schon gehört?«

»Viel nicht«, antwortete Bony. »Scheint ein gerissener Kerl zu sein, der Täter.«

»Wohl kaum schlauer als andere auch. Wissen Sie, Bonnar, Sie könnten uns nützlich werden, falls noch ein Mord passiert. Kennedy in Hall's Creek hat mir über Sie sehr gute Auskünfte gegeben. Auf Ihrem Posten als Hausdiener und Schankkellner könnten Sie mal zufällig einen Anhaltspunkt entdecken. Man weiß so was nie. Dieser Mörder befindet sich nach wie vor in Daybreak, davon bin ich überzeugt. Ich muß ihn also kennen. Jeder kennt ihn.«

»Aber nicht als Mörder«, ergänzte Bony.

»Sehr richtig. Es ist für uns sehr schwer, weil wir keinerlei wirklichen Hinweis haben. Der erste Mord wurde am Ende der Hauptstraße verübt, direkt vor dem Pfarrhaus. Eine junge Eingeborene, die im Pfarrhaus gearbeitet hat. Zumindest hat die Frau des

Pastors sich um sie gekümmert, hat sie Englisch gelehrt und ihr allerhand Hausarbeiten beigebracht.

Tags zuvor, schon früh, war der Stamm auf Wanderung gegangen, auch mein Fährtensucher zog mit. Es gab bei den Eingeborenen einige Aufregung über den Tod des Mädchens, und ich hielt den Mord für eine Angelegenheit des Stammes. Die Tote lag auf weichem Boden, aber Fußspuren von Eingeborenen fand man nicht. Sie wissen ja, wie die es verstehen, ihre Spuren auszulöschen.

Als der zweite Mord passierte, änderte ich meine Ansicht, daß der erste mit den Eingeborenen zu tun haben könnte. Fünf Meilen vor dem Ort, in Richtung Laverton, hatte ein gewisser Lorelli sein Haus. Als er mal abends spät aus dem Ort zurückkam, fand er seine Frau erdrosselt in der Küche. Ringsum auf dem Grundstück wurden Fußspuren von gewöhnlichen Flechtschuhen gefunden, Männerschuhe Größe zweiundvierzig, und zwar von einem Mann, der rechts etwas hinkt. Und die Eingeborenen waren wieder mal auf Wanderung, so daß ich ohne Fährtensucher dasaß.

Wir Polizeibeamten hier in der Gegend sind ja nicht gerade Neulinge im Spurenlesen, Bonnar, aber dieser Kerl ist bei seiner Flucht über Steine gesprungen, von einem zum andern. Mein Kollege in Laverton konnte erst zwei Tage später einen Fährtensucher herbringen, der aber auch nichts Neues herausfand. Außerdem hatten wir die Tage viel Wind.«

»Hatte dieser Lorelli gar kein Personal im Haus?« warf Bony ein, indem er den Ahnungslosen spielte.

»Einen Gehilfen, doch der war gerade auf Urlaub in Kalgoorlie. Ich machte Gipsabdrücke von den beim Haus entdeckten Spuren, und weiter stellten wir nichts fest. Das war im vorigen August. Und dann wird plötzlich einem jungen Burschen, der in Dryblowers Flat wohnte und zu der Garage, wo er arbeitete, immer mit dem Rad fuhr, die Kehle durchschnitten. Und überall um die Leiche herum fanden wir die Schuhabdrücke der Schuhe des Täters, und die Eingeborenen, Bonnar, die waren wieder auf Wanderung, mitsamt dem Fährtensucher!«

»War es wirklich derselbe Täter?«

»Ich machte ja Gipsabgüsse, die von Fachleuten mit den ersten verglichen wurden. Es gab keinen Zweifel, Bonnar.«

»Das gibt keinen Sinn, Mr. Harmon.«

»Kann man wohl behaupten«, bekräftigte der Wachtmeister mit düsterer Miene. »Kein Motiv. Keine vorhergehenden Streitigkeiten, Schlägereien oder dergleichen. Passen Sie auf, woran ich schon mal gedacht habe. Ich habe einen Satz von den Gipsabgüssen hierbehalten, und wenn ich nun davon mal Abdrücke mache – glauben Sie, daß Sie sich an deren Form später erinnern könnten, wenn Sie von demselben Mann Abdrücke zu sehen bekämen? Könnten Sie uns dann mehr Angaben über ihn machen, als wir von dem Fährtensucher aus Laverton und dem aus Kalgoorlie bekommen haben? Trauen Sie sich das zu?«

»Na, versuchen könnte ich's ja«, erklärte Bony sich bereit. »Meinen Sie denn, daß er noch einen Mord begehen wird?«

»Wird er sicher«, behauptete Harmon. »Wir wollen das demnächst versuchen, Bonnar. Vorläufig nehmen Sie sich erst mal den Grauen vor, und sagen Sie mir dann, was Sie von ihm halten. Ich bringe das bei Kat Loader in Ordnung und bei Melody Sam auch, sobald er wieder im Normalzustand ist.«

»In Ordnung, Mr. Harmon.«

»Und verraten Sie kein Wort, daß Sie mir sozusagen assistieren, klar? Das muß unter uns bleiben. Ich werde Sie schon belohnen, wenn Sie etwas erreichen.«

Bony sagte das zu. Wie oft hatte er sich schon um die Mitarbeit von Polizeibeamten bemüht! Dies war der erste umgekehrte Fall.

Als er zum Revier gekommen war, hatte er klar und deutlich hinter den Gitterstäben einer der Zellen ein Gesicht gesehen, und jetzt stand die Zellentür weit offen. Er wandte sich um und fragte den Wachtmeister: »Mir war es doch, als hätten Sie da eine Sardine in der Büchse gehabt, Mr. Harmon. Die scheint aber 'rausgerutscht zu sein.«

Harmons Gesicht wurde puterrot, er stelzte hinaus, starrte grimmig in die Zelle und fluchte heftig.

»Verdammt! Trunkenheit und Ruhestörung – gestern abend habe ich ihn 'reingesteckt. Drei Tage hat ihm der Friedensrichter heute früh aufgebrummt. Nun ist er weg, und er sollte mir doch den Stall reparieren!«

Bony schaute dem langen Wachtmeister nach, wie er aus dem

Hof auf die Straße ging, die durch die lange Reihe der Pfefferbäume ein so besonderes Gepräge hatte. Er bemerkte eine Frau, die die Veranda am Haus des Wachtmeisters fegte und ihm, als er hinschaute, zuwinkte. Er ging bis an die Veranda, die einen halben Meter über dem Erdboden lag, und blickte zu ihr auf.

»Sind Sie Nat Bonnar?« fragte sie. Sie war eine kleine, aber drahtige Frau, die beim Gehen das linke Bein nachzog.

»Ja, ich bin Nat Bonnar«, erwiderte er, »und wer sind Sie?«

»Ich bin Esther Harmon – seine Schwester. Ich habe den Gefangenen freigelassen.« Ein winziges Lächeln spielte um ihre Lippen.

»Den Gefangenen freigelassen!« echote Bony erstaunt. »Als Schwester eines Polizeiwachtmeisters! Warum denn?«

»Ach, eigentlich bloß, weil George zu streng ist. Ed McKay ist nämlich ein ganz braver Kerl. Er hat sich gestern abend nach der langen Trockenheit einen angetrunken, und George schnappte ihn und lochte ihn ein. Der Friedensrichter brummte ihm heute drei Tage auf, und ich weiß, daß George diese drei Tage durchgesetzt hat, weil er Reparaturen am Stall gemacht haben will. In diesen Zellen ist es aber so heiß, und der arme Ed machte sich Sorgen um seine Kühe, weil seine Frau kränklich und keiner da ist, die Tiere zu melken. Deshalb, wegen der armen Kühe, habe ich ihn 'rausgelassen.«

Inspektor Bonaparte war nicht leicht zu verblüffen. »Und nun muß Ihr Bruder ihn suchen und ihn wieder einsperren«, sagte er. »Lassen Sie denn oft Eingesperrte frei?«

»Nein. Es kommt ganz drauf an. Sehen Sie, hier in Daybreak kennen sich ja alle Leute, in so einem kleinen Ort, und als Frau braucht man ja auch mal ein bißchen Spaß. Die Leute müssen aufgerüttelt werden. Außerdem kann sich Eds Frau nicht leisten, ihn im Kittchen sitzen zu lassen, wenn die Kühe gemolken werden müssen.

»Mag sein«, stimmte Bony ihr bei. »Na, weit weg ist McKay inzwischen wohl kaum gekommen.«

»Nein, nein, er ist sicher nur unten bei seinen Kühen.«

Zwei Gestalten wurden durchs offene Hoftor auf der Straße sichtbar, und Esther Harmon sagte: »Unangebrachtes Vertrauen.

Ed ist nicht die Kühe melken gegangen, er war wieder im Gasthof beim Saufen.«

Die beiden betraten den Hof. Der Polizeibeamte wirkte wie ein Riese neben dem kleinen Hageren, der doppelt so viele Schritte machen mußte wie Harmon. Der Kleine kam ohne Jackett und auch ohne Stiefel. Sein graues Haar war zerzaust, und er beklagte sich laut, daß man ihn wie einen Landstreicher wieder einsperrte. Auf dem Bürgersteig gegenüber ging ein Mann vorbei, der kein Interesse für den Vorfall zeigte. Wachtmeister Harmon bugsierte den Verhafteten in die Zelle zurück, schob den Riegel vor und ging, ohne mit seiner Schwester zu sprechen, wieder ins Dienstzimmer.

»Diesem Ed werde ich nie wieder Vertrauen schenken«, seufzte Miss Harmon. »Männer sind allesamt Lügner. Sitzt Melody Sam drüben noch hinter Schloß und Riegel?«

»Bis er sich wieder vernünftig benimmt«, erwiderte Bony. »Er hat's da ganz gemütlich.«

»Daß seine Enkelin sich so viel von ihm gefallen läßt, ist mir schleierhaft. Ach, überhaupt, was wir alle uns von ihm bieten lassen, verstehe ich nicht«, kommentierte Miss Harmon, indem sie, ohne sich um ihr lahmes Bein zu kümmern, wieder den Besen schwang. »In meinen Augen ist er bloß ein niederträchtiger alter Tyrann. Habe ich ihm schon ein paarmal auf den Kopf zugesagt. – Von den Mordgeschichten haben Sie gewiß schon gehört?«

»Ja, flüchtig. Drei waren es, nicht wahr?«

»Drei, und es kommen sicher noch drei oder vier dazu. So haben wir wenigstens Gesprächsstoff im Ort. Die Leute sagen's zwar nicht, aber alle denken, daß es Tony Cart gewesen ist ... in allen drei Fällen. Hier sind die Menschen ja blind wie die Fledermäuse. Tony und Joy Elder haben doch Sie da draußen entdeckt, nicht wahr? Meinen Sie auch, daß der Junge das Eingeborenenmädchen und die Frau des Viehzüchters und den Schlosserlehrling getötet haben kann? Glauben Sie das im Ernst?«

»Stark genug dazu wäre er, Miss Harmon.«

Ihre dunklen Augen glänzten, als sie sich auf den Besenstiel stützte, Bony scharf ansah und sagte: »Ja, die Kräfte hätte er wohl. Wenn ich mir nur über ihn klarwerden könnte! Ich wünschte – ach, gehen Sie nur und lassen Sie mich meine Hausarbeit machen.« Das lahme Bein beschrieb einen Bogen, als sie Bony den Rücken drehte und weiterfegte.

Er sagte: »Ich würde mich gern mal wieder mit Ihnen unterhalten, Miss Harmon.«

Sie gab darauf keine Antwort, und als er auf der Straße war und sich kurz umschaute, fegte sie noch, aber noch immer auf demselben Fleck.

6

Zwischen seinen zwei ›Touren‹ im Jahr trank Melody Sam nie etwas anderes als starken Tee. Diesmal dauerte seine ›Genesung‹ nicht länger als drei Tage, nach denen er wieder seine üblichen Geschäfte aufnahm. Wenn ihn fortan jemand zu einer Runde einlud, goß er sich aus einer Whiskyflasche ein, die Tee von täuschend ähnlicher Färbung enthielt.

Bony erfüllte seine Pflichten hinter der Theke länger, als man von einem Kriminalinspektor erwarten konnte. Aber diese Tätigkeit machte ihm wirklich Freude und brachte ihn in persönlichen Kontakt mit nahezu allen Bewohnern von Daybreak. Da war zunächst einmal der ›Ratsdiener‹, dieser schlaksige, müde wirkende und ewig durstige Bert Ellis. Er verkörperte den ganzen ›Stab‹ des Magistrats, der wiederum allein aus Melody Sam bestand, denn der war zugleich auch Stadtbaumeister, Stadtschreiber und so weiter. Dann gab es da Leslie Thurley, Friedensrichter und zugleich Posthalter, einen Mann von etwa sechzig Jahren, dessen kurzsichtige blaue Augen durch eine Brille mit sehr dicken Gläsern blickten. Fred Joyce, der Fleischermeister, war ein stattlicher Mann in mittleren Jahren von etwas schwammiger Korpulenz. Noch viele kleine Stützen der Gesellschaft von Daybreak besuchten das Lokal. Die Goldwäscher von Dryblowers Flat kamen auch hin.

Die Gesprächsthemen reichten von Wachtmeister Harmons grauem Hengst bis zu der Weltreise, die zur Zeit der Ministerpräsident unternahm. Und zwischen hoffnungslosen Äußerungen über die Entwicklung des erwähnten Pferdes und scharfer Kritik am Präsidenten waren die im Ort passierten Morde, die Ausbeuten an

Gold und Zinn sowie Tony Carr besonders beliebte Gesprächsthemen.

An dem Tag, an dem Joy Elder von Schwester Jenks die Erlaubnis bekam, zu ihrem Vater zurückzukehren, fand Bony Gelegenheit, sich mit Tony unter weniger dramatischen Umständen als beim erstenmal zu unterhalten. Als er gerade den Hengst longiert hatte, sah er den jungen Carr drei Rinder zum Schlachthaus treiben.

Es war ein Nachmittag Anfang April, die Sonne brannte scharf auf Gesicht und Arme, und die Fliegen wurden so lästig, daß er einen Zweig nehmen mußte, um sie zu verscheuchen. An den Abhängen von Bulow's Range reflektierten die Glimmerschichten blitzend das Sonnenlicht, und weiter westlich lag grüngrau der Mulgawald, ohne einen einzigen Fleck anderer Farbe. Der am Förderturm und am Hof des Fleischers mit geringem Gefälle vorbeiführende Fahrweg war sichtbar bis nach Dryblowers Flat, wo die Häuser im Schatten der leuchtend hellgrünen Sandelholzbäume und in einem Farbspiel von Hellrot, Rostbraun und dem Silbergrau des Spinifexgrases lagen. Hin und wieder trug der Wind wunderbare Düfte herüber, wie schon seit unendlichen Zeiten.

Als Tony Carr auf den Förderturm zuritt, beobachtete Bony ihn genau und schätzte ihn richtig ein – als noch nicht ganz an das Leben auf dem Land gewöhnten Großstadtjungen. Carr ritt einen alten, trägen Gaul und trug die übliche Kleidung der Männer hier, die enge, in die Stiefel gesteckte Hose. Immerhin war er auf bestem Wege, ein Mann zu werden. Sonne und Wind hatten seinem Städtergesicht die blasse Farbe schon genommen.

»Tag, Mr. Bonnar«, sagte er, stieg ab, setzte sich auf die Erde, zog seine Knie ans Kinn und starrte mürrisch in die Gegend.

»Tag, Tony. Wird heute abend geschlachtet?«

»Zwei Rinder und sechs Schafe. – Wie macht sich denn der Hengst?«

»Läßt sich gut an.«

Wachtmeister Harmons Grauer wieherte Tonys alter Mähre zu und stampfte ungeduldig mit den Hufen, weil man auch ihn an einen Pfosten gebunden hatte.

»Der ist gar nicht so schlimm, wie alle behaupten«, setzte Bony gemächlich hinzu.

»Es gibt vielleicht unter den Menschen schlimmere Exemplare als bei den Pferden«, sagte der junge Mann bitter.

»Nicht vielleicht, sondern bestimmt, Tony. Worüber machen Sie sich denn Sorgen?«

»Über gar nichts. Wenn Sie von hier weggehen, wohin wollen Sie dann?«

»Hab' mich noch nicht entschieden. Warum?«

»Ach, es war nur so eine Frage. Warum lassen die Leute einen hier eigentlich nicht ruhig leben? Als ich vorhin bei den Häusern drüben war, hinter den Rindern her, sah ich den alten Peter Gunther und seinen Kumpel beim Goldwaschen. Na, kaum sage ich: ›Guten Tag‹, da schreit der mich schon an, ich sollte mich schleunigst wegscheren. Habe ich etwa die Pocken, oder was ist los?«

»Nicht die Pocken, Tony, aber Vorstrafen.«

»Tja, Vorstrafen, und kein Mensch hier will das vergessen. Harmon tut gerade so, als wenn ich Joy Elder da draußen hätte umbringen wollen und das auch tatsächlich getan hätte, wären Sie nicht dazugekommen! Die meisten Leute schieben die Morde, die in der Gegend passiert sind, einfach mir in die Schuhe. Es ist noch nicht lange her, da ritt ich auf der Straße nach Laverton und traf den alten MacBride, den Pastor, der mit seinem Auto festsaß. Er wollte auf Goldsuche fahren und hatte seinen Zündschlüssel verloren, und als ich in ein paar Sekunden seinen Motor durch Kurzschließen gestartet hatte, da sagte der doch zu mir, ich sollte das lieber aufgeben, Autos so in Gang zu bringen wie die jugendlichen Banditen das machen, wenn sie welche stehlen. Und dabei hatte ich ihm erspart, sechs Kilometer zu Fuß zu laufen! Ich habe nichts angestellt, seit ich in Daybreak bin. Nicht das geringste!« platzte er heraus. »Mir gefällt es hier, und manche von den Leuten mag ich gut leiden. Der Boß behandelt mich sehr anständig, und ich habe bei ihm mein gutes Auskommen. Die Eingeborenen sind freundlicher zu mir als die anderen Leute; die sagen nicht, ich soll mich wegscheren und glotzen mich nicht so an, als wäre ich der gesuchte Mörder.«

»Ihr Boß tritt aber für Sie ein, oder?« forschte Bony.

»Ja, der ist in Ordnung. Der alte Sam ist auch ganz anständig. Als sie mich wegen dieser Mordtaten verhaften wollten, hat er das verhindert. Er sagte, er würde seinen Gasthof verpfänden und die besten Rechtsanwälte von Australien für meine Verteidigung bezahlen, wenn sie das täten.«

»Oh! Warum wollte man Sie denn überhaupt verhaften?« fragte Bony erstaunt, denn dies war wirklich eine Neuigkeit für ihn.

»Na ja, an dem Tage, als Mrs. Lorelli umgebracht wurde . . . Sie haben davon sicher gehört?« Bony nickte. »Na, ihr Mann war an dem Tage in der Stadt. Er hatte meinem Boß ein paar Stück Vieh verkauft und ging dann mit dem Geld saufen. Ich wußte damals gar nichts davon, denn ich war weit weg, in den Süden 'runter, wo ich ein paar Ochsen holte, die der Boß in Wintarrie gekauft hatte. Kurz vor Dunkelwerden kam ich an Lorellis Haus vorbei und hatte Durst, weil ich vergessen hatte, meinen Wassersack zu füllen. Na, ich ging also an den Wasserbehälter bei Lorellis Haus und trank da. Dann ritt ich wieder hinter meinen Ochsen her und kam mit denen gerade, als es dunkel wurde, hier an.«

»Und Mrs. Lorelli haben Sie gar nicht gesehen, wie?«

»Doch, das wohl. Die haben beim Haus ein Stück Gartenland, und da war sie beschäftigt. Sie winkte mir aber bloß zu, und ich winkte auch nur kurz, da ich das Vieh nicht zu lange alleinlassen durfte.«

»Und dann, als ihr Mann so gegen neun Uhr heimkam, fand er sie erwürgt in der Küche?«

»Ja. Aber ich bin's nicht gewesen. Harmons Fährtensucher hat das auch gesagt, als Melody Sam ihn anbrüllte. Er sagte, ein Kerl mit geflochtenen Schuhen hätte es getan, aber erst später, als ich nicht mehr bei dem Haus war.«

»Sie tragen wohl nie solche Schuhe?«

»Nein.«

»Aber in Daybreak tun das gewiß verschiedene Leute?«

»Die, die Tennis spielen.«

»Und solche Schuhe gibt's im Laden?«

»Ich glaube, ja. Dort gibt's doch beinah alles.«

»Wie kommt es, daß Sie sich am rechten Bein verletzt haben?«

Die hellbraunen Augen des Jungen wurden in plötzlichem Mißtrauen hart. »Was wissen Sie von meinem Bein?« sagte er.

»Nun, Sie hinken doch ein wenig, Tony.«

»Na ja, ich bin mal abends von einem Dach gefallen und habe mir dabei was gezerrt. Warum fragen Sie?«

»Wann war das? Schon bevor Sie nach Daybreak kamen?«

Tony grinste. »Ja. Ich war gerade aus der Schule.«

»Dann wurde doch hier noch ein Junge umgebracht, nicht wahr? Abends, als er auf dem Rad nach Hause fuhr, nach Dryblowers Flat, hielt ihn ein Mann an, der solche Schuhe trug.«

»Tom Moss, ja. Der arbeitete in der Garage. Er hatte den Abend lange zu tun, weil ein Lastauto schnell repariert werden mußte. Kein Mensch hat zwar gesagt, daß ich das getan hätte, aber viele haben's gedacht. Weshalb sollte ich das wohl, erklären Sie mir das mal! Ich mochte ihn ja nicht, aber so widerlich, daß ich ihn umbringen würde, war er mir doch nicht.«

»Bei Mrs. Lorelli war es doch auch kein Raubmord, nicht wahr?«

»Nein, ich glaube nicht.«

»Und wie war es bei dem Eingeborenenmädchen, dieser Mary?«

Carr antwortete erst nach einer Pause. »Die wurde erschlagen – mitten in der Nacht, vor dem Tor zum Pfarrhaus.«

»Haben Sie das Mädchen näher gekannt? War sie jung oder schon älter?«

»Ziemlich jung wohl, ungefähr so alt wie Janet Elder. Und was soll das überhaupt heißen, ob ich sie näher gekannt hätte? Denken Sie vielleicht, ich wäre mit der gegangen?« Seine Augen flammten auf einmal in wildem Zorn. Er warf den Körper vor, daß er auf die Knie kam, und blickte Bony finster an.

»Nur mit der Ruhe«, sagte Bony eindringlich. »Ich wollte mir ja bloß ein Bild von ihr machen. Warum denn so wütend? Regen Sie sich doch nicht auf, Tony, sonst könnte man ja denken, ich hätte Sie beschuldigt, Mary umgebracht zu haben.«

»Na, ich weiß davon überhaupt nichts. Lassen Sie uns über was anderes reden.«

Bony fand, es sei der richtige Augenblick, weiterzuforschen, und sagte: »Dann erzählen Sie mir mal, weshalb Sie an dem Abend, als

Joy Elder in der Klinik bei Schwester Jenks lag, dort ins Haus gegangen sind.«

»Bin ich doch gar nicht ... Woher wissen Sie das?« fragte er mit ausdruckslosem Blick.

»An Ihren Fußspuren bei der Hintertür habe ich es erkannt. Die Tür war von innen verriegelt. Sie haben es fertiggebracht, von außen den Riegel zurückzuschieben. Und als Sie dann im Hause waren, passierte etwas, das Sie veranlaßte schleunigst zu verschwinden, und Sie hatten keine Zeit mehr – oder haben es vergessen –, die Tür wieder zuzumachen.«

»Ja, mein Gedächtnis läßt eben nach. Ich habe tatsächlich vergessen, die verflixte Tür zu schließen.«

»Warum waren Sie denn so spät abends da 'reingegangen?«

»Weil ich sehen wollte, wie's Joy ging.«

»Hätten Sie da nicht etwas früher an die Vordertür klopfen und Schwester Jenks fragen können?«

»Nein. Die fragte ich vor dem Abendessen, und da hat sie ziemlich kurz zu mir gesagt, den Umständen nach ginge es Joy ganz gut. Weiter erfuhr ich nichts. Am anderen Tag sagte mir der Boß, es wäre schon besser mir ihr. Übrigens: Was hatten denn Sie an der Hintertür zu suchen?«

»Schwester Jenks wollte kein großes Theater darum machen, daß die Tür offen war, die sie abends zugeriegelt hatte, und deshalb fragte sie mich, was ich davon hielte.«

»Und Sie haben ihr gesagt, daß ich da war?«

»Aber nein, Tony!«

Als käme der Mond hinter einer Wolke hervor, so verschwand jetzt der grimmige Ausdruck von Tonys Gesicht. Das aufkeimende Lächeln erhellte es. »Sie haben's wirklich nicht gesagt?« fragte er.

»Warum sollte ich denn? Sie haben mir doch nichts getan. Es war aber sehr dumm von Ihnen, die Schwester hätte Sie ja schnappen können.«

»Mich? Nie. Ich weiß mich schon zu bewegen.«

Bony beobachtete den jungen Burschen, der jetzt wieder so saß wie vorher und, das Kinn auf die angezogenen Knie gestützt, geradeaus ins Leere starrte.

»Joy hat eine Schwester, die Janet heißt, nicht wahr? Sind die beiden zugängliche Mädchen?«

»Für mich ist keine von den beiden zugänglich, ich bin ja vorbestraft, nicht? Sie haben Angst vor mir, und die hat ihnen der alte MacBride eingetrichtert. Sie sprechen nicht mal mit mir. Zumindest nicht, bevor ich Joy mit ihrem kaputten Fuß gefunden hatte. Erst danach – heute morgen nämlich – hat Janet zu mir ›Danke schön‹ gesagt und mir erzählt, daß es Joy schnell wieder besser würde.«

»Man hat Sie, scheint es, recht übel behandelt.«

»Das macht mir wenig aus.«

»Denken Sie nicht mehr daran, Tony. Wie kommen Sie denn mit den Eingeborenen zurecht? Mir hat jemand gesagt, daß Sie manchmal mit ihnen auf die Jagd gehen.«

»Das stimmt. Viele sind anständige Kerle, auf ihre Art. Ich bin mal ein paar von den Jungen begegnet, bald nach meiner Ankunft hier. Sie sprachen ganz gut Englisch, obwohl sie sich noch ziemlich wild aufführten und Speere trugen und direkt aus der Wüste kamen. Na, die wollten mit mir anbändeln und mich ärgern. Da habe ich den einen gleich flach gelegt und wollte mir auch die andern vorknöpfen. Es kamen noch welche dazu, und eine mächtige Keilerei entstand. Seither ist alles in Butter, und wir kommen prima miteinander aus.«

»Und Sie sind auch bei ihnen im Lager gewesen?«

»Ja. Wenn ich den Boß vorher um Erlaubnis gefragt hatte.«

»Nanu, weshalb war das denn nötig?«

»Na ja, der Boß ist ein feiner Kerl. Seine Frau ist auch nett zu mir. Er behandelt mich gerecht, und das erkenne ich auch an. Er will mir doch helfen. Deshalb möchte ich ihm keine Schwierigkeiten machen. Ich frage ihn, ob ich bei den Schwarzen mit kampieren darf, und er sagt: ›Gewiß, warum nicht?‹ Täte mir gut, so würde ich mich besser an die Wildnis gewöhnen, meinte er. Aber MacBride ging gleich los und schrie nach der Polizei. Harmon sagte aber, wenn mein Boß nichts dagegen hätte, wär's ihm auch recht«.

Bony merkte, wie der Trotz bei dem Jungen nachließ und er anfing, sich für etwas zu begeistern.

»Ich bin oft mit den Eingeborenen weggewesen«, fuhr Tony fort. »Verstehen Sie, nur für zwei Nächte und nicht weit 'raus. Ich ging mit ihnen auf die Jagd – Känguruhs fangen. Wir brachten die dann ins Lager und haben sie dort verspeist. Bißchen Singen und Tanzerei ums Feuer ’rum. Nachher fanden Ringkämpfe statt, und dann legten wir uns hin und schauten in die Sterne und haben geschlafen bis zum hellen Tag. Ich bin eigentlich mit allen prima ausgekommen. Der Boß sagte, das könnte man auch, wenn man nicht hinter ihren Weibern her wäre. Die sollte ich ja in Frieden lassen. Na ja, so ist das mit denen. – Ich weiß jetzt auch, wie man nach Honigameisen gräbt«, erklärte Tony weiter. »Haben Sie schon mal Wildenten gegessen, die ganz in Lehm gepackt, in die glühende Asche geschoben und mit den Federn gebraten worden sind? Im Kochen können die Eingeborenen einem allerhand vormachen. Und wenn die eine Fußspur sehen, sagen sie einem genau, wer die gemacht hat und wie lange das her ist und so weiter.«

»Ja, sie können gute Freunde sein, Tony. Deshalb hat ja auch der Fährtensucher gesagt, daß nicht Sie zu dem Haus von Lorelli gegangen sind und die Frau umgebracht haben.«

»Ja, so ist’s. Die Eingeborenen sind gute Kerle.«

7

Jeden Morgen spazierte Bony die Hauptstraße entlang. Er bemerkte zahllose Abdrücke von Stiefeln, Strandschuhen und nackten Füßen. Wenn jemand vor ihm herging und er selbst die Fußabdrücke dieser Person entstehen sah, merkte er sich Form, Größe und Besonderheiten des Fußes oder Schuhs. Er besaß die Fähigkeit, viele Einzelheiten in seinem Gedächtnis wie in einer Kartei aufzuspeichern und konnte sie nach Bedarf wieder hervorholen.

Geduldig suchte er hier die Fußspuren des Mannes, der Strandschuhe Größe 42 getragen hatte, als er jene Morde beging. Dieser Mann mochte Reitstiefel, Straßenschuhe oder Sandalen anziehen – seine Gangart mußte die typischen Merkmale wie bei den Strandschuhen zum Vorschein bringen. Sein Schritt, das Hinken und die Stellung seiner Füße zu einer in der Gehrichtung gezogenen oder gedachten Mittellinie mußten stets dieselben sein.

Bis zum Ende der Woche hatte Bony auf der Hauptstraße keine Spuren dieses Mannes gefunden, und er hielt es für denkbar, daß er in Dryblowers Flat oder auf einem der Höfe an der Straße nach Laverton wohnte. Er frischte sein Gedächtnis auf, indem er besonders genau die Gipsmodelle studierte, die Harmon aufbewahrt hatte. Ähnliche Spuren entdeckte er vielfach auf den Fußwegen, und die von Tony Carr hatten starke Ähnlichkeit mit den Modellen.

Er war absolut sicher, daß er früher oder später die gesuchte Fährte und den Mann finden würde, von dem sie stammte.

Eines Morgens besuchte er Schwester Jenks in der Klinik, unter dem Vorwand, er brauche ein Mittel gegen Kopfschmerzen.

»Also über die Nachbarn möchten Sie einiges wissen. Um welche geht's denn diesmal? Sagen Sie mir bitte im Ernst, ob Sie schon etwas herausgefunden haben.«

»Nein«, gab er zurück. »Nichts will passen. Es gibt da aber einen Punkt, und den möchte ich besonders prüfen. Immer wieder komme ich auf die seinerzeit gemachten, allzu spärlichen Angaben der Fährtensucher zurück, von denen man weit mehr Einzelheiten hätte erwarten müssen. So ist mir – wie ja auch anderen Leuten schon – der Gedanke gekommen, daß unser Mörder sich bewußt die Tage für seine Taten ausgesucht hat, an denen die Eingeborenen auf Wanderung waren, weil er hoffte, daß die Verzögerung durch das Herbeiholen anderer Fährtensucher von weither die Ermittlungen erschweren würde. Und es gibt dann vielleicht noch einen Grund, warum er diese Zeiten gewählt hat. Wollen wir uns mal über MacBride und seine Gattin sowie deren Hausmädchen unterhalten?«

»Sie machen sich Sorge, daß noch ein Mord passieren könnte, nicht wahr?«

»Wenn ich mit dieser Möglichkeit nicht zu rechnen hätte, könnte ich mich hier wie im Urlaub fühlen. – Ja, ich mache mir Sorge. Weil ich bisher nichts forcieren wollte, sind mir die MacBrides persönlich noch unbekannt. Wie man mir sagte, hat das Eingeborenenmädchen jeweils ein paar Wochen bei den MacBrides gearbeitet und ist dann wieder ungefähr ebenso lange bei ihrem Stamm gewesen. Stimmt das?«

»Ja«. Schwester Jenks runzelte nachdenklich die Stirn. »Ich finde aber, man kann bei den MacBrides nicht im üblichen Sinn von Arbeitgebern sprechen«, erwiderte sie. »Mrs. MacBride hat Mary gute Kleider geschenkt und sie, wenn sie im Auto wegfuhr, immer mitgenommen.«

»Hatte Mary Freunde oder Verehrer – schwarze oder weiße?«

»Das glaube ich kaum. Freundinnnen hatte sie wohl. Ich habe sie mal mit Mädchen – weißen – von Dryblowers Flat gesehen. Den beiden Elders und anderen.«

»Wie beurteilen Sie die Moral der beiden?«

Schwestern Jenks lachte. »Von schlechter Moral der Schwestern Elder habe ich bisher nichts gehört, und das hätte ich bestimmt, wenn eine von ihnen ins Gerede gekommen wäre. Sie sind ja ziemlich wild, aber das sind die anderen Mädchen da unten auch. Die beiden gehen sogar mit den Eingeborenen auf die Jagd, und da ist Mary, soviel ich weiß, manchmal mit ihnen zusammengewesen.«

»Schönen Dank, Schwester. Wir müssen im Gedächtnis behalten, daß Mary damals beim Pastor wohnte. Sie ging gegen zehn Uhr zu Bett. Sie trug zu der Zeit das Nachthemd, das Mrs. MacBride ihr geschenkt hatte. Als sie am nächsten Morgen tot aufgefunden wurde, trug sie das von der Mission ausgegebene Kleid, ohne das ja keine Eingeborene nach Daybreak oder Dryblowers Flat kommen darf. Also muß sie dieses Kleid vor Verlassen ihres Zimmers angezogen haben, und wir können daher ruhig annehmen, daß sie aus dem Hause auf die Hauptstraße gegangen ist, wo sie ihren Mörder traf. – Wie fanden Sie sie denn im Vergleich zu den anderen Frauen ihres Stammes? War sie heiter oder ernst veranlagt? Sauber? War sie reizvoll für Männer – speziell für weiße?«

»Ich werde sie Ihnen beschreiben«, sagte Miss Jenks. »Mary war nach meiner Schätzung ungefähr zwanzig Jahre alt. Bei regelmäßiger Ernährung sah sie ganz wohl aus. Sie wirkte – wie soll ich's ausdrücken? – nun, sehr nett in den geschenkten Kleidern. Gelacht hat sie viel, aber gesprochen wenig, außer mit Mrs. MacBride, der sie sehr zugetan war.

Jetzt, da Sie sich so auf Mary konzentrieren, fällt mir noch manches ein – Kleinigkeiten. An dem Sonntag, dem Tag, bevor sie starb, habe ich nach der Kirche mit ihr gesprochen, und da erschien sie mir schwermütig, nicht so fröhlich wie sonst. Ich weiß noch, daß ich sie gefragt habe, ob sie sich schlecht fühlte. Aber sie sagte: »Mir geht's gut, Miss«, und schüttelte den Kopf. Sie redete jede Frau mit ›Miss‹ und jeden Mann mit ›Mister‹ an. Noch ein Jahr länger im Pfarrhaus, und sie hätte, glaube ich, ebenso gut Englisch gesprochen wie die meisten Leute hier.«

»Entschuldigen Sie, wenn ich abschweife«, sagte Bony. »Welche Männer in Daybreak stehen in dem Ruf, ganz allgemein, besonders auf Frauen aus zu sein, auch auf solche von Marys Typ?«

»Meinen Sie wirklich, daß der Mord aus sexuellen Motiven begangen wurde?«

»Das ist jedenfalls ein Gesichtspunkt, der nicht ignoriert werden darf. – Wie viel oder wie wenig Erfahrung haben Sie selbst mit den Eingeborenen hier?«

Miss Jenks kramte in dem Wust von Sachen in ihrem Schreibtisch und zeigte ihm ein Foto von etwa fünfzehn nackten schwarzen Babys, die im Sonnenschein lagen, bewacht von zwei wild aussehenden, aber nicht reinrassigen Dingos.

»Sind die nicht süß?« fragte sie leise und wartete auf seinen Begeisterungsausbruch. »Keins auf dem Bild ist einen Tag älter als sieben Monate, und wenn der Stamm von der Wanderung zurückkommt, werden sicher wieder fünf neue da sein.«

»Sie führen wohl Buch über die Babys?«

»Natürlich. Und Wachtmeister Harmon hilft mir dabei. Er meint, wir hätten dem Kindertöten beim hiesigen Stamm ein Ende gesetzt. Die Jüngeren sind schon viel aufgeschlossener geworden, und ich glaube, dafür haben wir einigen Mädchen wie den Elders und jungen Männern wie Tony Carr zu danken.«

»Wie stehen Sie denn mit Miss Esther Harmon?«

»Sehr gut. Sie ist ein nettes altes Mädchen. Sie läßt immerfort die Verhafteten frei, was ihren Bruder gewaltig ärgert. Die gehen natürlich nie weiter weg als bis zur Theke im Gasthaus, aber er hat dann die Mühe, sie wieder zurückzubringen. Und anschließend gibt's zwischen den beiden Geschwistern furchtbaren Krach. Von ihrem tragischen Erlebnis haben Sie gewiß schon gehört?«

Als Bony das verneinte, erzählte sie ihm, daß eines Abends, als Esther in ihrem Wagen mit ihrer Schwägerin, also Harmons Frau, nach Hause fuhr – nach Kalgoorlie, wo sie damals wohnten –, zwei Jugendliche in einem gestohlenen Auto in die Seite ihres Wagens gerast waren, wobei Harmons Frau getötet und seine Schwester zum Krüppel wurde.

»Deshalb bleibt sie in Daybreak«, ergänzte sie. »Die Burschen blieben unverletzt und ergriffen die Flucht. Harmon entdeckte sie später zufällig als Arbeiter auf einer Rinderfarm, und da mußten die andern Arbeiter ihn mit aller Gewalt festhalten, sonst hätte er sie niedergeknallt. Es gab eine lange Untersuchung. Harmon wurde hierher versetzt und will jetzt unbedingt bleiben. Seine Behörde hat ihn zu einem Ortswechsel nicht zwingen können. Ich glaube, daraus erklärt sich, wie er Tony Carr behandelt: Es kommt einem vor, als warte er nur darauf, daß der mal gegen irgendein Gesetz verstößt.«

Tags darauf ritt Bony nach Dryblowers Flat. Er fand die Siedlung trostlos häßlich, baufällige Häuser am Ufer eines ausgetrockneten Baches, in dem ein tiefer natürlicher Brunnen wunderbar reines Wasser gab.

Das Haus, das Elder mit seinen Töchtern bewohnte, war zwar auch reichlich windschief, aber wenigstens geräumig, sauber und kühl. Joy kam ihm entgegen, sie klopfte den Hals seines Pferdes und bat Bony, auf eine Tasse Tee hereinzukommen. Ihr verletzter Fuß war noch verbunden; sie trug große graue Filzpantoffeln von ihrem Vater.

»Noch eine Woche, dann bin ich wieder gesund, Nat«, sagte sie verlegen und sah ihn bewundernd mit ihren goldbraunen Augen an.

»Das freut mich«, sagte er. »Dann kann ich ja einem gewissen jungen Mann berichten, daß er sich um Sie keine trüben Gedanken mehr zu machen braucht.«

»Tony Carr?«

Bony lächelte. Als sie ihn bat, vor ihrem Vater diesen Namen nicht zu erwähnen, blinzelte er ihr verschmitzt zu.

Elder dankte Bony für die seiner Tochter geleistete Hilfe. Die Mädchen gingen ins Haus, um Tee vorzubereiten. Er hatte dieselben Augen wie Janet, die den Besucher scharf, aber nicht herausfordernd musterten. Höflich wartete er, nach ein paar nebensächlichen Redensarten, daß Bony ihn über den Zweck seines Besuches aufklärte.

»Ich reite Harmons Pferd zu und bin Hausdiener in Melody Sams Hotel. Außerdem habe ich den geheimen Auftrag vom Ministerium für Eingeborenen-Angelegenheiten, die Ermordung der jungen Mary aufzuklären. Schwester Jenks sagte mir, Sie wären ein Mann, der dichthält, ohne unerwünschte Fragen zu stellen.«

»Was die Kleine sagt, hat Hand und Fuß, Bonnar«, meinte der Mann und lachte. »Fragen Sie, ich werde antworten.«

»Danke. Wir haben Grund, zu glauben, daß die Eingeborenen bei dem Versuch, den Mord aufzuklären, nicht so geholfen haben, wie sie es hätten können, aber wir sind auch nicht überzeugt, daß es eine interne Angelegenheit des Stammes gewesen ist. Wissen Sie, ob es zwischen dem Stamm und jemandem in der Stadt Streitigkeiten gegeben hat?«

»Früher gab es so was öfter«, erwiderte Elder. »Es wurde besser, als der jetzige Häuptling Iriti gewählt wurde. Melody Sam und der Polizist, der vor Harmon hier war, hatten eine Art Friedensvertrag mit den Eingeborenen geschlossen. Seitdem haben sie sich vernünftig benommen. Melody Sam hat sie dann großzügig behandelt und ihnen jedesmal, wenn sie von der Wanderung zurückkamen, Fleisch und Tabak gegeben.«

»Sind irgendwelche peinlichen Dinge zwischen den Eingeborenen und den weißen Männern geschehen?« fragte Bony weiter, und Elder antwortete, dergleichen sei nicht mehr vorgekommen, seitdem auf Harmons Betreiben hin ein Mann, der ein Verhältnis mit einer jungen Eingeborenen gehabt hatte, zu drei Jahren Gefängnis verurteilt worden war.

Als Bony Tony Carr erwähnte, sagte Elder: »Ich habe für diesen Burschen nichts übrig, aber er könnte ja nicht tagelang mit den Eingeborenen auf der Jagd gewesen sein, wenn er mit einem ihrer Mädchen angebändelt hätte. Dann wäre er schon längst spurlos verschwunden.«

Elder vertrat die Ansicht, daß Marys Tod vom Stamm beschlossen worden sei, weil sie sich zu sehr vom Pastor und dessen Frau hatte leiten lassen, und als die Eingeborenen den richtigen Anlaß fanden, sie zu töten, sei das eben gemacht worden. Ihnen sei es in solchen Fällen ganz einerlei, ob das auf der Hauptstraße oder in der Wüste geschehe.

»Und welcher Anlaß sollte das gewesen sein?« wollte Bony wissen.

»Na, meine Tochter Janet hat mir das so erzählt: Als sie mit Mary und den anderen jungen Eingeborenenmädchen mal draußen kampieren wollte, kamen sie und Mary an eine Opferstätte der Eingeborenen da unten im Mulgawald. Das war ungefähr vor einem Jahr. Von uns geht niemand in diesen Wald, denn da ist ja nichts zu holen. Also, die Mädchen hatten zuerst nördlich vom Wald auf einem Felsen gestanden, und auf dem Rückweg sagte Janet, sie wollte nicht wieder ganz um den Wald herumgehen, sondern einfach quer hindurch. Und sie drängte Mary so lange, bis sie mitmachte.

Also gingen die zwei durch den Wald, die anderen den großen Umweg. Wie Janet es schildert, kamen sie an einen Steinhaufen und sahen von da aus einen Platz mit Kreisen aus weißen Steinen. Mary kriegte Angst und weigerte sich, diesen Platz zu überschreiten, während Janet es tat. Mary ging um ihn herum und erst hinter dem Platz mit Janet weiter. Aber sie hätte dort überhaupt nicht sein dürfen, weil der Ort für weibliche Eingeborene tabu ist. Grund genug, sie zu töten. Nach außen hin, weil sie den Stamm verlassen hatte, um bei den Weißen zu leben – denn so konnte es wirken, obwohl sie sich auch oft bei ihren Leuten aufhielt. Begreifen kann ich nur nicht, warum sie Janet nicht umbrachten, die doch tatsächlich quer über den heiligen Boden gegangen war.«

»Das hätte zuviel Staub aufgewirbelt«, gab Bony zu bedenken. »Außerdem ist ein weißes Mädchen in diesem Zusammenhang in ihrer Gedankenwelt ohne Bedeutung.«

8

Melody Sam war Bony außerordentlich dankbar dafür, daß er ihn kuriert hatte. Seine Enkelin grübelte immer noch über eine ihr sehr wichtig erscheinende Frage nach: War der Hausdiener verheiratet oder Junggeselle? Wachtmeister Harmon behandelte Bony, weil er ihm sein graues Pferd gezähmt hatte, unverändert nett und wie einen Freund.

Neun Tage war Inspektor Bonaparte jetzt in Daybreak und hatte, während er seinen Pflichten als Hausdiener nachging, ständig gelauscht und geforscht, um die Strömungen unter der Oberfläche dieser scheinbar so ruhigen Gemeinde zu entdecken. Er merkte kaum, wie schnell die Zeit verstrich. Was seine fernen Vorgesetzten über das Ausbleiben von Berichten denken mochten, ließ ihn völlig kalt.

Am Vormittag des zehnten Tages saß er mit Melody Sam auf einer Bank vor dem Hotel. Gäste waren nicht da.

Sam hatte schon sieben alkoholfreie Tage hinter sich; er saß aufrecht und kraftvoll da, in Reitstiefeln und einer Gabardinehose, bekleidet mit einem weißen Hemd und zugeknöpfter Weste aus dunklem Stoff, über die sich eine Uhrkette aus Goldklumpen quer über die Brust zog. Sein weißes, borstiges Haar war kurz geschoren, sein Schnurrbart gestutzt und energisch gesträubt. Er bot, wie seine Enkelin, ein Bild größter Sauberkeit.

»Diese Pfefferbäume da«, bemerkte er, »habe ich 1898 gepflanzt. Es waren dreißig, nur einer ist eingegangen, und den haben die verflixten Ziegen abgefressen. Die ersten zehn Jahre mußten wir die Bäume sehr sorgsam hüten, aber nachher wurden sie sogar den Ziegen zu zäh. Beinah hätten wir noch einen verloren, den dritten da in der Reihe.« Melody Sam lachte. »Den hat nämlich ein Kerl beinah durchgebissen, den wir ›Flüsterwilly‹ nannten. Mit dem hatte einer gewettet, er könnte sich nicht durch einen Pfefferbaum durchbeißen, und eines schönen Abends ging er ’raus und fing damit an. Er fand ihn aber, wie die Ziegen auch, reichlich zäh, deshalb ging er nach Hause, holte seine Axt und schlug drauflos. Er war schon halb durch, als wir ihm endlich die Axt entreißen konnten.«

»Das waren noch muntere Zeiten«, meinte Bony.

»Aber es war vor Ihrer Zeit, Nat. Viel früher schon. Damals gingen richtige Männer noch richtig aufeinander los, mit Fäusten und Stiefeln, Steinbrocken und Äxten und was gerade zur Hand war. Heutzutage schleichen sie von hinten 'ran und bringen die Leute mit einem Knüppel oder einem Messer um, und man weiß nicht mal, warum eigentlich.«

»Mir ist auch schon was von den Morden hier im Ort zu Ohren gekommen«, sagte Bony.

»Kein Wunder, Nat. Wir hatten ja sogar Polizei aus Kalgoorlie hier, die sich immerzu im Kreis drehte, und unser braver alter Harmon – na, er ist in seiner Art ganz tüchtig. Wir kommen mit ihm zurecht.«

»Es muß wohl einen Wahnsinnigen in der Stadt geben oder in Dryblowers Flat«, lenkte Bony ihn weiter.

Sam lachte wieder: »Da unten wohnen einige seltsame Leute«, sagte er, »aber so schlimm ist's auch wieder nicht. Reiten Sie doch mal hin und sehen Sie's sich selbst an. Ganz originelle Kerle gibt's da. Nein, dieser Mörder ist nicht so harmlos, der lebt nett und friedlich hier unter uns, und eines Abends wird er wieder eine Gelegenheit finden. Und wenn das passiert, Nat, dann setze ich Sie auf den an.«

»Nanu! Wieso denn mich?«

»Weil bei den Fährtensuchern, die man eingesetzt hatte, irgendwas nicht reell war. Diese Morde bedrücken mich; sie schaden unserem Ruf sehr. Daybreak ist eine Stadt, in der Ordnung herrscht. Abgesehen von einer Schlägerei oder dann und wann einem kleinen Diebstahl oder einem Ehekrach ist Daybreak, könnte man sagen, eine blitzsaubere, anständige Stadt. Muß es sein, denn es ist ja meine. Bis auf Post, Polizei und Gericht gehört sie von vorne bis hinten mir. Und wer einen von meinen Leuten ermordet, hat mich angegriffen. Den müssen wir fassen, Nat, und wenn wir Erfolg haben, dann werde ich Harmon an einen dieser Bäume binden lassen, werde selbst zu Gericht sitzen, und eine Viertelstunde, nachdem wir den Mörder verurteilt haben, soll Harmon an einem dieser Pfefferbäume baumeln!«

Waren das senile Hirngespinste? Nein, die Stimme klang fest; der

Mann war bei klarem Verstand und ganz kühl. Bony wurde nervös.

»Das könnte viel Zank und Streit geben«, sagte er.

»Nicht zu vermeiden, Nat, nicht zu vermeiden.«

Dazu ließ sich kaum etwas sagen. Bony fragte statt dessen: »Was meinten Sie denn mit ›nicht reell‹ in bezug auf die Fährtensucher?«

»Das muß aber ganz unter uns bleiben, klar? Sie arbeiten für Melody Sam, und den hat noch keiner knickerig gefunden. Sie gefallen mir, Nat, und wir vertragen uns gut. Außerdem haben Sie nicht gezetert, als ich voll Whisky war, und haben mich nicht so behandelt, als wenn bei mir 'ne Schraube locker wäre. Ich habe Sie beobachtet. Sie wissen mehr, als Sie sagen. Wieviel verdienen Sie bei uns als Hausdiener?«

»Zehn Pfund die Woche, und alles frei«, antwortete Bony und überlegte, was er tun sollte, wenn ihm Sam den Lohn tatsächlich in die Hand drücken würde. Aber es sollte noch schlimmer kommen.

»Zehn Pfund die Woche?« brummte Melody Sam. »Früher gab's zehn Schilling, und da riß man sich um die Stelle. Zehn Pfund in der Woche! Na, mehr zahle ich Ihnen nicht, denn mehr sind Sie nicht wert. Als Hausdiener, meine ich. Verstehen Sie mich richtig: An der Theke machen Sie Ihre Sache gar nicht schlecht, müssen aber noch viel lernen. Ich habe jetzt einen anderen Job im Sinn: eine Kontrolle der Fährtensucher und rücksichtslose Aufklärung, wenn der nächste Mord passiert ist.«

»Was war denn an den Fährtensuchern damals zu bemängeln?« wich Bony dem Thema ›nächster Mord‹ aus.

»Na, nehmen wir mal dieses Eingeborenenmädchen, Nat«, fuhr Sam fort. »Sie war nicht übel, diese Mary. Höchstens zwanzig oder einundzwanzig. Na, Sie wissen ja, wie manche in dem Alter aussehen.« Ein harter Ellbogen traf Bony in die Rippen, und das leise Lachen verriet, daß Melody Sam selbst es sehr wohl wußte. »Die wurde unter dem letzten Pfefferbaum am anderen Ende der Straße, dicht beim Pfarrhaus, erschlagen. Sie hatte eine Weile beim Pastor gearbeitet, mit Unterbrechungen etwa ein Jahr. Ihre Leute meinten wohl, man hätte sie da zum Christentum bekehrt, aber ... Nun es war so, daß Harmon damals einen Fährtensucher namens Abie hatte, und dieser Abie zog mit dem Stamm los, bevor das

Mädchen umgebracht wurde, deshalb hatte Harmon, als der Mord verübt wurde, keinen Fährtensucher zur Hand.

Anscheinend war Abie hinter Mary her, und Harmon meinte, er könnte ja aus der Umgegend zurückgekommen sein, um sie zu töten. Jedenfalls hatte Harmon soviel Verstand, daß er den Boden da, wo das Mädchen gefunden wurde, ringsum mit Laken bedecken ließ, um die Fußspuren zu erhalten. Dann rief er den Wachtmeister in Laverton an, er möchte ihm seinen Fährtensucher schicken, damit er nach Fußspuren forschen könnte. Der wurde auch gebracht, vier Tage später, und sagte zuerst, ein Eingeborener sei der Täter gewesen. Nachher meinte er aber, es müsse doch ein Weißer gewesen sein. Er blieb unsicher, und alles Fragen kreuz und quer nützte nichts. Na, und der Platz da hinten an der Straße wurde natürlich von Menschen und Tieren wieder völlig zertrampelt.

Die Polizei unternahm weiter nichts – jedenfalls schien es so. Harmon setzte sich in den Kopf, daß Abie es getan hätte, und wartete bloß, daß er mit dem Stamm wieder zurückkäme. Und als sie alle kamen, war Abie nicht dabei. Niemand hat ihn seitdem gesehen.

Viele dachten damals, es sei eine Abrechnung zwischen Eingeborenen gewesen. Sie verstehen schon: reine Eifersuchtsgeschichte zwischen zwei jungen Männern, die gerne diese Mary haben wollten. So dachte auch Harmon, aber der Pastor protestierte dagegen. Der steht ja ganz auf der Seite der Eingeborenen und ist unser Gegner. Na, der hat vielleicht dumm geschaut, als der zweite Mord passierte! Sie haben doch davon gehört?«

»Ja, eine Mrs. Lorelli«, antwortete Bony. »Carr hat mir erzählt, daß man ihn in Verdacht gehabt hätte.«

»Eher hätten sie mich verdächtigen können!« schnaubte Melody Sam. »Dieser junge Lümmel, dem fehlt nichts weiter als eine ordentliche und strenge Erziehung. Ich mußte mich für ihn noch ziemlich ins Zeug legen. Diesmal waren die Eingeborenen wieder weit draußen, und Harmon ließ zwei Fährtensucher aus Kalgoorlie kommen. Die fanden Fährten von einem Kerl in Strandschuhen, der sich dem Haus durch das Bett eines steinigen Baches genähert hatte und den Mord mit den bloßen Händen ausführte.«

»Und daraufhin hatte man Tony Carr besonders in Verdacht?« warf Bony ein.

»Ja.« Melody Sams Stimme wurde plötzlich laut. »He, du, Bert Ellis, es ist knapp elf Uhr. Du gehst mir nicht an die Theke, ehe deine Mittagspause beginnt, verstanden!«

Ratsdiener Ellis wollte protestieren und mußte sich nochmals sagen lassen, er solle, zum Donnerwetter, bis zwölf Uhr warten. Melody Sam knurrte ärgerlich, dämpfte aber seine Stimme wieder und sagte: »Zwölf Pfund die Woche und schafft in acht Stunden weniger als ich in vier! – Ja, richtig, man wollte Carr die Sache in die Schuhe schieben. Er gab zu, daß er kurz vor Sonnenuntergang bei Lorelli am Haus gewesen war, und als Lorelli um neun nach Hause kam, war seine Frau nicht mehr am Leben. Wenn ich sagte, ›man‹ wollte Carr der Tat beschuldigen, dann meine ich Harmon, den der Pfarrer noch aufgestachelt hatte. Dieser MacBride ist schon zu lange hier, der bildet sich ein, die Stadt gehöre ihm. Nicht mal die Kirche gehört ihm – sondern mir, und sein Gehalt kriegt er auch von mir. Ich sagte: ›Der junge Carr wird nicht verhaftet, wenn bloß geflochtene Schuhe der einzige Beweis sein sollen.‹«

Melody Sam ließ wieder sein trockenes Lachen hören und sagte: »Als ich den Mund aufmachte, Nat, da wurden sie alle ganz klein. Jedenfalls bekamen wir über den Mord an der Mrs. Lorelli nichts 'raus. Man ließ Kriminalbeamte in Zivil aus Kalgoorlie kommen, und die stöberten ein paar Wochen hier herum und verpulverten fast ihr ganzes Gehalt in meinem Lokal. Fürs Geschäft war das gut. Ebenso war's, als der junge Moss da in der Nähe vom Förderschacht ermordet wurde; nur blieben die Kriminalbeamten diesmal noch länger und gaben noch mehr Geld für Bier aus. Dieselben Strandschuhe, Nat, und derselbe Mann, der sie trug. Und dies ist nun der Punkt, wo Sie sich einschalten sollen, Nat.«

»Augenblick mal«, meldete sich Bony, »blieb diese Mary immer bei –«

»Sie warten jetzt schön ab, Nat«, knurrte Melody Sam. »Die Geschichte erzähle ich! Wir kommen auf das Mädchen noch zurück. Jetzt dreht sich's um die Spuren der Strandschuhe, und Sie vergessen gefälligst nicht, wer hier der Boß ist.«

»Entschuldigung«, murmelte Inspektor Bonaparte gehorsam.

»Gut. Also, als Mary umgebracht war und der Fährtensucher aus Laverton die Spuren fand, hatte Harmon nicht soviel Verstand, daß er sich Gips holen ließ, um Abgüsse zu machen. Aber nachher, beim Mord an Mrs. Lorelli, da hat er es getan und auch am Förderschacht, als der junge Moss gefunden wurde. Er hat also zwei Sätze Gipsabgüsse und kriegte dazu zwei Aussagen. Können Sie folgen?«

»Ja – ich glaube schon«, erwiderte Inspektor Bonaparte.

»In einer Minute werden Sie's können. Wir haben es also mit drei Morden zu tun, haben zwei gleiche Gipsabgüsse von zwei verschiedenen Spuren von Strandschuhen und haben drei Aussagen von Eingeborenen aus verschiedenen Gegenden. Die Strandschuhspuren stimmten also überein, und die Aussagen auch. Verstanden?«

»Jawohl«, sagte Bony.

»Nun fassen Sie mal die Aussagen der Fährtensucher zusammen. Dann heißt das, daß der Kerl Strandschuhe Größe 42 getragen hat, auf dem rechten Bein hinkt, ein Weißer sein müßte und, nach der Schätzung, ungefähr zweiundsiebzig Kilo wiegt – er war gewichtsmäßig mit Wachtmeister Harmon verglichen worden. Und jetzt passen Sie auf.«

Melody Sam erhob sich, trat vom festen Fußsteig auf die staubige Fahrbahn der Hauptstraße und ging bis zu seiner Statue, wo er sich mit dem Gesicht nach Laverton hinstellte, dann kehrtmachte und zur Bank zurückkam.

»Wir wollen nichts verderben, Nat«, sagte er. »Gehen Sie jetzt hin, betrachten Sie meine Fußspuren und sagen Sie mir, was Sie von ihnen ablesen.«

Bony gehorchte, dann gab er seinen Bericht.

»Es sind Abdrücke eines Stiefels Größe 42, getragen von einem weißen Mann, der etwa dreiundsiebzig Kilo wiegt. Er ist alt, aber noch sehr sicher auf den Beinen. Kürzlich war er krank, hat sich jedoch wieder vollkommen erholt. Die Spitze seines linken Fußes hat er mehr nach außen gedreht, als er's sonst tut, um mich, seinen Fährtensucher, zu täuschen.«

»Ah!« rief Melody Sam begeistert. »Das habe ich erwartet. Habe ich's mir nicht gedacht? Und nun sagen Sie mir folgendes, Nat, sagen Sie mir: Warum haben die Fährtensucher über die Spuren weniger ausgesagt, als sie tatsächlich an ihnen festgestellt haben mußten? Ich erklärte Ihnen, daß ich mal einen Eingeborenen beschäftigte, der mir mehr über den Mörder hätte erzählen können, als der von sich selber wußte, und die drei damals waren sogar alle besonders erfahrene Fährtensucher. Und sie sagten doch bloß, daß er ein Weißer sei, Schuhgröße 42 habe, etwa soviel wie Harmon oder ich wiege und ein bißchen hinke – weiter nichts.«

»Hm«, machte Bony, der im stillen diesen schlauen alten Mann bewunderte, »ich verstehe jetzt Ihre Gedankengänge.«

»Gut. Dann verstehen Sie auch, wofür ich Sie hier einsetzen möchte. Sie sollen sofort zur Stelle sein, wenn der nächste Mord passiert ist, denn Sie können mir dann mindestens ebenso viel sagen, wie die drei Eingeborenen gewußt haben müssen und für sich behielten.«

»Meinen Sie nicht, die Polizei könnte es verschwiegen haben, um ungestörter arbeiten zu können?«

»Nein, das hat sie bestimmt nicht«, gab Melody Sam sofort mit Entschiedenheit zurück.

»Es will mir scheinen, als ob wir noch einen Mord abwarten müßten«, sagte Bony ganz sachlich, um Melody Sam in dem Glauben zu bestärken, daß er genauso dächte.

»Ganz recht, das werden wir wohl müssen, Nat. Nichts hat Klarheit gebracht. Wie Harmon schon sagte: Es ist kein Plan zu erkennen, auch kein erklärbarer Zusammenhang zwischen zwei dieser Morde, geschweige denn allen dreien. Eine Eingeborene, eine weiße Frau, ein weißer Mann; ein Opfer mit einer Keule oder dergleichen erschlagen, eins erwürgt, eins mit dem Messer umgebracht. Himmel, wo ist denn der her?«

An der Straße von Laverton stand ein nackter Eingeborener, dessen Augen auf sie gerichtet waren. Sein Haar war auf dem Kopf zusammengebunden. Er war knapp mittelgroß und stand ganz steif da.

»He, komm mal 'ran, du!« brüllte Melody Sam. Der Eingeborene näherte sich. »Na hol' mich der Teufel, Nat, das ist ja Harmons Fährtensucher, Abie!«

9

Abie war noch jung. Drei kleine Narben auf seiner Brust waren kaum verheilt. Wie bei allen Angehörigen der Stämme im westlichen Australien waren die Beine spindeldürr, die Hüften schmal, die Brust breit und kräftig, während die Schultern etwas abfielen. Seine Hände hielten einen kurzen Stab und zwei etwa zwei Meter lange Speere. Sie waren im Verhältnis zu den dünnen sehnigen Armen auffallend groß.

Als er da am Rand des Gehsteigs stand und, den Blicken der weißen Männer ausgesetzt, die breiten Zehen im Staub hin und her schob, wichen seine unruhigen Augen ihren Blicken aus.

»Du bist lange fort gewesen, Abie«, fing Melody Sam an. »Bringst du mir einen Briefstab? Gib her.«

Abie reichte ihm den nur etwa fünfzehn Zentimeter langen Stab, der mit scharfkantigem Quarz oder Granit glattgeschabt, im Feuer angesengt und mit Sandstein und Speichel poliert war. Zwei kreisförmige Kerben teilten ihn in drei Abschnitte. Zwischen zweien dieser Ringe waren kurze Striche eingeritzt. Es war – wie Bony wußte, und Melody Sam natürlich auch – ein offizieller ›Brief‹ der Eingeborenen.

Melody Sam hatte ihn genommen, studierte die Zeichen, nickte weise und blickte in die Augen, die ihn unentwegt anstarrten. Da merkte Bony, daß Sam, ein Weißer, von diesem Eingeborenenstamm als Stammesmitglied aufgenommen worden war. Als er die Hand nach dem Stab ausstreckte, hielt Abie rasch die Speere waagrecht vor ihn, um ihn daran zu hindern.

Als Bony aufstand, bewegten die Speerspitzen sich mit und blieben einen halben Meter vor seiner Brust stehen. Sie hatten Spitzen aus Mulgaholz, im Feuer gehärtet. Ohne Hast zog Bony sein Hemd so weit aus dem Gürtel hoch, daß die Mannbarkeitsnarben an seinem Körper sichtbar wurden.

Die dunklen Augen in dem braunen Gesicht blitzten, die Speerspitzen neigten sich und kamen wieder hoch, nun senkrecht gegen Abies eigene Schulter gedrückt. Bony schob sein Hemd wieder zurecht und setzte sich. Als er jetzt nach dem Stab griff, durfte er ihn nehmen. Melody Sam sagte lachend: »Diesmal wußten Sie aber nicht ganz Bescheid, Nat.«

»Dies ist ja ein besonderer Stab«, sagte Bony, »er kommt von Häuptling zu Häuptling, und Sie sind der eine. Es steht dort: In zwei Nächten und einem Tag. Im übrigen hatte er mich, wie Sie richtig bemerkten, stutzig gemacht. Daß Sie in aller Form in den Stamm aufgenommen worden sind, konnte ich mir freilich denken.«

Melody Sam strahlte vor Freude. »Gut, Nat! Sie sind noch klüger, als ich dachte. Jawohl, dieser Stab meldet, daß der Stamm übermorgen früh ankommt, und fragt, ob ich für alle reichlich zu essen hätte.«

Er spuckte in den Staub vor seinen Füßen, drückte das nicht gekerbte Ende des Stabes in den Speichel, berührte damit seine Stirn und reichte ihn dem Boten zurück. Abie nahm den Stab in die linke Hand. Er sah die Männer lächelnd an und wollte kehrtmachen, da sagte Sam: »Halt! Bist du schon bei Wachtmeister Harmon gewesen?«

Der Eingeborene schüttelte den Kopf. Eine Platte Kautabak, die Sam ihm gab, nahm er mit Selbstverständlichkeit an. »Dann mach aber, daß du wegkommst«, sagte Sam. »Wenn der Wachtmeister dich schnappt, tritt er dich in den Hintern, und du bist nicht mehr sein Fährtensucher!«

Abie zeigte Humor, als er lachend die Lippen vorschob und nach Art der zivilisierten Leute geringschätzig »Pah!« machte. Dann drehte er sich um, schritt zur Straße nach Laverton und verschwand in seiner eigenen Staubwolke.

»Wissen Sie, Nat«, sagte Melody Sam, »man mag sie nennen, wie man will, aber sie sind die einzigen anständigen Menschen, die es auf der Welt noch gibt. Und soll ich Ihnen noch etwas sagen? Unsere eigene Rasse will diese Menschen einfangen lassen, damit sie in Häusern wohnen, arbeiten gehen und Schweinefleisch von Porzellantellern essen und dergleichen mehr. Davon halte ich gar nichts. Ich bin dagegen, daß man diese Menschen in das schmierige, sündhafte Leben zwingt, das wir Zivilisation nennen.«

»Da bin ich ganz Ihrer Meinung«, stimmte Bony zu. »Was stand weiter in der Botschaft?«

»Na ja, daß sie übermorgen im Lauf des Tages nach Daybreak kommen werden. Sie sind ja viele Wochen fortgewesen, haben von Eidechsen und Ähnlichem gelebt, haben ihre Jünglinge mannbar und die jungen Mädchen zu Frauen gemacht. Haben Sie Abies Bauch gesehen? Platt wie ein Brett. Deshalb schickt mir Iriti, der Häuptling, diese Nachricht, weil er weiß, daß dann ein Rind für sie da sein wird und sie sich die Bäuche mit Fleisch vollschlagen und sich acht Tage lang ausschlafen können.«

»Spendieren Sie ihnen denn jedesmal etwas?« fragte Bony erfreut.

»Na, warum denn nicht?« gab Sam zurück. »Auf ihrem Land lassen wir doch unser Vieh grasen. Gewiß, wir bezahlen Steuern dafür, aber die kriegen ja nicht die Eingeborenen. Deshalb schenke ich ihnen, wenn sie von der Wanderung zurückkommen, ein Rind.«

»Mich hat es gefreut, zu sehen, daß Abie nicht Daybreak ferngeblieben ist, weil er Angst gehabt hätte, als Marys Mörder angeklagt zu werden«, sagte Bony. »Die noch nicht ausgeheilten Narben auf seiner Brust sind noch nicht sehr alt.«

»Nein.«

»Also ist er die ganze Zeit mit dem Stamm unterwegs gewesen.«

»Muß er wohl. Und es war ja nicht gerade unwichtig für ihn, sich die Zeichen seiner Mannbarkeit rechtzeitig einschneiden zu lassen. Soweit mir bekannt, wird das stets in einem bestimmten Alter gemacht.«

»Nicht immer und nicht bei jedem Stamm. Dieses junge Mädchen, Mary, blieb die ständig hier im Ort, wenn der Stamm auf Wanderung ging?«

»Nein, es war das erste Mal gewesen, und für sie auch das letzte. Aber deswegen kann man doch nicht ohne weiteres ihre Verwandten beschuldigen, Nat, oder was meinen Sie?«

»Nein, sicher nicht.«

»Das Mädchen hat bestimmt ein weißer Schuft umgebracht, der mit den Strandschuhen. Und den werden die Eingeborenen eines schönen Tages wittern, und wir kriegen wieder einen Mord. Ich lasse nicht zu, daß –«

»He, Sam, es ist zwölf Uhr«, ertönte eine klagende Stimme. Am letzten Pfefferbaum, der das Denkmal beschattete, stand Ratsdiener Ellis.

Sam Loader riß seine enorm große Uhr aus der Westentasche, warf einen Blick auf das Zifferblatt, erhob sich mit einem Ruck von der Bank und schrie: »Sie sind mir ja ein feiner Hausdiener, Nat Bonnar! Schon zwölf durch und an der Theke kein Mensch, um den Durst der Bevölkerung zu löschen. Los, 'rüber zum Einschenken, Mann!« Und leise fügte er hinzu: »Ich werde Harmon Bescheid sagen, daß die Eingeborenen zurückkommen. Und Sie vergessen mir nicht, daß Sie zwei Posten bei mir bekleiden, bei zweimal zehn Pfund die Woche und freier Station.«

Kriminalinspektor Napoleon Bonaparte nickte ernst, stand auf und ging in die Kneipe. Ihm dicht auf den Fersen folgte Ratsdiener Ellis.

»Zäher Braten, der Alte«, brummte Ellis, als er sich an die Theke lehnte und seinen dünnen grauen Schnurrbart glattstrich.

»Ach, den Boß meinen Sie?« fragte Bony, der Bier einschenkte, harmlos. »Ich glaube nicht, daß der schon über achtzig ist.«

»Ist er aber. Ich bin achtunddreißig Jahre in Daybreak, und als ich herkam, sah er genauso aus wie jetzt. Der verändert sich nie.«

»Er hat mir erzählt, daß ihm die ganze Stadt gehört, sogar die Kirche.«

»Alles gehört ihm, Nat«, bestätigte Ellis feierlich. »Ganz Daybreak und etliche Hektar Land rundum. War das Abie, mit dem Sie beide da gesprochen hatten?«

»Melody Sam sagte, er wäre es.«

»Was gibt's denn Neues?«

»Daß der Stamm übermorgen kommt und daß Sam ein Rind versprochen hat.«

»Er gibt ihnen immer tüchtig zu essen, wenn sie zurückkommen«, sagte Ellis anerkennend. »In Daybreak ist noch keiner verhungert. Bestimmt wird er Fred Joyce den Auftrag geben, morgen abend ein extra fettes Rind zu schlachten.«

»Sie sagten eben, daß Sam sehr viel Land besitzt. Ist er auch Viehzüchter?«

»Nein, er selber nicht. Er hat überall seine Leute dafür. Er selber kümmert sich fast nur um die Kneipe, und die bringt kaum die Unkosten 'rein. Nicht so wie früher. Nicht die richtigen Gäste heutzutage. Es wird nicht mehr viel Gold gefunden hier. Vor dreißig Jahren saßen drüben in Dryblowers Flat dreihundert Goldsucher, und jetzt sind's knapp fünfzehn. Aber gegen Abend wird heute mehr los sein. Das ist an den Posttagen immer so. Noch ein Glas, Nat, und dann will ich nach Hause zum Mittagessen.«

»Wo werden die Eingeborenen kampieren?« fragte Bony, während er den Schaum vom Glas abstrich, um so vorschriftsmäßig zu füllen.

»Meistens lagern sie an der Nordseite von Bulow's Range. Ein Stückchen bergab sind freiliegende Granitschichten, und da gibt's Wasserlöcher. Einen Lagerplatz haben sie drüben im Mulgawald, dort feiern sie ihre Feste und begraben da auch ihre Häuptlinge. Ich bin noch nie in dem Wald gewesen. Die Leute behaupten ja, es wäre der schönste Mulgawald in unserer Provinz.«

Ein paar neue Gäste traten ein; Ellis empfahl sich. Alle wollten wissen, ob der Eingeborene, den jemand gesehen hatte, Harmons früherer Fährtensucher gewesen sei, und es schien Bony, als wisse bereits die gesamte Einwohnerschaft von diesem Besuch. Er spürte keine verborgene Strömung von Angst, Mißtrauen oder allgemeiner Erregung.

Auch Fred Joyce, der Fleischer, kam auf ein Glas herein, lächelte Bony zu und fragte ihn, als sich die Gelegenheit ergab, ob er ihm wohl zwei junge Pferde zureiten würde. »Harmon hat an seinem Grauen jetzt viel Freude, Nat«, sagte er. »Das Pferd hätte eine wunderbare Gangart, sagt er, und ein Feuer, daß es den Großen Pokal in Melbourne gewinnen könnte.«

»Ja, ein fabelhaftes Pferd«, bekräftigte Bony. »Harmon hat Glück gehabt, diesen Hengst billig zu kriegen, und wenn er ihn mit Geduld härter macht, wird er ein erstklassiges Reitpferd haben.«

»Überlegen Sie sich mal, ob Sie sich meine beiden Pferde vornehmen könnten. Zur Zeit habe ich nur den einen alten Klepper, den Tony reitet, und Tony wird nie richtig reiten lernen, wenn er nicht mal was Lebhafteres kriegt.«

Bony bediente ein paar Gäste an den Tischen, kam aber gleich zurück und schenkte Joyce das nächste Bier ein. »Glauben Sie denn, daß Sie aus dem Bengel was Ordentliches machen können? Carr meine ich. Er kommt mir so mürrisch vor.«

»Er hat viele gute Eigenschaften, Nat, und viele schlechte. Er hat keine Chance gehabt, besser zu werden. Sein Vater war ein Säufer, die Mutter noch Schlimmeres. Beide ständig im Kittchen. Man muß sich wundern, daß ein Junge wie er unter solchen Verhältnissen nicht schon als kleines Kind vor die Hunde ging. Tony war, als er noch nicht mal zehn Jahre alt war, schon in der Erziehungsanstalt. Sie können's sich ja denken: ausgerissen, Autos gestohlen, die Teile verkauft; später kleine Überfälle mit Schlagringen, oder er entriß Frauen die Handtaschen. Dann kam die große Wende. Er fuhr als Tramp auf Güterzügen bis Kalgoorlie, versuchte da einen Überfall auf mich, wurde eingelocht, und ich – ich habe Kaution für ihn gestellt und ihn 'rausgeholt. Und auf halbem Weg nach Daybreak wollte er mir mein Auto klauen!«

Bony bediente einen anderen Gast, dann wandte er sich wieder Joyce zu. »Also Ihr Auto wollte er stehlen«, knüpfte er an und tat erstaunt.

»Er hat es mit einem Trick auch beinah geschafft, aber nicht ganz«, sagte Joyce grimmig. »Da habe ich ihn aber verdroschen, kann ich Ihnen sagen! Hat sich eisern gehalten dabei, alles was recht ist. Als ich ihn kleingekriegt hatte, waren seine Augen beide verschwollen, vier Zähne hatte er verloren und eine Rippe gebrochen. Und seitdem, Nat, ist der Junge lammfromm!«

»Sie glauben also, er wird noch vernünftig?«

»Manchmal bezweifle ich's«, antwortete Joyce. »Wenn Tony hier bei mir nicht zur Vernunft kommt, wird er's nie und nirgends schaffen. Leider machen die Vorstrafen dem Jungen das Leben sauer. Kein Mensch kommt ihm ohne Mißtrauen entgegen, nur meine Frau und – Sie werden's nicht glauben – Miss Harmon, die Schwester vom Wachtmeister.«

»Von Ihnen spricht er mit Achtung«, sagte Bony.

Joyce legte seine mächtigen Hände auf die Theke und ballte sie zu Fäusten. »Die hier hat Tony nie vergessen«, sagte er. »Wir selber haben keine Kinder. Wenn ich Söhne gehabt hätte, hätte ich die schon als kleine Kinder verdroschen, wie man's mit mir gemacht hat und gewiß mit allen, die anständige Männer geworden sind. Kinder sind wie junge Pferde. Na, auf Wiedersehen, überlegen Sie sich das mal mit meinen beiden Gäulen.«

Joyce ging, und gleich nach ihm verließen die anderen Gäste das Lokal. Bony war beim Gläserpolieren, als Melody Sam mit Wachtmeister Harmon hereinkam. Da keine weiteren Gäste anwesend waren, lehnte der Wachtmeister sich bequem an die Theke, bestellte einen Schnaps und Sam verlangte Ingwerlimonade. Inspektor Bonaparte bediente beide gewandt.

»Bewegen Sie doch meinen Grauen heute nachmittag wieder mal tüchtig, Nat«, schlug Harmon vor. »Er hat immer noch ein paar Mucken, das geben Sie wohl zu.«

Harmon war ebenso groß wie der Fleischer Joyce, wenn auch schmaler, und hatte Hände wie Enterhaken. Seine kleinen hellbraunen Augen blickten jetzt freundlich, seine Stimme klang gemütlich. Bei Gesprächen über Pferde war er aufgeschlossen. Das Pferd war Bindeglied zwischen ihm und jedem, der sich auch für diese Tiere begeistern konnte.

»Ja, wenn der Boß nichts dagegen hat«, gab Bony zurück, und Melody Sam knurrte, von ihm aus könne Mr. Bonnar jeden Nachmittag frei haben. Er ging zum Schrank an der Wand im Hintergrund, nahm eine fürsorglich in ein weiches Tuch gehüllte Geige heraus und fing an, den Bogen mit Kolophonium zu bestreichen und die Saiten fachmännisch zu spannen.

»Hab' mich schon eine ganze Weile gefragt, wann unser Alter wieder mit seiner Musik loslegen würde«, flüsterte Harmon. »Schenken Sie mir noch mal ein, Nat, dann will ich los. Vergessen Sie nicht, ihm zu sagen, daß er schön spielt, dann ist er für immer Ihr guter Onkel.«

Melody Sam begann zu spielen, der Wachtmeister trank sein Glas aus, winkte Bony zu und ging. Bony polierte wieder Gläser, indes Melody Sam, ohne sein Spielen zu unterbrechen, durch die Vordertür auf die Straße trat. Als Bony an die Tür ging, sah er ihn, unentwegt fiedelnd, unter den Pfefferbäumen die Straße entlangschreiten.

10

Daß die Nordseite der höchste Teil von Bulow's Range war, bewies der trigonometrische Punkt, den die Landvermesser dort in Form eines hohen Steinhügels errichtet hatten. An dem Nachmittag, als die Eingeborenen von der Wanderung zurückkommen sollten, saß Inspektor Bonaparte auf dem Gipfel dieses Hügels, während sein Pferd schläfrig neben ihm stand.

Die beiden letzten Nächte war Bony kreuz und quer durch Daybreak gestreift und hatte jede Bewegung beobachtet in der Hoffnung, einen weiteren tödlichen Streich des Mörders zu verhindern, ehe die Eingeborenen wiederkamen.

Bony hatte viel nachgedacht, denn das Rätselhafte an den drei Mordfällen war, daß sie jedem zusammenhanglos erscheinen mußten – und doch vermochte er das nicht zu glauben. Bei vielen anderen Verbrechen war er schneller zu logischen Folgerungen gelangt, denn bei einem Mord erkennt der Kriminalist oft eine bestimmte Methode oder einen Plan, von dem der Verbrecher nur selten abweicht. Es gab dafür zahllose Beispiele.

Aber hier? In der Ausführung der so völlig verschieden gearteten Morde gab es keine Methode, kein Schema, wohl aber in ihrer zeitlichen Einteilung. Entscheidend war für den Täter nicht die Stunde gewesen – etwa die Dunkelheit – sondern die Abwesenheit des bei Daybreak lebenden Eingeborenenstammes, von dem die Polizei – wäre er am Ort gewesen – sofort Fährtensucher bekommen hätte, die nicht alle etwas vortäuschen oder so viel verschweigen konnten, wie es später geschehen war. Dieser Umstand sagte Bony, daß der Täter äußerst gerissen sein mußte, ein nicht normaler Mensch, der aber deshalb noch längst nicht wahnsinnig zu sein brauchte. Auch die Schuhe, die er getragen hatte, sprachen für seinen Verstand.

Hier ging es um ein Problem, das mit wissenschaftlichen Methoden der modernen Polizei kaum zu lösen war.

Und jetzt kamen zwischen den Hügeln die hervor, denen dieses Land eigentlich gehörte, in dem sie so verwurzelt waren, wie es der weiße Mann, der sie verdrängt hatte, nie begreifen würde. Bony sah sie schon aus großer Entfernung heranziehen – eine lange Schlange, die sich über eine kahle Fläche wand.

Sie kamen nicht ›nach Hause‹, diese Hunderte menschlicher Wesen, denn ein Heim kannten sie nicht. Diesen Begriff hatten sie niemals gekannt. Sie waren besitzlos. Ein Heim hatten nur ihre Toten, die sie in hohlen Bäumen, in Felsen, Hügeln oder Geröllfeldern bestatteten. Sie, die Lebenden, zogen umher innerhalb der Grenzen des Gebiets, wo ihr Stamm von jeher lebte. Von Zeit zu Zeit hielten sie sich irgendwo länger auf, um eine heilige Stätte oder einen Grabhügel neu herzurichten, oder sie rasteten bei einem Wasserloch, erfrischten sich und holten sich neue Kraft von den dort vorkommenden Vögeln und Tieren. An dem geheimgehaltenen Ort, wo sie jetzt gewesen waren, hatten sie die Mannbarkeit der Jünglinge erklärt und ihre Aufnahme in den Kreis der Männer vollzogen und die jungen Mädchen in die Pflichten der Frau und Mutter eingeweiht. Stolz schritten jetzt diese jungen Mitglieder des Stammes daher, und die Jünglinge trugen stolz die noch schmerzenden Schnitte, die Zeichen ihrer Manneswürde.

Nach und nach kamen die ersten Glieder dieser menschlichen Kette Bony so nahe, daß er sie deutlich unterscheiden konnte. Die Führer und die mannbaren Jünglinge trugen Speere, deren Schäfte sie bei Stämmen weit im Süden, wo es junge schlanke Bäume in Mengen gibt, erhandelt hatten. Die Männer gingen in Gruppen, die Frauen und Kinder folgten langsamer. Einzelne Frauen waren wie Lasttiere mit Brennholz bepackt, andere trugen ihre Säuglinge in Tragtüchern auf dem Rücken. Die älteren Kinder sprangen und liefen vergnügt hin und her, in der Vorfreude auf ein sättigendes Festmahl.

Im Hof der Fleischerei hatte Tony Carr soeben einem Rind den tödlichen Kopfschuß gegeben und schliff nun seine Messer zum Abhäuten des Tieres und Zerlegen des Fleisches, das dem heimkehrenden Stamm zugedacht war.

Die Führer kamen nun den Hang herauf, den Blick schon auf die großen Felsblöcke gerichtet, wo die Geister ihrer Ahnen noch lebten. Sie schauten auch zu dem Mann empor, der ganz oben saß, auf dem Steinhaufen, den Weiße angelegt hatten und den sie, wie ihnen Melody Sam vor langer Zeit schon gesagt hatte, nicht anrühren durften. In einiger Entfernung von den geheiligten Felsen blieben alle stehen, außer den Führern. Die vier Führer verteilten sich am Hang, um zwischen den vielen Felsblöcken nachzusehen, ob sich etwas während ihrer Abwesenheit verändert haben mochte.

Zufrieden, alles in Ordnung gefunden zu haben, stiegen sie zu Bonaparte hinauf. Sie hatten sich noch keinen kühlen Trunk aus einem der Wasserlöcher gegönnt und ließen den Stamm warten, bis die Höflichkeitspflichten erfüllt waren.

Bony, dem es klar war, daß Abie ihnen viel über ihn berichtet hatte, suchte sich ein Bild von den vieren zu machen. Einer war weißhaarig und sehr dünn. Sein langer weißer Bart ließ ihn würdig erscheinen. Das mußte der Häuptling Iriti sein. Der zweite war der Medizinmann, ein rundlicher Bursche mittleren Alters, der seinen schwarzen Schopf, den ein Band aus Menschenhaaren um die Stirn festhielt, hochgetürmt hatte. Außer ihm war noch ein sehr großer dürrer Mann erschienen, der vermutlich stärker war, als er aussah, sowie der jüngst mannbar gewordene Abie, Fährtensucher der Polizei. Bis auf ihre Lendenschurze und kleine Beutel, die sie an Bändern von Menschenhaar um den Hals hängen hatten, waren sie ganz nackt.

Etwa hundert Schritte vor Bony blieben sie stehen, steckten ihre Speere in den Boden, kamen noch zwanzig Schritte näher und hockten sich nieder. Stumm wie vier Statuen aus Ebenholz saßen sie da. Somit hatten sie den Anstandsregeln für die Begegnung mit einem Fremden genügt, indem sie seinem Platz, ihre friedliche Gesinnung betonend, ohne Waffen nahten und höflich darauf warteten, angesprochen zu werden.

Anstandsregeln, gepflegt seit Tausenden von Jahren. Und hinter all dem die Tradition und die unnachgiebigen Fesseln der Disziplin. Sie waren gekommen, um mit dem Fremden zu sprechen, der mehr einer der Ihren sein mußte, als er zu den Weißen gehören konnte.

Er war der Hausdiener und Schankkellner vom Gasthof und nicht der Kriminalinspektor, als er sich jetzt neben dem trigonometrischen Punkt auf den Boden setzte und sein Hemd auszog. Aus seiner Satteltasche hatte er zwei Pakete Tabak genommen, die er vor sich hinlegte und mit seinem Hut zudeckte. Dann stand er wieder auf und hob einen Arm als uralten Willkommensgruß.

Langsam standen auch die Besucher auf und kamen zu ihm. So ernst und gemessen sie sich gaben, entging doch nichts ihren Augen.

Sie musterten den Fremden von oben bis unten. Abie und der Lange blieben ein wenig hinter dem Häuptling und dem Medizinmann zurück, während diese langsam um Bony herumgingen, um die Narben an seinem Körper zu betrachten. Sie grunzten, was Unzufriedenheit oder das Gegenteil bedeuten konnte, dann traten sie zu den zwei anderen zurück und warteten ab, was der auf diese Weise Begrüßte ihnen zu sagen oder zu bieten haben mochte.

Bony stieß mit der Stiefelspitze den Hut von den Tabakpaketen und forderte die vier durch gemessenes Kopfnicken auf, seine Gabe anzunehmen. Wie auf stille Vereinbarung hockten sich alle fünf nieder.

Die Miene jedes der vier Gesichter vor Bony glich der eines Richters, der Beweise erwartet. Sie wirkte weder feindselig noch freundschaftlich, weder kalt noch herzlich. Hier war zwar der Lagerplatz eines Fremden, doch er befand sich auf ihrem Gebiet. Die Zeichen, die besagten, daß er zum Mann geweiht und zum höchsten Medizinmann eines fernen Stammes ernannt worden war, hatten sie auf seiner Brust und seinem Rücken gelesen, und nun wünschten sie zu hören, was ihn in ihr Land, so weit fort von dem eigenen, geführt hatte.

Bony war vorbereitet, denn er wußte sich mit Sam Loader einig. Er erklärte, er sei in eigener Sache durch ihr Gebiet gezogen, und als er nach Daybreak gekommen sei, habe der weiße Polizeibeamte ihn gebeten, ihm ein Pferd zuzureiten, und Melody Sam wollte ihn nun auch noch zur Aufklärung der Mordfälle heranziehen, denn der weiße Polizeibeamte sei dabei gescheitert. Das stimmte ja alles und war ihnen leicht verständlich, doch sie wurden verschlossener, als er ihnen Vorwürfe machte, sie seien gerade dann stets fortgewesen, als die Morde passierten. Außerdem spottete er über Abies Fährtensucherei und nicht weniger über die Bemühungen der Fährtensucher aus anderen Gebieten. So wurde er zum Richter, und sie wurden zu Angeklagten, ohne dabei das Gesicht zu verlieren oder sich in ihrer natürlichen Würde beleidigt zu fühlen.

»Ihr kennt Melody Sam«, führte Bony ruhig und ernst aus. »Er ist ein guter weißer Mann. Immer wenn ihr nach Daybreak kommt, schenkt er euch einen großen Ochsen und gibt euch viel

Tabak und Mehl. Und ihr sitzt dann und könnt essen und rauchen. Ein guter Mann, Melody Sam, denn er tut das alles für euch. Und da kommt dieser Mörder unbemerkt und erschlägt eure Mary und tötet eine weiße Frau und einen weißen Jüngling. Über diese Morde ist Melody Sam böse, denn das ist sehr schlimm für ihn und für alle weißen Leute in seiner Stadt. Daybreak gehört Melody Sam. Wenn auf eurem Land Leute getötet werden, so gefällt euch das bestimmt nicht, und deshalb ist natürlich Melody Sam sehr böse, weil das auf seinem Boden geschah.«

Keiner der vier verzog eine Miene, doch es war, als fielen Vorhänge über ihre Augen, die jetzt hart und blicklos wirkten und ihn aus den Tiefen ihrer Gedanken ausschlossen.

Bony berichtete, daß Melody Sam ihm Arbeit in seinem Hotel gegeben und ihn gebeten hätte, diese Mordfälle aufzuklären, bei denen auch eine Frau ihres Stammes das Leben verloren hatte. Indem er behutsam vermied, sie zu beleidigen, rügte er scharf ihre Gleichgültigkeit angesichts gerade dieses Mordes. Bei seinem eigenen Stamm, behauptete er, würde jeder Mörder gefunden und bestraft.

Und wie reagierten sie? Mit Undurchdringlichkeit – als seien sie aus Stein. Männer der weißen Rasse wären wütend geworden, doch Bonaparte fand sich mit dem ab, was sie über den Fall denken mochten.

Er reckte sich und deutete auf die Krähen, die als kleine dunkle Punkte über dem Schlachthof von Joyce flatterten, und auch die vier standen auf. Ihre Augen bekamen wieder Ausdruck, und in ihre Gesichter stahl sich ein scheues Lächeln wie bei Kindern, denen man ein kleines Vergehen verziehen hat.

»Tony Carr schlachtet den Ochsen für euch, und ihr werdet essen und essen, die ganze Nacht«, sagte Bony fast lustig.

»Gut so!« platzte Abie los, und der dicke Medizinmann grinste. »Gut so«, sagte auch der Häuptling, etwas reserviert, und beruhigte seinen leeren Magen, indem er seine knochigen Hände in die Höhle des abgemagerten Leibes drückte.

Bony schwang sich in den Sattel und winkte ihnen, mitzukommen. Sie schrien ihrem Stamm etwas zu, und sogleich schichteten die Frauen Holz für ein großes Feuer auf. Sie entzündeten es mit dem Stock, den sie brennend vom Lagerfeuer der letzten Nacht mitgebracht hatten. Die Männer und Kinder aber rannten den Abhang hinauf, um sich ihren Führern anzuschließen.

11

Schon unzählige Männer haben auf dem obersten Querbalken von Koppelzäunen gesessen, um Pferdebereitern bei ihrer Tätigkeit zuzuschauen, oder haben dort angesichts einer Koppel voller Pferde oder Rinder ihre Gedanken darüber ausgetauscht. Es gibt kaum einen unbequemeren Sitzplatz als diesen, doch was heißt bequem, wenn es gilt, über die Qualitäten von Pferden oder Rindern zu debattieren?

In einer Ecke des Hofes vom Polizeirevier gab es einen Reitplatz, und dort saßen an diesem Morgen auf dem obersten Balken des Zaunes Wachtmeister Harmon, Melody Sam, Fred Joyce und Bony. Auf dem Platz standen Harmons prachtvoller grauer Hengst und Bonys zwei Reitpferde, die gegen den mächtigen Grauen klein wie Ponys wirkten, dabei aber zäh und drahtig waren. Alle drei schlugen sich träge mit dem Schweif die Fliegen vom Körper, und die Männer faulenzten überhaupt. Ihnen genügte es, in der Nähe von Pferden zu sein.

»Mußten Sie denn diesen Eingeborenen unbedingt einen ganzen Ochsen schenken?« wandte sich der Wachtmeister an Melody Sam. »Die schlagen sich nun so mit Fleisch voll, daß Abie wieder eine Woche zu nichts zu gebrauchen ist, und mir paßt es gar nicht, ohne Fährtensucher dazusitzen.«

»Na, jetzt ist doch alles ganz ruhig«, warf der Fleischer in gemütlichem Ton ein, »kein neuer Mord oder dergleichen.«

»Das stimmt allerdings – kein neuer Mord oder dergleichen«, gab ihm der Wachtmeister recht. »Vorläufig.«

»Sie meinen, es wäre noch einer zu erwarten?«

»Jederzeit, Fred. Wenn ein Mörder erst angefangen hat, hört er nicht auf.«

»Sehr richtig«, meldete sich Melody Sam, »aber bei den bisherigen Mordfällen waren die Eingeborenen auf Wanderung, und jetzt bleiben sie erst mal für ein bis zwei Wochen hier. Also wozu sich Gedanken machen? Wir haben ja Nat Bonnar bei uns, falls Abie sich nicht blicken läßt – von dem halte ich sowieso nicht viel, auch nicht von seinen Stammesbrüdern.«

Harmon kaute verdrießlich auf einem Grashalm. Joyce hatte seinen Hut auf den Hinterkopf geschoben und kniff in der grellen Sonne seine grauen Augen zusammen.

»Ich glaube, daß Nat uns mehr über diese Strandschuhspuren erzählen könnte als die Eingeborenen«, fuhr Melody Sam fort. »Das heißt, falls noch mal ein Mord passiert.«

»Und der wird passieren«, knurrte Harmon. »Das steht fest. Aber ich bin darauf vorbereitet. Ich schnappe mir sofort Tony Carr, wenn's so weit ist.«

»Ach, lassen Sie doch den Jungen zufrieden«, widersprach Joyce. »Der mag mal früher ein hoffnungsloser Fall gewesen sein, aber seitdem er bei mir ist, hat er nichts Schlechtes getan.«

Das Schweigen nach diesen Worten ließ erkennen, daß die drei hofften, der Wachtmeister werde noch mehr erklären. Als das nicht geschah, sagte Bony: »Es kann doch sein, daß sich gar kein Mord mehr ereignet. Weshalb glaubt man hier eigentlich, es müßte noch einer kommen?«

»Das liegt an dem Buch ›Berühmte Mordfälle‹, das der Wachtmeister hat«, antwortete Melody Sam. »Da steht alles drin. Serienmorde nennt man das, wenn einer mehrere Leute umbringt. Der fühlt sich nach jedem wer weiß wie groß und macht dann immer auf dieselbe Art weiter.«

»Aber gerade das hat doch unserer hier nicht getan«, hielt Joyce ihm entgegen, und der Wachtmeister ging gleich auf das Thema ein.

»Er braucht es nicht unbedingt jedesmal auf dieselbe Art zu machen«, sagte er, »denn was ihn befriedigt, ist die Tatsache, daß er durch eine Waffe Menschen vernichten kann, ob's ein stumpfer Gegenstand oder ein Messer ist. Mörder sind Leute, denen die Welt zuwider ist. Meistens fangen sie an mit Schlägereien auf der Straße, machen Überfälle, zertrümmern Kneipen und so weiter, und wenn sie dann bei einer Schlägerei erst mal Blut gerochen haben, werden sie wie Tiger. Und aus diesem Grunde gibt's in Daybreak nur einen, dem so was zuzutrauen ist: Tony Carr. Auf den paßt alles, was ich eben gesagt habe.«

»Na, ich glaube trotzdem, Sie täuschen sich«, sagte Joyce und drehte seinen Körper, um sich von dem Balken gleiten zu lassen. »Wir sehen uns ja später noch, jetzt muß ich an meine Arbeit.«

»Das will ich lieber auch tun«, sagte Melody Sam. »Sie können noch hierbleiben, Nat, wenn Sie wollen. Sie haben Ihre Arbeit ja fertig, und Gäste kommen heute vormittag nicht.«

Er sprang vom Zaun, zwinkerte Bony zu, machte kehrt und schritt aus dem Hof, kerzengerade, die Schultern gereckt. Er hätte noch jedem die Zähne einschlagen können, der etwa behauptete, Sam Loader jemals als jämmerliches Opfer des Alkohols gesehen zu haben.

Der Wachtmeister sagte: »Der Graue ist mir immer noch zu tükkisch, Nat. Ich würde ihn erschießen, wenn er nicht diese wunderbare Gangart hätte. Aber man muß ihn dauernd scharf im Auge behalten.«

»Tut mir leid, wenn ich Sie nicht zufriedengestellt habe, Mr. Harmon.«

»O nein, Nat, das meinte ich damit nicht. Ich bin ganz zufrieden, Sie haben bei diesem Banditen von einem Pferd tatsächlich Wunder vollbracht. Aber Sie wissen ja, daß manche nie so werden, wie sie sein sollten. Genau wie manche Menschen, bei denen Freundlichkeit ebenso wie Strenge reine Zeitverschwendung ist. Wollen Sie ihn noch weiter bearbeiten?«

»Wenn Sie es wünschen«, erklärte Bony sich bereit, obwohl er nur zu gut wußte, daß manche Leute, mögen sie im Sattel auch gut aussehen, für jedes Pferd ungeeignet sind. Männer wie Harmon besitzen nicht die Fähigkeit, sich in die Welt eines Pferdes einzuleben. Und nur wer die hat, kann die innere und äußere Harmonie zwischen Mensch und Pferd erreichen.

Jemand rief: »Juhu!« Harmon schickte sich an, vom Zaun herabzusteigen. »Mein zweites Frühstück erwartet mich«, sagte er. »Kommen Sie doch, Bonnar, und essen Sie mit.«

Als sie beide unten standen, sagte er: »Sie sind ein merkwürdiger

Mensch, Bonnar. Reden wenig, denken aber viel nach. Sie müßten bei der Polizei sein, da wären Sie besser vorwärtsgekommen als ich.«

Verbittert und hart, schon von Natur aus unzufrieden, war Harmon einer der Menschen, bei denen die Schicksalsschläge gleichsam Narben im Gehirn hinterlassen. Als Bony jetzt einfiel, was Schwester Jenks ihm von dem Autounglück erzählt hatte, bemühte er sich, ihn aufzuheitern.

»Ich exerziere mit Ihrem Grauen weiter, Mr. Harmon«, sagte er. »Bis jetzt bin ich noch mit jedem Pferd fertig geworden. Aber als Polizist würde ich nicht viel taugen. Ich habe mich früher mal in dem Beruf versucht, in Brisbane, und da sagte schon der Instrukteur in der Kaserne, aus mir würde nie was.«

Harmon führte ihn in seinem Wohnhaus zur Küche, wo seine Schwester Tee und Gebäck bereitgestellt hatte. In ihre dunklen Augen kam Wärme, als sie Bony erblickte, doch ihre Stimme klang schroff, als sie ihn bat, am Tisch Platz zu nehmen.

»Pferde!« rief sie. »Wenn ein Mann bloß einen Gaul hat, ist ihm alles andere gleichgültig. Wie kleine Kinder, die mit jungen Hunden spielen! – Wie gefällt es Ihnen übrigens in Daybreak, Mr. Bonnar?«

»Ich kann nicht klagen, Miss Harmon«, erwiderte Bony. »Die Menschen sind freundlich, ich habe eine gute Stellung, und Melody Sam ist kein schwieriger Boß.«

Harmons Lachen klang nicht gerade heiter, als er sagte: »Sie verstehen ihn zu nehmen, Nat. Nächstens werden Sie auch noch Kat in sich verliebt machen. Mir ist gestern so ein gewisser Blick von ihr aufgefallen ...«

»Nein, so was!« sagte seine Schwester überrascht und ließ sich in einen Sessel sinken.

»Das hat für mich keinen Sinn«, entgegnete Bony in überzeugendem Ton, »ich will ja nicht in Daybreak bleiben.«

»Das sagen Sie so«, brummte Harmon. »Die Frauen vom Hause Loader haben noch immer gekriegt, was sie haben wollten. Fred Joyce hat auch nicht hier bleiben wollen. Für keine Frau der Welt wollte der sein freies Leben aufgeben. Keine sollte ihn herumkriegen. Das hat er tausendmal gesagt.«

»Und du willst mir erzählen, Kat Loader hätte auf Mr. Bonnar ein Auge geworfen?« fragte Esther Harmon in atemloser Neugier.

»Erzählen will ich gar nichts«, knurrte ihr Bruder sie an. »Ihr Weiber nehmt immer alles gleich ernst, was ein Mann mal so hinredet. Bloß ein Jammer, daß du mich nicht ernst nimmst, wenn es darauf ankommt. Nachher will ich den kleinen Jacks mal über Mittag einsperren, und wenn du den 'rausläßt, kannst du was erleben!«

»Und was hat er verbrochen?« fragte Esther Harmon scharf.

»Heimlich die Ziegen von Mrs. Eccers gemolken. Sie hat ihn gestern abend dabei ertappt. War schon das zweite Mal. Beim erstenmal hat sein Vater ihn versohlt, und jetzt hat er mich gebeten, dem Bengel die Leviten zu lesen, damit Mrs. Eccers ihn nicht bei Gericht verklagt. Als wenn ich nicht schon genug anderes zu tun hätte, verlangen hier auch noch dauernd die Eltern von mir, daß ich ihre Kinder erziehe!« Er stand ärgerlich auf. »Wir sehen uns ja nachher, Nat.«

Mit verbissenem Gesicht wartete Esther Harmon, bis ihr Bruder gegangen war. »Im Grunde genommen ist er ein guter Kerl, Mr. Bonnar. Ich nehme an, man hat Ihnen von unserem Unglück damals in Kalgoorlie erzählt?«

»Ja, ich hörte es, Miss Harmon. Sehr traurig. – Wie alt ist denn der Delinquent, um den es heute geht?«

»Ach, Jacky Jacks! Neun Jahre, glaube ich. Sieht aus wie ein Engel, aber leider ist das nur äußerlich.«

»Denken Sie, daß er auch so wird wie Tony Carr?« setzte Bony geschickt einen Hebel an und sah mit Interesse das kurze Aufblitzen in den Augen der Frau.

»Tony Carr? Dem hat niemand geholfen, anständig zu werden, aber der kleine Jacks hat liebevolle Eltern. Das ist der Unterschied. Mein Bruder George weiß das auch, will's aber einfach nicht gelten lassen – schrecklich, daß ihm damals dies Unglück passieren mußte, für ihn war's ja viel schlimmer als für mich.«

Ihre dunklen Augen blickten ernst, und Bony sah darin den Schmerz und die tapfere Anstrengung, ihn nicht aufkommen zu lassen.

»Erzählen Sie mir bitte, wie das geschehen konnte«, sagte Bony sanft.

»Sie waren erst vier Jahre verheiratet, Mr. Bonnar – so ein hübsches Paar! George ist zehn Jahre jünger als ich, und sie war fünf jünger als er. Und sie erwartete ein Kind, ihr erstes. Wir waren zu Besuch nach Kalgoorlie gefahren, und auf dem Rückweg saß ich am Steuer. Als dieser andere Wagen uns entgegenkam, hatte ich gleich das Gefühl, daß da etwas nicht stimmte und fuhr deshalb ganz dicht an den Straßenrand. In dem Wagen saßen zwei junge Burschen. Ich konnte sehen, wie sie lachten. Sie fuhren direkt auf uns zu! ›Fangen spielen‹, haben sie das beim Verhör genannt. Ich war in der Klinik, als man George mitteilen ließ, daß seine Frau gestorben war. Ich erkannte ihn gar nicht wieder, so hatte er sich verändert. Innerlich. Der da eben hinausging, das ist nicht mein Bruder George, wie ich ihn früher kannte. Für ein Weilchen wird er's jetzt sein, wenn er dem kleinen Jacks drüben klarmacht, daß er ein vernünftiger Mensch werden muß.«

Ihre Stimme hatte alle Härte verloren, und als sie sich jetzt verstohlen mit einem Taschentuch die Augen wischte, fragte Bony: »Wie wird er das denn machen, Miss Harmon?«

»Das können Sie sich ansehen. Er wird an der Schule warten, bis die Kinder zur großen Mittagspause herauskommen. Und ich weiß, was er dann tut. Er hat ein Paar alte Handschellen und hat eine davon durch Bewickeln mit Bindfaden enger gemacht. Wenn er sich den kleinen Jacks gegriffen hat, wird er ihm diese anlegen, die andere um sein eigenes Handgelenk. So führt er ihn dann über die Straße und in sein Dienstzimmer. Dort wird er ihn richtig verhören und alle Antworten notieren. Er liest das dann vor und läßt es von dem Jungen unterschreiben. Er blickt ihn einen Moment scharf an, bringt ihn über den Hof in eine Zelle und schließt ihn ein. Aber bloß für zwei Minuten, dann holt er ihn wieder in sein Dienstzimmer und redet leise und freundlich mit ihm, bis der Junge ihm verspricht, brav zu sein. So macht er das, ich weiß es – ich habe es schon öfters mit anderen Kindern erlebt. Und bei solchen Gelegenheiten erkenne ich dann in ihm den alten George wieder.«

»Mit Tony Carr geht er aber so nicht um, wie?«

»O nein! Tony Carr ist ja nach seiner Ansicht grundschlecht und für die Hölle bestimmt. Er hat sich eben in den Kopf gesetzt, daß Tony die Morde begangen hätte. Und das Schlimme dabei ist noch, daß Tony ausgerechnet dem jungen Bengel ähnlich sieht, der damals am Steuer saß und uns mit seinem Wagen gerammt hat. George, und auch die Beamten aus Kalgoorlie, hätten Tony gleich verhaftet, wenn nicht Fred Joyce und Melody Sam ihn so verteidigt hätten.

»Und Sie selbst finden Tony Carr nicht grundschlecht?« fragte Bony, während er sich noch eine Tasse Tee eingoß.

Zu seiner Überraschung fragte sie: »Was halten denn Sie von ihm?«

Nun lächelte er, in der Hoffnung, sie ein wenig aufzuheitern. »Ich hatte zuerst gefragt, nicht wahr?« sagte er.

»Nun, für grundschlecht halte ich ihn nicht. Das glaube ich bei so jungen Menschen auch sonst nie, und wenn er's ist, hat man ihn dazu gemacht – und was von außen gemacht ist, läßt sich auch wieder entfernen, Mr. Bonnar.«

Bony stand auf und ging zur offenen Tür. Er blieb vor dem Hinausgehen stehen und schaute sich nach ihr um, denn er empfand Mitleid mit dieser Frau. »Schönen Dank für den Tee«, sagte er. »Es würde mich freuen, wenn Sie mich mal wieder einladen würden.«

Sie nickte, und dann sagte sie, fast im Befehlston: »Kommen Sie noch mal her.« Er ging zurück. »Setzen Sie sich.« Er gehorchte. Forschend blickte sie ihn an, studierte sein Gesicht genau, dann nickte sie ein wenig, als sei sie befriedigt von dem, was sie sah, und sagte: »Nun können Sie gehen.«

12

Wie in vielen Gasthöfen des australischen Binnenlandes, so hatte auch Sam Loader als Unterkunft für einzelne männliche Gäste ein Haus mit Einbettzimmern am Rande des Wirtschaftshofes gebaut, eine Einrichtung, die aus dem Wunsch entstanden war, die Saisonarbeiter und überhaupt Junggesellen nicht vorn im Hotel zu haben. In ihrem Logis hinten auf dem Hof konnten sie saufen und sich prügeln, ohne die übrigen Gäste und das Personal ständig zu stören. Einen dieser Räume hatte der Hausdiener Nat bekommen.

Für ihn begann der Tag vor Sonnenaufgang, wenn er mit Rasierzeug und Handtuch über den Hof zum Brausebad ging.

Auch dieser Tag versprach, wie die letzten, klar und heiß zu werden, mit leichtem Wind, und es war schon jetzt so warm, daß er nur seine Hose trug. Es war fünf Uhr zwanzig, und den großen Herd in der Küche brauchte er erst um sechs gereinigt und angezündet zu haben.

Obwohl die Sonne noch nicht über den Horizont war, war es taghell, als er nach gemächlichem Rasieren und Duschen wieder in sein Zimmer gehen wollte. Schon nach ein paar Schritten blieb er auf dem Hof stehen, denn dort sah er ganz deutlich die Abdrücke von Strandschuhen Größe 42, genau denen gleich, die er kürzlich zur Probe mit Harmons Gipsabgüssen gemacht hatte.

Vor Erregung und Spannung rann ihm ein kalter Schauer über den Rücken. Er kniff die Augen zusammen, dann öffnete er sie weit. Er pfiff leise, seine Nasenflügel bebten und dehnten sich, als müßte er den Mann wittern können, der nachts diese Fährte hinterlassen hatte.

Die Spuren führten zum Zaun an der Rückseite des Hofes, in möglichst weiter Entfernung von Bonys Zimmertür. Er verfolgte sie nicht bis dahin, sondern in der entgegengesetzten Richtung, bis zu einer Nebentür des Hotelgebäudes, an der zu beiden Seiten die Fenster von Gästezimmern lagen. Von da schlich er ans zweite Fenster rechts. Er hatte erkannt, was die Spur im Hof bedeutete.

Jener Mann in Strandschuhen war über den Zaun in den Hof geklettert und vor dieses Hotelzimmer geschlichen. Er hatte den Schläfer geweckt und ihn – oder sie – veranlaßt, die Nebentür zu öffnen. An der Tür aber hatte es einen Kampf gegeben, und danach war der Mann fortgelaufen und über den Zaun zurückgeklettert.

Und hinter dieser Tür lag ohne Zweifel das vierte Opfer.

Er schleuderte das Handtuch und die übrigen Sachen durch die offene Tür in sein Zimmer, lief über die Straße und weckte Harmon, denn Wachtmeister Harmon war hier im Ort und auf einem Gebiet von Hunderttausenden von Quadratmeilen der einzige Vertreter der Justiz. »Kommen Sie, unser Mann war diese Nacht auf dem Hof des Hotels.«

Harmon war so erschrocken, daß er sofort, ebenfalls nur spärlich bekleidet mit Bony hinüberlief. Auf dem Hof erklärte Bony ihm den Weg des Mörders und teilte ihm mit, was sie hinter jener Tür zu erwarten hatten. »Wer bewohnt dieses Schlafzimmer?« fragte er.

»Weiß nicht«, sagte Harmon gereizt. »Melody Sam schläft im letzten auf dieser Seite.« Er ging vor die Nebentür, konnte aber in dem Wirrwarr von Spuren keine anderen als die von Strandschuhen entdecken. »Zum Donnerwetter, wenn er hier draußen einen umgebracht hat, müssen dessen Beine die ganze Zeit den Boden nicht berührt haben!« sagte er.

Es gelang ihm, mit Daumen und Zeigefinger den Türgriff zu drehen, ohne den dicken, runden Knauf direkt anzufassen. Langsam drückte er die Tür nach innen. Leise schwang sie zurück und gegen die Wand. Vor ihnen, in dem kurzen, fast dunklen Korridor, lag, kaum sichtbar, ein Mensch am Boden.

Bony war dem Wachtmeister gefolgt, der sich über die Frau beugte. Kat Loader! Ein flüchtiger Blick genügte ihnen, um zu erkennen, daß sie schon seit mehreren Stunden tot war.

»Holen Sie Sam«, schnauzte Harmon.

»Moment«, flüsterte Bony. »Hier können wir nichts mehr ausrichten, aber den Spuren müssen wir folgen, solange sie noch frisch sind und ehe Wind aufkommt. Ich werde Sam holen, doch wir dürfen hier keine Zeit vertrödeln.«

Melody Sam saß aufrecht im Bett und rauchte seine erste Morgenpfeife mit schwarzem Tabak. Er war ehrlich erstaunt, Bony einfach eintreten zu sehen. Seine Miene zeigte, daß er Trauriges brachte. »Es ist wieder ein Mord passiert, Sam«, sagte er. »Im Hotel hier. Ihre Enkelin Kat – sie liegt draußen im Flur. Wir müssen jetzt den Täter verfolgen. Er ist über den hinteren Zaun entwichen.«

Im Schlafzimmer waren die Fensterläden noch zu, doch die Sonne erhellte es auch so. Die Augen des alten Mannes wurden fast schwarz. Behutsam legte er die heiße Pfeife in den Aschbecher neben seinem Bett. Langsam nickte er. Bony trat beiseite, damit er aus dem Bett aufstehen konnte.

Sams Stimme zitterte nicht, als er sagte: »Diesmal, Nat, knalle ich den ersten Kriminalbeamten nieder, der nach Daybreak kommt. Sie und ich, wir beide werden den Mörder schnappen, Nat, und ihn an einem Pfefferbaum aufhängen. Wo ist sie?« Melody Sam stand mit finsterer Miene schwankend vor Bony, der nüchtern sagte: »Sie brauchen jetzt Ihren klaren Verstand, Sam. Bleiben Sie bei der Toten, während ich den Kerl verfolge, und wenn es über den Ozean sein müßte.«

Er ging vor Bony in den Korridor und betrachtete einen Augenblick die Tote. »Wie hat er es gemacht, Harmon? Erwürgt also, wie Mavis Lorelli. Warte nur, du Saukerl, dich werden wir so aufhängen, daß dein Hals sich langzieht! Mal sehen, wie dir das gefällt.«

Im Hotel wohnte auch ein Viehzuchtinspektor, der jetzt mit der Köchin zusammen erschien. Ihnen gab Harmon den Auftrag, bei der Toten zu bleiben und auch den Knauf der Nebentür zu bewachen, an dem sich vielleicht Fingerabdrücke finden ließen. Dann ging er mit Bony in die Sonne hinaus, wo sie den Spuren bis zum Zaun folgten.

Hinter dem Zaun lag ein Gehege für Ziegen, und dahinter erstreckte sich das offene Land. Sie drängten sich durch die Ziegenherde, stiegen über das niedrige Gatter an der Rückseite und nahmen dort die Spur wieder auf.

»Er ist den Abhang 'runtergegangen«, sagte Harmon. Daran war nicht zu zweifeln, die Spuren wiesen deutlich den Weg. »Ich hole mir lieber ein Pferd, vielleicht ist er jetzt auch beritten.«

»Das hoffe ich«, stimmte Bony ihm bei. »Hufspuren machen es uns leichter. Ein Gewehr könnten Sie auch gebrauchen.«

»Ich hole beides.«

Harmon kämpfte sich wieder durch die Ziegen, Bony verfolgte weiter die Fährte. Der Mörder war ohne Umweg den Abhang hinuntergegangen. Etwa tausend Meter weit war seine Fährte sehr leicht zu verfolgen, doch dann hatte er felsigen Boden betreten, wie auch nach seinen früheren Morden. Diese steinige Strecke war nicht lang, er konnte sie leicht mit Sprüngen von Stein zu Stein überquert haben. Unten entdeckte Bony keine Strandschuhspuren mehr. Er fand Abdrücke von Stiefeln und von nackten Kinderfüßen, aber keine des Mörders, keine eines hinkenden Mannes. Wenn er feststellen wollte, wo der Träger der Strandschuhe die steinige Fläche verlassen hatte, mußte er ganz um sie herumgehen.

Die Zeit war kostbar, die Sonne stieg höher, der Wind drehte. Bony fluchte vor sich hin.

Dieses Gelände mit den vielen einzelnen Steinen konnte der Mörder nicht während der Dunkelheit überquert haben, denn die Steine unterschieden sich weder in der Farbe von dem Erdboden noch durch höhere Lage. – Also habe ich mich irreführen lassen, weil ich mich nicht in die Gedanken dieses Menschen versetzte, gestand Bony sich ein.

Er ging zurück bis dahin, wo die Spuren sich dem Steinboden näherten. Erst nach längerem Suchen kreuz und quer wurde ihm klar, wie der Mörder vorgegangen war, der ja seine Verfolger, mit denen er rechnen mußte, täuschen wollte. Er hatte es geschickt gemacht, indem er vielfach zwischen den Steinen auf kleines Gestrüpp oder Grasbüschel gesprungen war. Bony bemerkte die Brüche und Knicke an den Sträuchern und Gräsern, die ungefähr aussahen, als hätte eine Ziegenherde sie bearbeitet. Für den Mörder war es ein Vorteil gewesen, daß er dieses Grünzeug auch im Dunkeln hatte erkennen können.

Die Schuhspuren führten Bony nordwärts, auf einer Strecke parallel zur Stadt, dann schwenkten sie den Hang hinunter seitlich ab, dem Anschein nach zum Mulgawald oder zu einer Gruppe Bäume, wo der Mörder vielleicht ein Pferd angebunden hatte.

Ein Stück weiter hatte der Kerl noch einmal Steinboden überquert – eine große, fast lückenlose Fläche von Steinen, die jeder, der die Gegend kannte, auch nachts finden konnte. Bony ersparte sich die Mühe, diese Fläche abzusuchen. Er umschritt sie, um die Stelle zu finden, wo der Mann wieder auf steinfreien Boden getreten war. Er fand sie auch und – Abdrücke von Lederschuhen. Also hatte der Mann das Schuhzeug gewechselt, ohne dadurch freilich für Bony seine Gehweise, nämlich den Abstand der Schritte voneinander, die Stellung der Füße und das Hinken, vertuschen zu können.

Und nun ging es den Berghang wieder empor in Richtung auf das nördliche Ende der Hauptstraße. Hier war er über den Wurzelstumpf eines Mulgabaumes gestolpert und auf die Hände gestürzt. Als er wieder hochkam, hatte er die Abdrücke seiner Hände verwischt. Von hier an schien sein Gang sich verändert zu haben. Ob er sich verletzt hatte? Nein, wohl nicht, denn jetzt sahen die Spuren wieder normal aus. Also zurück nach Daybreak, zurück in seinen Schlupfwinkel nach befriedigter Mordlust? Um tief zu schlafen und beim Erwachen das ganze Geschehen nur wie einen Traum zu empfinden?

Harmon kam den Hang herabgerannt und erklärte prustend, er habe das Pferd des Fleischers nicht finden können, denn das hatte er sich holen wollen, da er glaubte, es auf der Gemeindewiese gesehen zu haben.

»Na, wie sieht's aus, Nat?« stieß er atemlos hervor.

»Gut. An dem Felsen da drüben hat der Herr seine Strandschuhe mit ledernen vertauscht. Hier sind jetzt die Abdrücke von den neuen, die anderen Schuhe wird er mitgenommen haben. Aussichtsreich, Harmon. Sehr!«

»Das hoffe ich«, knurrte Harmon barsch. »Sie reden schon ganz wie Sherlock Holmes. Wohin führt denn sein Weg? Zur Stadt zurück?«

»Gewiß. Da wohnt er ja.«

Harmon, der Bonys Fähigkeiten langsam respektierte, weniger auf Grund der schon erhaltenen Beweise als seiner Hautfarbe wegen, blieb fortan vertrauensvoll hinter ihm. Er hatte sich inzwischen angezogen und trug einen Ledergürtel mit dem Dienstrevolver.

Die Fährte der ledernen Schuhe oder Stiefel brachte sie ans andere Ende der Hauptstraße, dann setzte sie sich fort bis zum Grundstück des Fleischers, an dessen Seitentor sie aufhörte.

»Dachte ich mir«, raunte Harmon.

Der kleine Seitenweg endete hinter dem Haus von Fred Joyce. Der schüttelte gerade an der hinteren Haustür den Rest aus einer Teekanne. Als er die zwei Männer sah, erstarrte er zur Statue. Er sah, wie Bony, gefolgt vom Wachtmeister, auf den mit Säcken verhängten Eingang einer Hütte zuschritt, die am hinteren Zaun seines Hofes stand.

Diese Hütte sah nicht besser aus als die Wohnungen in Dryblowers Flat. Sie war aus Brettern zusammengenagelt und hatte ein Wellblechdach. Das Fenster war verglast, doch eine Tür gab es nicht. Der Schornstein aus Eisenblech war ebenso verrostet wie das Dach, der Vorhang am Türrahmen aus mehreren Säcken zusammengenäht.

»Es ist der, ja?« flüsterte Harmon, und Bony nickte, beinah widerwillig. Da wurde er beiseite geschoben, und schon stand Harmon breitbeinig vor dem verhängten Eingang, den Revolver in der Faust.

»Bist du da, Tony Carr?« rief er. »Komm mal 'raus!«

Sie hörten Tony etwas murmeln. Dann wurde die Sackgardine zur Seite geschoben, und der junge Mann, nur mit Pyjamahosen bekleidet, erschien im Blickfeld, Bony bemerkte, daß in seiner Nähe, also hinter dem Wachtmeister, Joyce und noch ein Mann standen.

»Heraus mit dir, Tony!« kommandierte Harmon in kaltem, drohendem Ton, indem er auf den Leib des jungen Mannes zielte.

»Ich – ich habe doch keinen umgebracht«, sagte Tony tief erstaunt. Er trat aus der Hütte, ließ den Vorhang hinter sich zufallen, und schon sprang Harmon auf ihn los und versetzte ihm mit dem Kolben des blitzschnell umgedrehten Revolvers einen Schlag mitten auf die Stirn. Tony sank in die Knie und bedeckte sein Gesicht mit den Händen, während Harmon zu einem zweiten Schlag ausholte.

»He, halt mal, Harmon!« brüllte Joyce, und Harmon merkte plötzlich, daß sein rechter Arm in einem harten Drehgriff festsaß, und Bonys Atem heiß an sein Gesicht traf.

»Fallen lassen, Sie Idiot«, fuhr Bony ihn an. »Was soll der Unsinn? Wir müssen erst die Schuhe finden, ehe Sie ihn verhaften können.«

»Ich werde diesen verfluchten Mörder nieder –«

»Und ich breche Ihnen den Arm, wenn Sie nicht sofort nachgeben. Fallen lassen, habe ich gesagt!«

Die blinde Wut des Wachtmeisters verrauchte, der Revolver entglitt seiner Hand. Bony schob ihn Bert Ellis zu, der bei Joyce stand. Tony Carr war nach vorn umgekippt, das Gesicht noch mit den Händen schützend. Bony gab weitere Befehle.

»Sie bewachen hier Carr, Mr. Joyce. Wachtmeister Harmon und ich werden inzwischen seine Wohnung durchsuchen, nach Beweisen für den Mord an Kat Loader!«

Joyce fluchte und stellte sich neben Carr. »Schon gut!« brüllte er erbittert. »Wir kümmern uns um Tony!«

Seine Lederschuhe standen auf dem nackten Erdboden vor dem Bett. Die Strandschuhe konnten sie nicht entdecken.

»Sind das denn die richtigen?« fragte Harmon in barschem Ton Bony, der die Absätze und die Sohlen betrachtete.

»Ja«, erwiderte er. »Aber nur mit der Ruhe, wichtiger sind für uns die Strandschuhe. Die müssen wir finden. Jetzt könnten Sie Carr nur auf Verdacht festnehmen. Bringen Sie ihn lieber schon zur Polizeistation, bevor sich Leute ansammeln. Das könnte unangenehm werden.«

»Wenn ich Rat brauche, werde ich Sie fragen. Ich will sofort diese Strandschuhe haben!«

Sie suchten so gründlich, daß sie nichts übersehen konnten.

Von Bony gefolgt, ging Harmon hinaus, blickte vor der Hütte grimmig umher und schrie: »Ich brauche ein Paar Strandschuhe Größe 42; der rechte ist an der Spitze etwas abgelaufen. Die müssen hier irgendwo sein. Sucht sie! Und Sie, Joyce, sind mir für Carr verantwortlich!«

Er selbst, Ellis und Bony suchten in der Umgebung der Hütte und auf dem Hof. Ellis war es, der die Schuhe auf dem flachen Dach entdeckte und sie Bony zuwarf. Harmon kam heran, stellte sich dicht neben Bony und wartete auf dessen Äußerung. Er starrte in die blauen Augen, die auf einmal größer wurden und ihn so bannten, daß er sie nie vergessen sollte. Und dann vernahm er Bonys Stimme.

»Dies sind die Schuhe, von denen die Spuren stammen und von denen Gipsabdrücke gemacht wurden, Wachtmeister. Es könnten auch die Schuhe sein, von denen die Abdrücke im Hof des Hotels aus der vorigen Nacht stammen. Denken Sie aber daran, daß Sie weder der Richter des jungen Mannes noch die Jury sind.«

»Scheren Sie sich zum Teufel!« fluchte Harmon, drängte Bony grob zur Seite, trat vor, packte Carr an einem Arm und riß ihn hoch. Er schleifte den halb Bewußtlosen über die Straße zur Polizeistation, gefolgt von Ellis und Joyce.

Bony ging zum Hotel zurück und prüfte unterwegs, bei Tonys Hütte angefangen, noch einmal die Fußspuren des Mörders.

13

Fünf Uhr, und für Daybreak der vierte dieser ereignisreichen Tage. Um fünf Uhr war die Einwohnerschaft von Daybreak noch geteilt: Eine Gruppe lungerte vor dem Polizeirevier herum, die andere hielt sich in der Nähe des Hotels auf. Man erwartete in der nächsten Stunde die Polizei und einen Arzt aus Kalgoorlie.

In der Kneipe strich Bony fortwährend Geld für Melody Sam ein, und Sam bediente persönlich die Gäste, ohne die geringste Andeutung zu machen, was seine Gedanken eigentlich in Anspruch nahm. Falls er überhaupt denken konnte, denn er wirkte wie betäubt. Und auf dem Bett in ihrem Zimmer lag stumm Katherine Loader.

Noch niemals waren die Gäste in diesem Lokal so still gewesen. Gesprochen wurde nur flüsternd, und das vielstimmige Murmeln und Raunen hörte sich an wie ferne Meeresbrandung, untermalt von Lauten, die baldigen Sturm ankündigten.

Dem Vernehmen nach hatte Harmon seinen Gefangenen noch gerade in die Zelle bringen können, bevor es einen Zwischenfall mit bösen Folgen gab, denn Melody Sam versuchte, die Leute aufzustacheln. Sie sollten Harmon den Verhafteten entreißen und nach eigenem Ermessen mit ihm verfahren. Dieser Vorschlag, dessen Ausführung ein Verbrechen gewesen wäre, konnte nur mit dem, was die Menschen in Daybreak durchgemacht hatten, entschuldigt werden.

Erfreuliches Ergebnis der angedrohten Volksjustiz war, daß Harmon nach seinem unbeherrschten Angriff auf Carr zu größerer Vorsicht veranlaßt wurde. Seine Unbesonnenheit hätte Bony beinah dazu gebracht, sich zu erkennen zu geben und seine Vollmachten auszuüben, was er bestimmt getan hätte, wäre er überzeugt gewesen, daß Carr der so lange gesuchte Mörder war.

Als er von der zweiten Fährtensuche zurückkam, stellte er fest, daß Carr zwei Freunde hatte, einen ganz unerwarteten – Bert Ellis und noch jemanden, der ihm Beistand leisten würde: Esther Harmon. Ellis erzählte ihm vom Verlauf des Vormittags. Sie kamen zu dritt mit dem Verhafteten bei der Polizeistation an. Dort begegnete ihnen Harmons Schwester, die beim Anblick des übel zugerichteten Carr sofort wissen wollte, was passiert war. Ellis konnte nicht an sich halten und sagte ihr die Wahrheit über den brutalen Kolbenschlag, den ihr Bruder dem jungen Mann versetzt hatte. Harmon sperrte den Gefangenen ein und wurde danach von seiner Schwester so beschimpft, daß er ihr voller Wut drohte, er werde sie auch in eine Zelle sperren, wenn sie sich nicht sofort ins Haus scherte.

Als sie mit ihren schwerfälligen Schritten fortging, holte sich Harmon aus seinem Dienstzimmer ein schweres, altes Vorhängeschloß, mit dem er Carrs Zelle noch extra sicherte. Dann befahl er Ellis und Fred Joyce, mit ins Büro zu kommen, und nahm dort ihre Aussagen zu Protokoll.

»Wo ist dieser Bonnar geblieben?« fragte er mit starrem Blick und einem Gesicht, das vor Zorn weiß gefleckt war.

»Keine Ahnung«, antwortete Joyce, »ich dachte, er käme hinter uns her.«

»Geben Sie mir den Revolver«, sagte Harmon zu Ellis, der erst jetzt merkte, daß er die Waffe noch trug. Harmon nahm sie und reinigte sie mit einem Lappen. Beide Zeugen sahen mit Erstaunen, daß der Revolver gar nicht geladen gewesen war, denn der Wachtmeister nahm jetzt eine Schachtel Patronen aus dem Schreibtisch und lud die Kammern der Trommel, die alle leer waren.

»Dieser junge Mann wollte mich angreifen, das wißt ihr ja«, sagte er. »Ich erwarte also entsprechende Aussagen.«

Ellis wollte gerade widersprechen, da kam ihm der Fleischer zuvor und sagte: »Sie stellen es zwar etwas merkwürdig dar, Harmon, aber trotzdem werden Bert und ich Sie unterstützen, wenn Sie dafür Tony zufriedenlassen. Behandeln Sie ihn von jetzt ab vernünftig, dann ist's gut. Wenn nicht, wird es Ihnen verdammt schlecht ergehen.«

»Sie stehen ihm also noch bei, betrachten ihn wohl als Ihren Sohn, was?«

»Der Junge ist in Ordnung«, entgegnete Joyce etwas gereizt. »Nehmen Sie jetzt Vernunft an, und lassen Sie ihn von Schwester Jenks untersuchen. Sie haben noch viel vor sich.«

Wachtmeister Harmon wischte sich mit den Händen den Schweiß vom Gesicht, und als er die beiden Männer dann ansah, war sein Blick wieder normal. Gesicht und Schultern entspannten sich. Er schickte Ellis zu Schwester Jenks.

Sie kam, energisch wie immer, und fragte in sachlichem Ton: »Nun, Wachtmeister, um was handelt es sich denn bei Ihrem Gefangenen?«

»Er hat sich, als er verhaftet werden sollte, eine Verletzung zugezogen. Würden Sie ihn sich mal ansehen?«

Die Schwester nickte kühl und folgte ihm mit ihrer Tasche zur Zelle. Er riß die Tür auf, in Erwartung eines Angriffs, doch Tony Carr saß still auf der Pritsche, das Gesicht in den Händen vergraben, durch die Blut sickerte.

Die Schwester verlangte eine Schüssel Wasser. Als Ellis damit zurückkam, stand Harmon immer noch wie ein Posten vor der Zelle; die Schwester kniete neben dem Gefangenen, der sich auf ihr Zureden hin zurückgelegt hatte. Ellis hielt die Schüssel, während sie die Wundränder säuberte. Keiner sprach, bis Schwester Jenks, nachdem sie die Wunde verbunden und dem Patienten einige Tabletten gegeben hatte, zu Harmon sagte, sie käme in einer Stunde wieder. Ohne noch eine Silbe zu sprechen, schritt sie über den Hof zur Straße.

Als Harmon gerade die Aussagen von Joyce und Ellis zu Protokoll nahm, erschien Melody Sam mit dem Postmeister Thurley, von dem er verlangte, daß er, in seiner Eigenschaft als Friedensrichter, gegen den Mörder sofort eine Anklage erhebe. Geschworene brauchten sie in diesem Fall nicht, zum Donnerwetter. Thurley widersprach. Dem Wachtmeister und Joyce gelang es nach einer Weile, Sam zu beruhigen. Als sie ihn zum Hotel zurückbringen wollten, erschienen mehrere Männer und etliche Frauen, an die sich Sam sogleich mit der Bitte wandte, auch dafür einzutreten, daß der Mord schleunigst gesühnt werde.

»Harmon hat den Mörder von Daybreak gefaßt!« brüllte er. »Daybreak ist unsere Stadt, wir haben einen Richter und können auch Geschworene stellen, wenn's nötig ist, doch das brauchen wir hierbei nicht!«

Einige stimmten ihm zu, und während der erregten Debatte, die nun folgte, verwandelte sich Harmon in einen Menschen, den man nicht wiedererkannte.

»Ich habe noch zwei leere Zellen, und die werde ich bis zum Platzen mit euch vollstopfen, Herrschaften, wenn ihr nicht macht, daß ihr wegkommt! Und laßt euch nicht wieder hier blicken!« brüllte Harmon ohne Wut, aber in unverkennbarer Entschlossenheit. »Los, verschwindet! Ich habe eine Aufgabe, und die nehmt ihr mir nicht ab.«

Er ging auf die Schar zu, neben und etwas hinter ihm folgten Joyce, Ellis und Thurley. Die Leute machten kehrt, zogen sich auf die Straße zurück und diskutierten unter dem nächsten Pfefferbaum weiter.

Die anderen vermißten plötzlich Melody Sam und fanden ihn im Sessel an Harmons Schreibtisch im Dienstzimmer. Harmon setzte sich auf eine Ecke des Schreibtisches und sagte: »Sam, wir beide haben uns doch, seitdem ich in Daybreak bin, immer gut vertragen. Ihnen gehört zwar die Stadt, aber das Gesetz vertrete ich. Kümmern Sie sich um Ihre Stadt. Wir befinden uns in Westaustralien und leben im zwanzigsten Jahrhundert, nicht im neunzehnten.«

Der alte Mann stand auf, fixierte Harmon düster, dann ging er um den Schreibtisch zu ihm, klopfte ihm auf die Schulter, schritt zur Tür und ging, von Ellis begleitet, zurück zu seinem Gasthaus, wo er begann, den Gästen, die nach ihm das Lokal betraten, ihre Getränke zu servieren. Es war kurz vor neun Uhr vormittags.

Unter diesen Umständen konnte der Wachtmeister das Revier nicht verlassen. Nicht lange, nachdem er Melody Sam besänftigt und ihn abgeschoben hatte, erschien Bony in seinem Büro mit Gipsabgüssen von den Spuren der Strandschuhe, die er an der Nebentür des Hotels gemacht hatte, und von den Stiefelspuren vor Carrs Hütte. Mit diesen Indizien vor sich, war Harmon in seinem Element und untersuchte sie eifrig auf alle Einzelheiten hin. Und noch glücklicher war er, als zwanzig Minuten später Bony die ganze Nebentür des Hotels hereinschleppte.

»Niemand hat den Knauf inzwischen berührt, und da Sie sicher hier kein Fingerabdruckgerät haben, ist's wohl besser, die Tür zu verwahren«, erklärte er. Und erst später sollte Harmon sich daran erinnern, daß es ein erfahrener Kriminalbeamter war, der diese kluge Maßnahme taf.

Viel war seit fünf Uhr früh geschehen, Harmon hatte seine vorgesetzte Dienststelle in Laverton angerufen und die Anordnung erhalten, der Verhaftete sei dorthin zu bringen. Er ließ Fred Joyce und einen gewissen Morton als Hilfspolizisten vom Friedensrichter vereidigen. Schwester Jenks bekam, als sie um zehn Uhr wieder erschien, die Erlaubnis, Carr zu besuchen. Als sie gegangen war, bat er seine Schwester, Essen für den Verhafteten herzurichten, den er um elf Uhr selbst in seinem Wagen nach Laverton bringen wollte.

Da man im Ort wußte, wann der Gefangene abtransportiert werden sollte, hatte sich eine Menschenmenge vor dem geschlossenen Tor der Polizeistation angesammelt. Harmon, unterstützt von seinen Hilfspolizisten, legte Carr in der Zelle Handschellen an, brachte ihn zum Auto, wo er ihm befahl, sich auf den Beifahrersitz zu setzen. Er klinkte in die Schelle an Carrs linker Hand eine dritte und bestigte diese an dem Haltegriff. So saß Carr verhältnismäßig bequem, ohne ihn beim Fahren angreifen zu können.

Pünktlich um elf Uhr fuhren Harmon und Carr ab, die Menge schaute schweigend und untätig zu. Und dann begab sich ›die ganze Stadt‹ in Sams Lokal, um das Ereignis zu feiern. Daß die düstere Wolke von Furcht und Mißtrauen, die Daybreak so lange überschattet hatte, verflogen war, mußte gefeiert werden, wenn man es auch ohne Lärm und mit aufrichtigem Beileid für den alten Sam tat.

Bony war seit dem frühen Morgen auf seinem Posten im Hotel geblieben und verließ sich darauf, von Bert Ellis über die Entwicklung der Dinge laufend informiert zu werden. Zu diesem Zweck mußte er auf Sams Kosten dem Ratsdiener, für den das ein angenehmer Tag wurde, viele Gläser Bier spendieren. Zwischen je zwei Gläsern warf ihm Ellis an der Theke mit heiserer, geheimnisvoll gedämpfter Stimme die Neuigkeiten gleichsam brockenweise zu, und so wußte Bony, daß nach Harmons Aufbruch mit dem Verhafteten Fred Joyce zum Lager der Eingeborenen gefahren war und Iriti und noch zwei Männer geholt hatte, die des Mörders Fußspuren vom Hotel bis zu Tonys Hütte untersuchen und begutachten sollten.

»Weshalb hat Joyce das gemacht, können Sie mir das sagen?« fragte Bony.

»Es war ja nicht seine Idee, Nat. Ich bin dabeigewesen, als er mit den Schwarzen der Fährte nachging, die sich leicht verfolgen ließ: Tonys Strandschuhe, Ihre Stiefel Größe 41 und Harmons Größe 43. Bei den Steinen hätte ich allerdings nichts mehr finden können. Tony hat's wirklich raffiniert gemacht. Hatte seine Stiefel irgendwo liegen zum Umziehen, und die Abdrücke davon waren ja deutlich bis zur Hauptstraße und dann bis zur Hütte hinter Freds Hof zu sehen.«

»Haben denn die Schwarzen sich über ihre Beobachtungen geäußert?«

»Die sagten nichts, bis wir zur Hütte kamen. Da fragte Fred sie, ob das Tonys Schuhspuren seien. Iriti knurrte bloß ein ›Ja‹, dann nickten die anderen, ohne etwas zu sagen. Fred brachte sie zum Wachtmeister, damit sie ihre Erklärung fürs Protokoll gleich durch Daumenabdruck bestätigten.«

Viertel vor sechs Uhr wanderten die Augen der Gäste zur Uhr hinter dem Schanktisch. Sie wußten alle, daß der Zeitplan des Wachtmeisters mit seinen Vorgesetzten abgesprochen war. Er sollte den Verhafteten nur nach Laverton bringen, wo andere Polizeibeamte und ein Arzt ihn erwarteten. Wieder andere Beamten sollten Carr dann nach Kalgoorlie überführen, während Harmon mit dem Arzt und einigen Kriminalbeamten von Laverton nach Daybreak zurückfuhr.

Da sie alle die Straße kannten und die Entfernung gut schätzen konnten, waren sie sich einig, daß Harmon um sechs Uhr wieder in Daybreak sein würde oder, falls er in Laverton erst noch gegessen hatte, spätestens um halb sieben.

Ein paar Minuten vor sechs Uhr machte Sam, ohne es vorher angekündigt zu haben, am Ausschank Schluß und ging an den Schrank, in dem er seine Geige verwahrte. Die Gespräche hörten auf, alle Gäste beobachteten ihn. Er stimmte das Instrument, schob es unteres Kinn und begann zu spielen. Einer öffnete für ihn die Klappe des Schanktisches, er schritt hindurch zur Vordertür, während man ihm rasch den Weg frei machte. Stumm blieben die Gäste zurück, sie lauschten der leiser werdenden Musik, als Melody Sam durch die Hauptstraße ging. Er spielte ›Love's Old Sweet Song‹, und das konnte er wahrhaftig gut.

Einer sagte: »Ist zu bedauern, der alte Knabe. Nun schenk uns wieder ein, Nat.«

Nach so langer Zurückhaltung wurde es jetzt ziemlich lebhaft. Ohne aufgefordert worden zu sein, begab sich Joyce hinter die Theke, um Bony beim Ausschank zu helfen, wobei sich zeigte, daß er das ebensogut verstand wie sein Fleischergeschäft. Keiner hörte es sechs Uhr schlagen. Postmeister Thurley, der sich Gehör zu verschaffen suchte, bemerkten sie erst, als er auf die Theke geklettert war.

»Ich habe Neuigkeiten, Herrschaften, ich habe Neuigkeiten!« schrie er und wartete auf Ruhe. »Ihr wißt doch, daß drei Meilen vor Laverton ein Gattertor wegen des Viehs auf der Straße ist. Also, Harmon war da ausgestiegen, um es zu öffnen, und kaum hatte er das getan, da wurde er beinah von seinem eigenen Auto überfahren! Der Mörder hatte seine Handschellen losgekriegt und saß am Steuer! Harmon mußte die drei Meilen zu Fuß laufen, und Mörder und Wagen hat seitdem niemand gesehen.«

Nach dieser Botschaft konnte jeder die Uhr ticken hören, so verblüfft waren alle im Raum. Als Thurley, vielleicht, um wieder ans Telefon zu eilen, von der Theke sprang und sich zur Tür durchdrängte, folgte ihm die Hälfte der Gäste auf die Straße. Bony benutzte die Gelegenheit, das Lokal zu schließen, versprach aber, um acht Uhr wieder aufzumachen.

»Die halten einen auch noch am Abend in Trab, der Tag genügt nicht«, sagte Joyce zu ihm. »Soll man das für möglich halten, daß dieser Bengel sich von den Handschellen befreit hat! Das ist mir unbegreiflich.«

»Sie werden ihn schon bald wieder fassen, Mr. Joyce, der kennt sich im Busch zu wenig aus.«

»Immerhin genug, um weit wegzukommen, wenn er sein Köpfchen anstrengt«, behauptete Joyce, der jetzt Gläser einsammelte, die er Bony zum Waschen und Polieren hinstellte. »Heiliger Strohsack! Wenn ich mir überlege, wie ich den verteidigt habe, weil ich glaubte, er würde ein anständiger Mensch! Also hat Harmon doch recht gehabt. Wie sie anfangen, so enden sie. Und Harmon wird jetzt toben wie verrückt.«

Joyce half Bony auch noch beim Aufräumen und Ausfegen, und nachher stand Bony vor der Tür zum Lokal, das er zugeschlossen hatte. Nur sehr wenige Menschen bewegten sich auf der Hauptstraße. Unter den Bäumen sah er Melody Sam, begleitet vom Pastor, aufs Hotel zukommen.

14

Sam Loader war die wichtigste Person in des Pfarrers Gemeinde, abgesehen von seiner Eigenschaft als bedeutendster Geldgeber für die Kirche von Daybreak. Wenn auch Melody Sam oft brüllte und tobte oder sich im Keller tagelang dem Suff hingab, so gibt es doch Zeiten, in denen auch der ruppigste Mensch schwach wird und eine innere Stärkung braucht. Dann ist es gut, einen Pastor zu haben, an den man sich wenden kann. Der brachte Sam Loader jetzt ins Hotel zurück, bewog ihn, etwas zu essen, half ihm beim Zubettgehen und sprach ihm Trost zu, bis er einschlief.

Pastor MacBride regte an – wo ein anderer vielleicht befohlen hätte –, das Lokal wenigstens an diesem Abend geschlossen zu halten, was der Hausdiener Bonnar als durchaus richtig begrüßte. Er befestigte also vor dem Eingang ein Schild mit der Aufschrift: ›Auf Anordnung geschlossen.‹ Auf wessen Anordnung, das war vollkommen nebensächlich.

Um zehn Uhr erwarteten die Leute in Daybreak in abendlicher Ruhe ihren Wachtmeister, doch der traf nicht ein. Sie saßen unter den Pfefferbäumen und besprachen die Ereignisse des Tages, während der Postmeister ungeduldig auf telefonische Nachricht von seinem Kollegen in Laverton oder von den Zwischenstationen erwartete. Um neun Uhr war Bony die Straße hinabspaziert, hatte sie überquert, war an der Kirche vorbei und in weitem Bogen um sie herumgegangen und auf diesem Weg zum rückwärtigen Zaun des Hofes der Polizeistation gelangt. Er schaute durch ein vorhangloses Fenster in das Wohnzimmer des Wachtmeisters.

Dort sah er Esther Harmon im Gespräch mit Joy Elder. Sie saßen sich am Tisch gegenüber. Joy hatte ein zerknülltes Taschentuch in der Hand. Als Bony an die Hintertür klopfte, machte sie ihm auf.

»Nanu, Nat Bonnar!« rief sie mit trauriger Miene. »Miss Esther, Bonnar ist es.«

»Bitte ihn herein, Joy, ich habe ihn erwartet.«

»Guten Abend, Miss Harmon. Sie haben mich erwartet?« Ohne zu lächelnd, ging Bony zum Fenster und zog das Rollo herunter. »Der Nachbarn wegen, verstehen Sie«, sagte er gelassen und setzte sich an die Längsseite des Tisches. »Immer noch keine Nachricht von Ihrem Bruder?«

»Als ob Sie das nicht selber wüßten!« entgegnete Esther bissig, und Joy fiel gleich ein: »Sie glauben doch nicht, daß Tony der Mörder ist? Ich weiß jedenfalls, daß er's nicht ist. Könnte er ja gar nicht sein. Sie haben ihn doch selbst an dem Nachmittag da draußen bei mir gefunden und wissen, daß er es nicht mal fertigbrachte, mir den Splitter aus dem blutigen Fuß zu ziehen!«

»Ich habe Joy bereits erklärt, daß es für Tony Carr ganz schlecht steht«, meldete sich Esther Harmon wieder, deren dunkle Augen jetzt wie Knöpfe aussahen. »Freilich halte ich ihn nicht für den Mörder, und das habe ich Joy auch schon ein paarmal gesagt. Die Schuhe könnte jemand anders in oder auf seine Hütte geschmuggelt haben, um ihn in Verdacht zu bringen, aber ...«

»Ja, dieses ›Aber‹, Miss Harmon«, sagte Bony. »Es gibt nämlich eins.«

»Sagen Sie uns, weshalb Sie jetzt herkommen.«

»Ich habe mir Gedanken über Tony und Ihren Bruder gemacht. Ihr Bruder ist ja nicht gerade ein Schwachkopf, aber andererseits ist Carr ein stämmiger Bursche mit kräftigen Händen und ziemlich starken Handgelenken. Ich könnte mir denken, daß der Griff, an den seine Handschellen durch eine dritte geschlossen waren, nicht sehr stabil war; daß er sich also davon losriß und das Lenkrad auch mit den Handschellen ergreifen konnte. Meinen Sie nicht, daß es so gewesen sein muß?«

»Wäre möglich. Ich weiß es nicht, Bonnar, ich habe darüber nicht nachgedacht.«

»Es läßt sich natürlich noch eine andere Erklärung denken«, fuhr Bony fort. »Es ist möglich, daß das Fleisch, mit dem Sie

Tonys Brote belegten, einen Fettrand hatte. Mit diesem Fett hätte er seine Handgelenke einreiben und seine Hände aus den Ringen herausziehen können. Aber trotzdem – auch hier meldet sich wieder ein kleines ›Aber‹ –, Tonys Hände und Gelenke sind breit und die Handschellen der Polizei schließen im allgemeinen recht eng und lassen keinen Spielraum. Sie haben ihm nicht zufällig außer den belegten Broten noch etwas anderes gebracht? Oder in den Teekrug etwas hineingetan?«

»Auf die Brote habe ich Salz und Senf getan und in den Tee Zucker und Milch.«

»Sehr fürsorglich, Miss Harmon, aber das hätten wohl andere Hausfrauen auch getan. Stimmt das nicht, Joy?«

»Na sicher. Ja, nur ... Ach, was soll denn all dieses dumme Gerede? Tony ist ausgerückt, und das ist die Hauptsache. Kriegen werden sie den nie. Wenigstens hoffe ich das ... Ich wünschte, ich wüßte es genau!«

»Um Tony stände es aber bedeutend besser, wenn er nicht ausgerissen wäre«, sagte Bony. »Er säße jetzt sicher in einer sauberen, gemütlichen Zelle in Kalgoorlie. Nun wird er gehetzt werden wie ein Tier. Und Wachtmeister Harmon wird furchtbar zornig zurückkommen. Und falls Tony durch Abreißen des Griffs freigekommen ist, wird der Wachtmeister allerlei peinliche Fragen stellen müssen.«

»Welche zum Beispiel?« fragte Esther herausfordernd.

»Zum Beispiel, wenn er von seinen Hilfspolizisten, die mit ihm Carr aus der Zelle zum Auto brachten, Antwort auf die Frage verlangen muß, welcher von den beiden dem Gefangenen einen Extraschlüssel für die Handschellen zugesteckt hat.«

»Na, wenn das so passiert sein sollte, dann wird George es hoffentlich schnell aus ihnen 'rauskriegen. Ein Polizeiwachtmeister hat auch ohne solche Geschichten schon genug zu tun. Jetzt beantworten mal Sie meine Fragen.«

»Aber gern. Und wenn Sie fertig sind, hätte ich auch noch einige.«

»Wie erträgt Melody Sam sein Unglück?«

»Der schläft fest; dafür haben Schwester Jenks und Mr. MacBride gesorgt.«

»Und das Lokal ist geschlossen, sonst wären Sie wohl nicht hier. Wer ist denn drüben außer der Köchin und diesem neuen Hausmädchen, das aus Kalgoorlie stammt?«

»Als ich wegging, war keiner weiter da. Den beiden Frauen könnte eigentlich nichts passieren. Sie haben sich eingeschlossen, und außerdem ist ja der Mörder gefaßt worden, nicht wahr?«

»Nein, ist er nicht«, widersprachen beide Frauen zugleich, die ältere heftig, die jüngere weinend. Joy Elders Verhalten konnte Bony begreifen. Die Frauen wußten, daß Kat Loader mit einer List an die Nebentür gelockt und, bevor sie aus der Tür auf den sandigen Boden treten konnte, von dem Mörder gepackt worden war. Er hatte sie getötet, während ihre nackten Füße noch im Korridor waren. Das wichtigste Argument für Tonys Schuldlosigkeit war, daß er für einen so schnellen, schwierigen Mord nicht stark genug sei.

Bony paßte sich zunächst ihren Gedankengängen an und mußte sich eingestehen, daß sie nicht ganz der Logik entbehrten.

Esther Harmon sagte: »Ihr Männer macht mich ganz elend; ihr seid alle wie Kinder, die immerzu denselben Vers singen. Nun denken Sie mal vernünftig, Bonnar. Nehmen wir also Kat Loader, die Sie ja besser kennen als mich. Ganz zu schweigen davon, daß sie ja nicht so leicht war, daß ein Mann sie einfach am Hals hätte in die Luft halten können wie eine Feder – können Sie sich vorstellen, daß sie aus dem Bett aufstand, bloß weil mal jemand an ihr Fenster klopfte, und noch zu ihm an die Tür ging, wenn sie ihn nicht besonders gut gekannt hätte?«

»Weiter«, ermunterte Bony sie.

»Sie wollen uns doch wohl nicht erzählen, daß Kat Loader mit Tony Carr so befreundet war, daß sie mitten in der Nacht die Tür aufmachen würde, um mit ihm zu plaudern? Nein, wer auch der Mann gewesen sein mag, er muß mit ihr vertrauter gewesen sein. So wie – na, wie zum Beispiel Sie, Nat Bonnar. Falls das Ihr Name ist, was ich bezweifle.«

»Einer meiner Namen«, räumte Bony ein. »Hatten Sie vergessen, daß Mary, das schwarze Hausmädchen beim Pfarrer, auch hinausging – und dem Mann entgegenging, der sie ermordete und ihr gut bekannt gewesen sein müßte?«

»Das habe ich nicht vergessen, Bonnar. Wo waren denn Sie zu dem Zeitpunkt?«

»Weit drüben in Queensland, das kann ich beweisen. Wie wär's, wenn uns jemand eine Kanne Tee machen würde? Ich bin schon beinah eine Stunde hier und werde nicht sehr gastfreundlich behandelt.«

»Setze Wasser für Tee auf, Joy«, sagte Esther, und zu Bony gewandt: »Ärgern kann man Sie wohl überhaupt nicht, wie? Glauben Sie, daß Tony Carr der Mörder ist?«

»Ich habe die Fährte des Mannes verfolgt, der Kat Loader umbrachte«, erwiderte Bony streng. »Die führte mich auf steinigen Grund, wo der Mann seine Strandschuhe gegen Stiefel vertauschte, und deren Spuren führten mich zu Carrs Hütte. Dort lagen die Strandschuhe auf dem Dach, die Stiefel standen an seinem Bett. Tony Carr hat einen Gang wie der Mann, der diese zwei Schuhpaare trug. Die schwarzen Fährtensucher, die die Spuren auch überprüften, sagten dasselbe.«

»Sie beantworten meine Frage nicht«, protestierte Esther, und Joy Elder blieb mit dem Wasserkessel in der Hand stehen.

»Und die lautete?« erkundigte Bony sich sanft.

»Ob Sie glauben oder nicht glauben, daß Tony Carr Katherine Loader umgebracht hat?«

»Wie könnte ich lügen in Ihrer holden Gegenwart«, spottete Bony.

»Joy, werfen Sie ihm den Kessel an den Kopf«, befahl die Schwester des Wachtmeisters.

Joy Elder stellte rasch den Kessel auf den Tisch, lief zu Bony und packte ihn an den Armen. »Lassen Sie doch diesen Unsinn sein, Nat! Nichts mehr davon. Sagen Sie's uns. Los, sagen Sie es doch!«

»Selbstverständlich halte ich Tony nicht für den Täter«, antwortete Bony in weichem Ton, und es brachte ihn nicht in Verlegenheit, daß sie sich weinend an ihn klammerte. »Gerade deshalb bedaure ich ja so, daß ihm jemand einen Schlüssel für die Handschellen gegeben und ihm dadurch die Flucht ermöglicht hat, während er gemütlich im Kittchen sitzen könnte, bis mit all diesen Gemeinheiten Schluß ist. Im Grund, Joy, müßten Sie mit Miss Harmon schimpfen, daß sie den Ersatzschlüssel zwischen den belegten Broten für Tony versteckt hat.«

»Wie können Sie das denn wissen?« fragte Joy, indem sie in die blauen Augen aufschaute. Und Bony, der an ihr vorbei auf die gelähmte Frau sah, begegnete einem trotzigen Blick, der dem seinen ohne Scheu standhielt.

»Köpfchen – reine Denkarbeit«, antwortete er leichthin. »Wenn wir das Haus verlassen und sehen, daß die Straße naß ist, so wissen wir, daß es geregnet hat. Ursache und Wirkung. Tony befreit sich und fährt den Wagen durch das Tor, das ihm Wachtmeister Harmon zur rechten Zeit öffnet. Das war die Wirkung, aber die Ursache war ein Schlüssel, der die Handschellen löste. So ein Schlüssel muß dagewesen sein, und den Griff hatte ich neulich bei einem Gespräch mit Wachtmeister Harmon, als er im Wagen saß, rein zufällig auf seine Festigkeit hin geprüft, ohne mir dabei etwas zu denken.«

»Daraus folgt noch nicht, daß ich Tony den zweiten Schlüssel gegeben hätte«, sagte Esther Harmon mit Nachdruck. »Nun gieß mal den Tee auf, Joy, der Kessel kocht ja über.«

Bony setzte sich an den Tisch und sagte: »Miss Harmon, machen Sie sich denn auch jetzt noch nicht klar, daß aus Ihrer Handlung eine Tragödie hätte entstehen können? Daß entweder Ihr Bruder oder Tony dabei hätten umkommen können? Sie hätten im Wagen miteinander ringen und den Wagen zu Bruch fahren können. Oder Ihr Bruder – er hatte einen Revolver bei sich und alles Recht, ihn zu benutzen – hätte auf Tony schießen können.«

»Der Revolver hätte ihm nichts geholfen, Bonnar, denn ich habe, ehe er abfuhr, die Patronen herausgenommen.«

»Was haben Sie gemacht?« Bony hätte beinah seine gleichmütige Ruhe verloren. Er half sich aus der Verlegenheit, indem er im Ton oberflächlicher Unterhaltung sagte: »Erzählen Sie bitte weiter.«

Esther Harmon rückte in ihrem Sessel etwas herum, wobei sie ihr lahmes Bein mit beiden Händen anhob, gab Joy einen Wink, Tassen aus dem Glasschrank zu nehmen, und lächelte Bony freundlich an.

»Na schön, Bonnar, ich will Ihnen etwas mehr erzählen. Niemand kennt meinen Bruder so genau wie ich. Er ist als Polizist tüchtig, einer von dem Schlag, wie er hier in dieser halben Wildnis gebraucht wird. Er kennt seine Vorschriften und die Gesetze und versteht es, sie auf den Typ von Menschen anzuwenden, mit denen er's zu tun hat und zwischen denen er leben muß. Der Unglücksfall, von dem Sie ja wissen, hat ihn mit einem Haß gegen junge Burschen in Tony Carrs Alter erfüllt. Nur deshalb schlug er Tony mit dem Revolver nieder. Nicht weil er ihn des Mordes verdächtigte, sondern weil er im selben Alter und vom selben Kaliber ist wie der Bursche, der seine Frau totgefahren und mir das hier angetan hat.

Ich will Ihnen noch mehr erzählen, weil Sie darum gebeten haben. Keiner kennt auch Tony Carr so genau wie ich. Keiner, Bonnar, niemand auf der Welt. Seit seiner Geburt kenne ich ihn, weiß, wie er geprügelt wurde, welche Verbrechen er begangen hat und welche an ihm begangen worden sind. Ich weiß ,wie oft er gekränkt und beleidigt wurde von engstirnigen Leuten, die sich einbilden, ein sündenfreies Leben zu führen.

Das also sind nun diese zwei, beide stark und beide, könnte man sagen, nicht völlig normal. Und sie hassen sich so, wie gewöhnliche Menschen es nie tun. Mein Bruder hatte es nicht nötig, Tony persönlich nach Laverton zu bringen. Er bat am Telefon seine Vorgesetzten in Laverton dringend um diesen Auftrag und überredete auch die in Kalgoorlie dazu. Da wußte ich, daß er Tony fesseln und daß er ihn unterwegs beschimpfen und vielleicht auch mißhandeln würde. Ich mußte dem Jungen eine Chance geben, deshalb schob ich den Schlüssel zwischen die belegten Brote und einen kleinen Zettel, auf dem stand, was er tun sollte und wo am besten. Und ich nahm, wie schon erwähnt, aus Georges Revolver die Patronen. Damit sie sich mit gleichen Kräften gegenüberstünden.«

»Und da befreite sich Carr von den Handschellen, als Ihr Bruder das Straßentor öffnete, und versuchte ihn bei der Flucht auch noch zu überfahren.«

»Das glaube ich nie und nimmer«, entgegnete Esther. »Ich habe Tony erklärt, daß er George nichts antun dürfe, weil er mein Bruder ist. Niemand kennt diese beiden so gut wie ich. Und wenn Sie jetzt weiter so dasitzen wollen und mich bloß anstarren wie ein Vogel, der vom Baum herunter eine Schlange beobachtet, dann kenne ich auch Sie besser, als andere Sie kennen.«

»Dann will ich lieber gleich gehen«, gab Bony leichthin zurück.

»Aber vorher sagen Sie mir noch, woher Sie wissen, daß Carr nicht der Mörder von Kat Loader ist.«

»Das werde ich tun, wenn Sie mir zuerst sagen, warum Sie der gleichen Meinung sind.«

»Ich weiß es – nun, weil ich eben weiß, daß er's nicht getan hat, Miss Harmon.«

»Und genauso geht es mir, Nat Bonnar.«

»Miss Harmon, ich glaube Ihnen nicht.«

»Und ich, Bonnar, Ihnen nicht. Still mal!« In dem eintretenden Schweigen hörten sie das Brummen eines näherkommenden Autos. »Das wird George sein. Hinaus mit Ihnen, Bonnar. Und du gehst auch, Joy. Durch die Hintertür, los.«

Bony blieb sitzen, er schüttelte den Kopf. Esther Harmon, die in diesem Moment seine Gedanken erriet, lächelte tapfer und sagte: »Keine Sorge, Bonnar, ich werde mit George allein fertig.«

15

Mit Wachtmeister Harmon erschienen Inspektor Mann, Kriminalsergeant Wellings und der junge Arzt Dr. Flint, alle aus Kalgoorlie. Die Bewohner von Daybreak, von denen die meisten noch in der tiefen Dämmerung unter den Pfefferbäumen gewartet hatten, beobachteten die Ankunft der Gruppe schweigend. Sie hatten die Scheinwerfer des Wagens schon von weither auf dem Bergrücken von Bulow's Range gesehen und ihren Weg verfolgt, bis die Strahlen das steinerne Abbild von Melody Sam mit grellem Licht übergossen.

Es war nach ein Uhr nachts, als Inspektor Mann den Schankkellner bat, für einen Moment in sein Zimmer zu kommen.

»Der Fall ist doch noch nicht so glasklar, wie Harmon glaubt«, kam Inspektor Mann zur Sache, indem er sich eine Pfeife stopfte, die eigentlich schon seit Jahren ausgedient hatte. »Jedenfalls schließe ich das aus Ihrem Verbleiben auf diesem Posten.«

»Daybreak ist eine Auster, die sich nur von allein öffnen kann«, sagte Bony. »Um den Vergleich beizubehalten: Wenn sie aus Salzwasser in Süßwasser gebracht wird, geht sie ohne äußere Gewaltanwendung auf.«

»Sie glauben nicht, daß der junge Carr der Gesuchte ist?«

»Ich bin sogar überzeugt, daß er's nicht ist.«

Eine ganze Minute sog der Inspektor geräuschvoll an seiner Pfeife, bevor er fragte: »Würden Sie mir erklären, warum? Die Ermittlungen hier sind ja speziell Ihre Aufgabe. Wir wissen, wie Sie vorzugehen pflegen und haben weder den Wunsch noch die Absicht, Sie oder Ihre Methoden zu stören. Immerhin werden Sie zugeben, daß ich Grund zu der Frage habe, warum Sie es zuließen, daß Harmon einen Mann verhaftete, den Sie für schuldlos halten.«

»Mit der Gewißheit, daß einer schuldlos ist, haben wir ja nicht gleich den Beweis für die Schuld eines bestimmten anderen Verdächtigen. Wäre ich eingeschritten, um Harmon an dieser falschen Verhaftung zu hindern, so hätte der wirkliche Täter, wie die erwähnte Auster, für sehr lange, vielleicht für immer dichtgehalten. Ich habe noch keinen Beweis, wer es ist. Dagegen habe ich Beweise, daß er mit aller Sorgfalt unseren Verdacht auf Carr gelenkt hat. Carrs einstweilige Verhaftung kann meine Ermittlungen nur fördern – sie ist das kleinere Übel; das größere wäre das Entkommen eines mehrfachen Mörders.«

»Ich verstehe. – Was beweist aber Carrs Schuldlosigkeit?«

»Sie kennen ja die Aussagen der Fährtensucher, die alle darin übereinstimmen, daß es ein Mann von etwas siebzig Kilo Gewicht sein muß, der Schuhgröße 42 trägt, etwas lahmt, und – ein Weißer ist. Soweit sind wir einig, ja?«

»Gewiß. Nur weiter.«

»Zuerst lassen Sie uns mal von der Fährte sprechen, die der Mann hinterließ, als er den Mord vorige Nacht beging.«

Bony berichtete von seiner Verfolgung der Spuren, dem Schuhwechsel und davon, was er nach diesen Feststellungen noch getan hatte.

»Somit ist also ersichtlich«, fuhr er fort, »daß entweder die bei den früheren Fällen hinzugezogenen Fährtensucher wenig Erfahrung hatten oder aber der Mörder nach diesem letzten Mord absichtlich seine Verfolgung über die Schuhspuren relativ leicht machte, und zwar – das ist meine Ansicht –, um Carr durch diese letzte Maßnahme entscheidend zu belasten.«

Inspektor Mann nickte.

»Er ging also, nachdem er das felsige Plateau überquert hatte, schräg den Berghang hinauf zur Hauptstraße. Nach ungefähr hundert Metern stolperte er über einen Mulgastumpf und fiel lang hin. Die Abdrücke von seinen Knien und Händen hat er sorgfältig verwischt, aber die beim Stolpern losgerissene alte Baumwurzel nicht wieder zurückgelegt.

Wie jeder andere Mensch, der unerwartet so heftig stürzt, war er dadurch zunächst verstört. Alles hatte er raffiniert bis ins kleinste geplant. Absichtlich hatte er Spuren hinterlassen, damit man aus ihnen auf die Unerfahrenheit eines Menschen wie Carr schließen sollte, der sich mit den Eigenarten des Buschlebens und der Beurteilung von Fährten noch wenig auskennt. Nun fiel der Mann über eine Baumwurzel, und das brachte seine schönen Sicherheitsmaßnahmen erheblich durcheinander. Von der Wurzel ab machte er nämlich hundertundsiebenundzwanzig Schritte, ohne zu hinken! Das Hinken hatte er vor Ärger vergessen. Bei diesen über hundert Schritten vergaß er, so zu gehen wie Tony Carr, denn dieser junge Mann hat sich vor nicht langer Zeit am Bein ernstlich verletzt, so daß er noch hinkt.«

Inspektor Mann seufzte, lächelte, erinnerte sich seiner Pfeife, riß ein Zündholz an und betrachtete Bony über das flackernde Flämmchen hinweg.

»Ich habe nicht den leisesten Zweifel, Bony, daß Sie da richtig vermutet haben«, sagte er, wobei er das abgebrannte Zündholz wieder in die Schachtel schob. Er verzichtete auf Bonys Begründung seiner Angaben, da er aus dem Gehörten selbst Schlüsse ziehen konnte und an den Fähigkeiten dieses ausgezeichneten Beamten sowieso nicht zweifelte. »Ein ganz finsteres Subjekt!« sagte er. »Nimmt sich vor, etwa ein halbes Dutzend Menschen abzumurksen, um so oder so ein Ziel zu erreichen – was immer es sein mag – und wälzt den Verdacht auf einen vorbestraften Jugendlichen.«

»Sie erinnern sich, daß ich vorhin sagte, ich hätte einen Grund, Ihnen dies mitzuteilen?« nahm Bony seinen Faden wieder auf.

»Nun, der eben betrifft den jungen Carr. Soviel ich hörte, ist er dem Wachtmeister durchgebrannt.«

»Auf ganz einfache Weise. Er streifte seine Handschellen ab, während Harmon ein Straßentor öffnete. Als es schön weit offen war, brauste er hindurch und versuchte dabei, Harmon zu überfahren.«

»Die Handschellen abgestreift?!«

»Jawohl. Der Wagen wurde später mit leerem Tank hinter Laverton gefunden. Carr hatte den Ort umfahren und ist nachher wahrscheinlich per Anhalter bis Kalgoorlie gekommen.« Mann lachte mißvergnügt. »In einem der fünf Wagen, die da vorbeifuhren, bevor wir Laverton erreichten. Zwei Lastautos und drei Personenwagen fuhren an uns vorüber.«

»Da hat Harmon sich sicher geärgert«, warf Bony ein. Es erleichterte ihn, zu wissen, daß Esther Harmon nun gewiß nicht wegen des Handschellenschlüssels zur Rechenschaft gezogen werden würde. Sie hatte sich darauf verlassen, daß Carr ihrem Bruder nichts antun würde, und das hatte er bestimmt nicht versucht, wenn auch Harmon es behauptete. Carr hatte sogar Miss Harmon vor jedem Verdacht geschützt, indem er die Handschellen wieder zuschloß, nachdem er sich davon befreit hatte.

»Geärgert?« gab Mann zurück. »Er schäumte vor Wut!«

»Und jetzt fahndet die Polizei nach Tony Carr.«

»Selbstverständlich.«

»Ja, selbstverständlich«, wiederholte Bony und blickte intensiv in die dunklen Augen gegenüber. »Sie werden nun bitte eine zusätzliche Anordnung geben, daß man aufpaßt, den Jungen, wenn er entdeckt wird, nicht zu verletzen oder zu mißhandeln.«

»Ich werde sogar veranlassen, daß die Fahndung ganz eingestellt wird.«

»Nein, das werden Sie lieber nicht tun. Verhaftet werden muß er, und auch eingesperrt. Und wenn er sitzt, dann sorgen Sie bitte dafür, daß er Speck und Eier bekommt, Rumpsteaks, Pflaumenkuchen und Zigaretten, auch die Bücher, die er lesen möchte. Und ein weiches Bett in einer Einzelzelle.«

»Sind Sie übergeschnappt, Kollege?« fragte Inspektor Mann vorsichtig.

»Sie wollen doch einen Schuldlosen zum zweitenmal festnehmen«, fuhr Bony unbeirrt fort. »Also werden Sie für die Presse nur eine kurze Notiz verfassen, des Inhalts, daß im Zusammenhang mit den Morden in Daybreak eine Verhaftung erfolgt ist. Ohne Namensangabe. Und Sie sprechen mit keinem Menschen über das, was ich Ihnen von den Schuhspuren anvertraut habe. Ehe Sie Daybreak verlassen, werden Sie von mir zwei Briefe bekommen. Einen vertraulichen Bericht für Ihren Chef und ein Schreiben an Carr, das ihm ausgehändigt werden soll, sobald er aufgegriffen wird. Darin werde ich ihn bitten, in Ruhe und Vernunft abzuwarten, bis sein Freund in Daybreak, Nat Bonnar, diesen Schuft gefunden hat, der ihn dem Henker ausliefern wollte. Unter keinen Umständen darf der Mörder erfahren, daß seine Täuschungsmanöver durchschaut sind.«

»Ich hätte gern mehr über Melody Sam erfahren«, sagte Bony nach einer Weile, »vor allem über frühere Zeiten. Sie verstehen mich: Fehltritte aller Art, kleine oder größere Gaunereien, engere Beziehungen zu Eingeborenen, Heirat, Geburten und dergleichen. Und dann noch – halt mal! Es ist noch nicht lange her«, sagte Bony, »da hat mir jemand eine Karte zugespielt, deren Wert ich nicht erkannte – bis Katherine Loader umgebracht wurde. Und diese Karte ist jetzt zu einem As geworden. Ja, Inspektor, schicken Sie mir die Akte über Melody Sam, und zwar baldigst.«

16

Der neue Morgen erinnerte Sam Loader wieder an den Todesfall in seinem Haus und rief Kummer und Zorn wach. Er richtete sich im Bett auf und griff nach Pfeife und Tabak.

»Wie fühlen Sie sich? Besser?« fragte Bony.

»In Ordnung, Nat, der Schlaf hat mir gutgetan. Was tut sich auf der Welt?«

»Sie dreht sich noch, Sam. – Ich habe Ihnen das Frühstück gebracht. Es gibt noch einiges zu besprechen. Wir hatten späte Gäste.

Harmon brachte auf der Rückfahrt Inspektor Mann, Sergeant Wellings und Doktor Flint mit. Mann kennen Sie ja.«

»Den Sergeanten auch, Flint nicht. Was sonst?«

»Die gerichtliche Leichenschau soll heute vormittag erfolgen, und das Verhör wird dann wahrscheinlich nach Kalgoorlie verlegt. Tony Carr hat seine Handschellen abgestreift und ist Harmon entwischt. Drei Meilen vor Laverton. Bis jetzt haben sie ihn noch nicht wieder gefaßt.«

»Ich würde alles darum geben, wenn ich ihn selbst fassen könnte.«

Der alte Mann reckte seinen langen Oberkörper und stellte seine Tasse so heftig auf den Nachttisch, daß der Tee überschwappte. Seine grauen Augen blitzten, und er schien schwer mit seiner Erregung zu kämpfen. »Meine kleine Kat hat ihm niemals das geringste getan! Überhaupt keinem Menschen in Daybreak hat sie Böses getan.«

»Sie gehen von falschen Vorstellungen aus«, sagte Bony rasch.

»So? Was soll das heißen?«

»Das sage ich erst, wenn Sie sich beruhigt haben, Sam. Sie wissen ja, daß sie mich als Privatdetektiv engagiert haben?«

»Ja, was ich schuldig bin, bezahle ich. Ich habe stets meine Schulden bezahlt.«

»Sie haben mich noch nicht entlassen.«

»Der Auftrag war erledigt, als Carr verhaftet wurde.«

»Er ist nicht erledigt, bis der Mörder Ihrer Enkelin und der anderen Opfer verhaftet worden ist, Sam. Der Mörder befindet sich noch hier im Ort, deshalb bitte ich Sie ja, Ihren Zorn zu zügeln. Die Polizei verläßt Daybreak noch vor Mittag, und wenn sie fort ist, haben wir, Sie und ich, den Mörder ganz für uns, das heißt, wenn Sie sich nach mir richten.«

Bony, der merkte, wie sehr Sam sich mühte, seiner Aufregung Herr zu werden, blieb still, bis der Alte seine Pfeife gestopft und in Brand gesetzt hatte.

»So ist's besser«, sagte er. »Ziehen wir nun am selben Strang?«

»Wie kann ich dabei am meisten nützen, Nat?«

»Indem Sie sich nicht unnötig aufregen und sich schließlich noch den Herzschlag holen.«

»Erzählen Sie mir erst noch mehr«, verlangte Melody Sam.

»Ich lasse nicht mit mir handeln«, sagte Bony, auf einmal ganz kalt. »Ich will Ihr Versprechen haben, daß Sie sich ganz nach mir richten. Sonst gehe ich allein vor. Also?«

»In Ordnung, Nat. Ich weiß immer gern vorher, mit wem ich's zu tun habe, und habe nur das hören wollen, was Sie eben sagten. Sie verstehen es zwar, Pferde zuzureiten, aber Zureiter von Beruf sind Sie nicht. Was soll ich also tun?«

»Sie übernehmen wieder die Leitung Ihres Hotels. Alles wie sonst, klar? Sagen Sie der Köchin, was sie kochen soll, und mir, daß ich mich für meinen Lohn als Hausdiener gefälligst anstrengen soll. Zählen Sie das Geld in der Kasse nach und buchen es wie sonst. Man wird Sie auffordern, die Tote zu identifizieren und die Vorbereitungen zur Beerdigung zu treffen. Nachher machen Sie das Lokal auf. Und was ich Ihnen jetzt noch sage, behalten Sie eisern für sich. Einverstanden?«

Melody Sam nickte stumm.

»Wie Sie erwähnten, bin ich kein Pferdezureiter, bin jedoch jetzt beruflich als Fährtensucher tätig«, sagte Bony. »Neulich nachmittags sprachen wir ja über Fußspuren und darüber, daß die Eingeborenen damals so mangelhafte Aussagen gemacht hatten. Deshalb hatten Sie mich doch gewissermaßen als Privatdetektiv engagiert? – Gestern morgen um diese Zeit bin ich der Fährte des Mannes gefolgt, der Ihre Enkelin tötete. Und im Lauf des Vormittags noch einmal, um ganz sicher zu sein, daß ich mich nicht geirrt hatte. Und dieser Mann, Sam, ist nicht Tony Carr, dieser Mann hat die Strandschuhe und die Lederschuhe, die er nachher trug, absichtlich zu Carrs Hütte gebracht, die einen drin und die andern auf dem Dach versteckt. Ich habe Harmon nicht mitgeteilt, was ich wußte, denn ich will, daß der Mörder in dem Glauben bleibt, sein Vorhaben sei geglückt und Tony in der Falle.«

»Wie Sie an den Fährten erkannten, daß sie nicht von Tony stammten, wollen Sie mir wohl nicht sagen?«

»Nein.«

Bony hatte das so entschieden verneint, daß Sam keinen Versuch machte, ihn umzustimmen.

Froh, sich durchgesetzt zu haben, und überzeugt, daß Sam keine

Dummheit begehen und etwa jetzt, wo normales Verhalten so notwendig war, eine seiner berühmten ›Touren‹ beginnen würde, ließ Bony ihn beim Anziehen allein und begab sich an seine morgendlichen Hausarbeiten.

Im Hotel rüstete sich alles für den neuen Tag. Hausdiener Nat hackte das tägliche Quantum Brennholz, bohnerte das Linoleum in den Korridoren und säuberte anschließend die Kneipe und den Speiseraum.

Um zehn Uhr wurde er zur Polizei gerufen, um seine Aussagen über die Fährtensuche, an der er mit Wachtmeister Harmon teilgenommen hatte, und über sein Verhalten bei der Ankunft vor Carrs Hütte genau zu Protokoll zu geben. Die Leichenschau würde nicht im Ort stattfinden, und Dr. Flint stellte den Totenschein aus. Kurz vor zwei fuhren der Arzt und die zwei Beamten wieder ab, und von den Ortsbewohnern konnte, wer wollte, an Kat Loaders Beerdigung teilnehmen.

Bis auf zwei Personen befanden sich denn auch sämtliche Einwohner, Männer, Frauen und Kinder sowie die Leute von Dryblowers Flat und aus allen bis zu sechzig Meilen entfernten Gehöften auf der Hauptstraße, als Kat Loader unter den Pfefferbäumen vorbeigefahren wurde. Ihr Sarg stand auf einem flachen Wagen. Darauf lag nur ein Kranz; für den waren aber alle Blumen gepflückt worden, die sich im Ort finden ließen. Hinter dem Wagen schritt Melody Sam, begleitet vom Pfarrer, Fred Joyce und dessen Frau, denen die gesamte Bevölkerung sich anschloß.

Nur zwei fehlten bei dieser Prozession: Bony und Esther Harmon. Bony fand sie auf der Veranda des Polizeireviers sitzend.

»Er hat kein Wort über Tony gesprochen«, sagte sie, sobald Bony bei ihr Platz genommen hatte.

»Auch nichts über den Schlüssel?«

»Nein. Das spart er sich auf. Es paßt ganz zu ihm.«

»Dann wissen Sie also noch gar nicht, daß Tony seine Hände aus den Handschellen einfach herausgezogen hat und diese an dem Griff hängen ließ?«

»Das glauben Sie?«

»Nun, wie war es denn sonst, nach Ihrer Meinung?«

»Oh, Bonnar, ich wußte doch, daß er es mir zuliebe richtig

machen würde. Er muß sie aufgeschlossen, abgenommen und blitzschnell wieder zugeschlossen haben, damit keiner von dem Schlüssel etwas merkte. – Was können Sie mir sonst noch berichten?«

»Daß er um Laverton einen Bogen gemacht hat und hinter der Stadt noch fünf bis sechs Meilen weiterfuhr. Dann war das Benzin verbraucht. Die Polizei nimmt an, daß er per Anhalter nach Kalgoorlie gelangt ist. Ich muß sagen, wenn ich mir das Ganze überlege – Sie haben etwas Schlimmes getan, aber sehr viel Glück gehabt.«

Absichtlich bewegte sie ihr lahmes Bein und fragte: »Etwas Schlimmes getan, und doch Glück gehabt – finden Sie das wirklich, Bonnar?«

»Schlimmes – weil Sie einen der Männer im Auto, oder beide, in Lebensgefahr brachten, und Glück – weil sich Ihr Urteil über Tony Carr als richtig erwiesen hat.«

Er war aufgestanden. Ohne noch ein Wort zu sagen, ging er zum Hotel zurück, das er durch die Hintertür betrat.

Alles war leer und still. Nachdem er die Tür zugemacht und abgeschlossen hatte, ging er durch den langen, am Speisezimmer vorbeiführenden Korridor zu den Schlafräumen. Die der Gäste von der letzten Nacht waren bereits wieder aufgeräumt, die Türen standen offen. Er ging in das Schlafzimmer, das Katherine Loader gehört hatte.

In dem Raum spürte er noch den Duft und die Frische, die ihr zu eigen waren. Jetzt erweckte die Erinnerung an Kat Loader in ihm Entsetzen und Wut, die ihn stets erfüllten, wenn er einem Mörder nachjagte.

Er blieb mehrere Minuten in dem Zimmer und betrachtete die eingerahmten Fotos auf dem Sims des nie benutzten Kamins. Die Utensilien auf dem Frisiertisch waren sicher teuer gewesen, der breite Sessel am Fenster sehr einladend.

In Sams Zimmer roch es vor allem nach starkem Tabak, ein Geruch, der sich höchstens vertreiben ließ, wenn das Zimmer von oben bis unten renoviert wurde. Bony war zwar in diesem Zimmer schon am Morgen gewesen, doch jetzt hatte er Muße, sich genauer umzusehen. Mit Kats Zimmer verglichen, war es sehr bescheiden und sparsam ausgestattet. Es enthielt einen, allerdings riesigen, amerikanischen Schreibtisch. Auf Regalen von unpolierten Kiefernbrettern lagen fünf alte Violinen, mit feinen Goldadern durchzogene Quarzbrocken, seltsam geformte Erzstücke, die gewiß aus dem verlassenen Schacht stammten. Auch reine Goldklumpen lagen da, Teile von einem Theodoliten, alte Bücher und Bündel von Dokumenten, mit Goldklumpen als Beschwerer. In einer Ecke stand ein gigantischer Geldschrank, bei dessen Anblick man sich wundern mußte, daß der Fußboden dieses Gewicht aushielt.

Bony kam es vor allem auf das Bild über dem Kamin an. Er zog das Rollo am Fenster hoch und die Gardinen weit zurück, um mehr Licht zu haben. In einem Goldrahmen mit vielen Schnörkeln hing da eine ungeschickt kolorierte alte Fotografie.

Vor Bony saß Melody Sam. Was auch Retusche an der Originalaufnahme gesündigt haben mochte – sie hatte damit nicht von dem wie aus Granit gemeißelten Gesicht und der Intensität der Augen unter den buschigen Brauen ablenken können. Hinter Sam standen ein Mann und eine Frau, offenbar sein Sohn und seine Schwiegertochter. Neben ihm an jeder Seite ein kleines Mädel, beide im Alter von etwa sieben, acht Jahren, und nie hätte Melody Sam abstreiten können, daß sie seine Enkelinnen waren, denn sie glichen ihrem Vater, der wiederum Sams vollkommenes Ebenbild war.

Bony verließ das Zimmer und setzte sich auf die Bank unter dem Fenster. Von dort konnte er Esther Harmon sehen, die noch auf ihrer Veranda saß und grübelte. Ein Hund, der bei einem Pfefferbaum gelegen hatte, erhob sich, bellte einmal matt und trottete schwanzwedelnd am steinernen Sam Loader vorbei. Kurz danach erschien der lebende Sam Loader neben dem Pfarrer auf dem Heimweg vom Friedhof, und hinter ihnen, in kleinen und größeren Gruppen oder einzeln, die Menge, die an der Trauerfeier teilgenommen hatte. Wachtmeister Harmon löste sich von ihnen und schritt zur Polizeistation. Fred Joyce und seine Frau gingen auf dem Fußweg an Bony vorüber, ohne ihn anzublicken. Bert Ellis aber, der mit einer langen, dürren Frau vorbeiging, blinzelte ihm zu. Es war ein Zeichen seiner Sehnsucht nach einem Glas kühlen Bieres. Auch Les Thurley, der Postmeister, nebst Frau, sowie alle übrigen gingen vorbei, indes Melody Sam sich beim Pastor für die gütige Hilfe bedankte und sich dann erschöpft neben seinem Hausdiener auf die Bank sinken ließ.

Mürrisch blickte er dem sich entfernenden Geistlichen nach und sagte: »Na, das hätten wir hinter uns. Wann treten wir beide in Aktion, Nat?«

»Vielleicht schon bald oder erst später, aber die Stunde wird kommen«, erwiderte Bony. »Der Mann hat sich durch das Verstekken der Schuhe bei Carr einen Vorsprung gesichert, sogar einen großen. Nur Geduld, Sam. Er sitzt wie die Maus in ihrem Loch, und ich bin die Katze, die draußen lauert.«

»Sie ahnen also, wer es ist, nicht wahr?« knurrte Melody Sam.

»Allerdings. Ich habe seine Schuhspuren auf der Hauptstraße gesehen. Ja, ich ahne es, Sam, aber was ich ahne, gibt Harmon noch keine Grundlage, ihn zu verhaften.«

»*Ich* würde es Ihnen glauben, Nat. Übergeben Sie ihn doch einfach mir.«

Bony drehte sein Gesicht dem alten Mann zu. »Sam, schauen Sie mich an«, sagte er. »Ich bin bedeutend jünger als Sie. Ich könnte dem Alter nach Ihr Sohn sein, und Ihr Sohn hätte auch gesagt, was ich Ihnen jetzt sagen werde. Die Zeiten der Feme sind vorbei, und ich glaube nicht, daß die Welt dadurch besser geworden ist. Ich liebe das Einfache in der Lebensführung und in der Justiz, genau wie Sie. Wir müssen jedoch in der Welt leben, so wie sie jetzt ist, nicht in der, die wir uns gern eingerichtet hätten. Aber ich verspreche Ihnen, den Mörder zu fangen, so wie eine Katze eine Maus fängt.«

17

Am nächsten Morgen stählte Bony nach Erledigung der üblichen Küchenarbeit seine Muskeln beim Holzhacken auf dem Hof. Von der Straße her vernahm er die Geräusche lebhafter Tätigkeit. Nachts war der Lastwagen mit Post und Frachtgut aus Laverton eingetroffen; er stand vor dem Hotel, und Sam war dabei, die Fahrer zu wecken, die sich zum Schlafen einfach neben der mit Planen bedeckten Ladung in ihre Decken gerollt hatten. Thurley hatte es eilig mit den Postsäcken, um die Briefe bald austragen zu lassen.

Nach dem Frühstück zählte und kontrollierte Sam die Kisten, Kartons und kleinen Bierfässer, die er einzeln über die Treppe Bony zureichte, der sie alle im Keller unter der Kneipe aufstapeln mußte. Den Rest des Vormittags war Bony allein im Lokal tätig, da Sam sich entschlossen hatte, den Geschäftsführer seines Kaufhauses aufzusuchen, um sich auch dort um die neuen Waren zu kümmern. Als mittags das Lastauto nach Kalgoorlie zurückfuhr, übernahm Sam wieder selbst den Ausschank.

Soeben kam Esther Harmon mit einem Korb aus ihrem Schuppen. Offenbar hatte sie Eier eingesammelt, und Bony, der in den Korb schaute, zählte fünf darin.

»Guten Tag, Miss Harmon! Hoffentlich sind es nicht weniger Eier als gestern?«

»Ich hoffe täglich auf neue Rekorde, Bonnar«, gab sie lebhaft zurück. »Wollten Sie gerade reiten?«

»Ja. Ihr Bruder hat mir erlaubt, sein Pferd jederzeit zu nehmen, wenn ich Lust habe. Ist er übrigens zu Hause?«

»Nein, er ist, glaube ich, zum Pastor gegangen. Es handelt sich wohl um einen Bericht über Tony Carr.«

»Und wie geht's dem Jungen?«

»Was, um alles in der Welt . . . Kommen Sie sich etwa witzig vor?« Zorn sprühte aus ihren dunklen Augen, doch der Zorn sollte nur das Erschrecken verbergen.

»Carr muß mit dem Lastauto hergekommen sein – unter der Plane«, sagte Bony gelassen. »Er ist hier über den Hof gegangen und hat sich in der Futterkammer versteckt. Ich darf vermuten, daß Sie soeben mit ihm gesprochen haben.«

Esthers schön geformter Mund bebte, und ihre Hände zitterten so sehr, daß er ihr den Korb abnahm. Er fragte, wann sie erfahren hätte, daß Tony sich in dem Schuppen befand.

»Nach dem Frühstück. Ich holte die ersten Eier. Die Hennen legen dort immer gern. Und da sprach Tony mich an. Sie dürfen nichts verraten, Mr. Bonnar! Man muß dem Jungen doch helfen. Wir dürfen nicht zulassen, daß er gehetzt wird wie ein Dingo. Sie werden – Sie werden es nicht George erzählen, nein?«

»Es soll ein Geheimnis bleiben. Aber warum kommt er auf der Flucht gerade hierher zurück?«

»Er sagte mir, er wüßte keinen anderen Platz«, antwortete Esther Harmon. »Wenn ich ihm nicht helfen würde, hätte er niemanden, an den er sich wenden könnte. Er war noch in Georges Wagen sitzen geblieben, als das Benzin alle war, und als er dann das Lastauto kommen sah, verbarg er sich hinter einem Baum. Während der Fahrer anhielt, um zu sehen, wem das leere Auto gehören mochte, kletterte er unbemerkt hinten auf den Lastwagen und kroch unter die Plane. Er sagt, er hätte gewußt, daß es der Transport für Daybreak war.«

Inzwischen waren sie beim Eingang zur Küche angekommen, wo sie impulsiv seinen Arm ergriff und fragte: »Was werden Sie jetzt tun, Bonnar? Sie können ihn doch nicht George ausliefern!«

»Haben Sie ihm Essen gebracht?« Sie nickte. »Na, dann ist er ja vorläufig hier gut aufgehoben. In den Schuppen wird Ihr Bruder wohl kaum gehen. Wir müssen aber nachher mal überlegen, wie's weitergehen soll.« Er klopfte ihr auf die Schulter. »Einmal hatte ich zu Ihnen gesagt, Sie hätten etwas Schlimmes getan, das nehme ich jetzt zurück.«

Bony holte sich aus dem Stall das Sattelzeug. Als er anschließend die Futterkammer betrat, sah er außer den Säcken und Bündeln dort alle möglichen ausrangierten Geräte liegen, die Carr ein sehr gutes Versteck boten.

»Ist alles in Ordnung, Tony«, sagte er in gemütlichem Ton, »ich habe bereits mit Miss Harmon über Sie gesprochen. Vorläufig sollen Sie hierbleiben und sich keinen Schritt vom Fleck rühren, bis wir Sie dazu auffordern, klar?«

Flüsternd kam die Antwort »Ja«.

Bony ging hinaus und scharrte im Gehen spielerisch Staub über die von Carr und Miss Harmon in der Nähe gemachten Fußspuren.

Als Bony am Pfarrhaus vorbeiritt, erschien Harmon an der Gartenpforte und forderte ihn mit erhobener Hand zum Anhalten auf. Bony sprang aus dem Sattel. »Mein Chef verlangt einen Führungsbericht über Carr, für die ganze Zeit, seitdem er hier ansässig ist«, begann Harmon. »Was halten Sie davon? Dabei ist Inspektor Mann doch von dem Material, das wir gegen Carr haben, vollkommen befriedigt! Die da oben bilden sich wohl ein, unsereiner hätte überhaupt nichts zu tun!«

»Haben Sie darüber mit dem Pastor gesprochen?« erkundigte sich Bony.

»Mußte ich ja. Er ist auch verpflichtet, etwas über Carr zu schreiben, aber es hat ja, offen gesagt, gegen Carr gar nichts vorgelegen, bis wir eben die Beweisstücke auf dem Dach seiner Hütte fanden. Ich denke mir, Inspektor Mann rechnet damit, daß der Anwalt, der Carr in dem kommenden Prozeß in Perth verteidigen wird, auf die straffreie Führung Carrs während seines hiesigen Aufenthalts ganz besonderes Gewicht legen wird.«

»Und was würde das helfen?« fragte Bony.

»Unter Umständen sehr viel. Wenn wir nämlich mal richtig Bilanz machen – gewiß, dann haben wir als Beweis die Schuhspuren und Gipsabgüsse und haben einzelne Gutachten darüber. Für den normalen Menschen reicht das doch wohl als Beweis. Was ist aber das Motiv? Wir vertreten die Ansicht, daß das Motiv im Grunde in der Geisteskrankheit des Mörders zu suchen ist, der sich schon gewalttätig gezeigt hat, bevor er nach Daybreak kam. Und wir können sagen, daß es für alle drei Morde kein anderes Motiv gibt, einfach, weil sie ganz verschieden ausgeführt wurden. Allerdings können wir nur in einem Fall, nämlich bei Lorelli, beweisen, daß Carr ungefähr zu der fraglichen Zeit am Tatort gewesen ist. Für uns wäre das genug, aber ich werde das Gefühl nicht los, daß Inspektor Mann es doch nicht ausreichend findet.«

»Kann ja sein, daß er hundertprozentig sichergehen will«, gab Bony zu bedenken.

»Na ja, das kann ich verstehen«, gab Harmon zu, »mir wird auch allmählich klar, daß es sich nicht um das Fehlen von Beweisen handelt, sondern darum, ob sie gut genug sind. Geschworene durch Fußspuren überzeugen, das ist ganz was anderes als durch Fingerabdrücke. Wenn wir Carrs Fingerabdrücke an der Tür gefunden hätten, die Sie vernünftigerweise in Verwahrung gegeben haben, dann hätten wir etwas Brauchbares. Der Arzt ist ja bereit, zu beeiden, daß der Mann, der Kat Loader erwürgte, Hände etwa so groß wie Carrs gehabt haben muß, aber daß es Carrs Hände waren, kann er nicht beschwören.«

»Carr ist gewiß inzwischen bis nach Kalgoorlie gekommen, womöglich sogar bis nach Perth.«

»So ungefähr, Nat. Was die Brüder in so einer Erziehungsanstalt alles lernen! Da kann man sein Auto abschließen und den Zündschlüssel mitnehmen – in drei Sekunden bringt so ein Lümmel es in Gang! Legt man ihm Handschellen an, rutscht er einfach 'raus, wenn's ihm paßt. Man kann ihn kreuz und quer verhören und ihm wer weiß wie zusetzen, so wie ich's auf der Fahrt nach Laverton gemacht habe – so ein Bursche macht den Mund nicht auf, kein einziges Mal, und wenn es bloß gewesen wäre, um mich zu beschimpfen.«

»Ich werde jedenfalls aufpassen, Mr. Harmon«, sagte Bony.

»Ja, tun Sie das. Sie wollen gerade ausreiten, sehe ich? Dann sprechen Sie doch mal bei den Eingeborenen im Lager vor und sagen Sie Abie, er soll zu mir ins Revier kommen.«

»Wird gemacht.«

Harmon schaute entzückt seinem Grauen nach, den Bony mit sicherer Hand in elegantem, gleichmäßigem Trab zur Stadt hinauslenkte.

Bony aber suchte nach Antworten auf Fragen, über die der Wachtmeister, der nicht wußte, daß der Mörder das Hinken bei seiner Flucht vergessen hatte, bestimmt sehr erstaunt gewesen wäre.

Über die Tatsache, daß Iriti und seine Männer noch einige Trümpfe verborgen hielten, war sich Bony absolut klar. Es mußte Wichtiges dahinterstecken, daß die eingeborenen Fährtensucher damals ihren weißen Vorgesetzten nur so kümmerliche Angaben gemacht hatten, und die später vom Süden als Ersatz herbeigeholten mußten gewußt haben, was Iriti und seine Leute beabsichtigten, also konnte von ›objektiven Aussagen der voneinander unabhängigen Gutachter‹ gar keine Rede sein.

Die flache Senke mit dem Mulgawald, weit vor ihm, kam langsam näher, als der Hengst jetzt in gestrecktem Galopp dahinzog, bis Bony ihn nach rechts lenkte, zum Lager der Eingeborenen hin.

Kein blauer Rauch von Holzfeuern zwischen den Felsblöcken? Das Lager war verlassen.

Die Krähen hatten auf dem Boden des Lagerplatzes ihre Spuren hinterlassen und auch in der Asche der Feuerplätze gescharrt – ein Beweis dafür, daß die Eingeborenen schon früh am Morgen aufgebrochen waren. Und noch früher war ein Reiter bei ihnen gewesen, der offensichtlich seinen Auftrag, ohne vom Pferd zu steigen, ausgeführt hatte. Er war angekommen aus der Richtung von Daybreak und fortgeritten nach Dryblowers Flat.

Die ›Maus‹ begann sich also ein wenig aus ihrem Loch hervorzuwagen. Jener Reiter hatte entweder den Schwarzen eine Warnung gebracht oder den Befehl, das Lager aufzugeben.

Die Spur ihres Abzuges war so leicht zu verfolgen, daß Bony es sogar im gestreckten Galopp tun konnte. Sie führte den Berghang hinab bis an die trockenen Wasserrinnen, über sie und ein paar grasige Flächen hinweg bis zu den kleinen Dickichten – stellenweise auf eisenhartem rotem Lehmboden – und im Bogen um die steilen hellroten Sanddünen herum.

Eine halbe Stunde später durfte der Graue unter einer Reihe von Buchsbäumen am Ufer eines ehemaligen Sees ausruhen.

In dem Seebecken war selbstverständlich kein Wasser, den flachen Grund bedeckte eine dünne Salzschicht, die völlig unberührt dagelegen hatte, bis die Füße der Nomaden über sie geschritten waren – viele einzelne Fährten, die nach dem jenseitigen Ufer zu in eine breite dunkle Bahn zusammenliefen.

Von Tieren war nichts zu spüren, und die völlige Lautlosigkeit der Luft machte die Landschaft zu einem Bild, das aus unvorstellbar fernen Vorzeiten zu stammen schien.

Es war jetzt Ende April – in Australien der Beginn des Herbstes. Die Sommerhitze war vorbei, Sandstürme rasten nicht mehr über die ausgedorrte, brüchige Erde. Nur wenige Vögel zeigten sich, Fliegen und Ameisen hatten sich verkrochen.

Er beschloß, den See zu umreiten, weil er vielleicht in der Mitte zu weich war, um das Gewicht des Pferdes zu tragen. Da der Hengst nicht mehr so erpicht war, mit seiner Geschwindigkeit zu glänzen, dauerte es nahezu eine Stunde, bis sie die Stelle erreichten, wo die Eingeborenen das Seebecken verlassen hatten. Von da wiesen ihre Fährten nach Nordosten, tiefer in die Wüste hinein.

Bonaparte hatte an diesem Job keine Freude, denn er hatte es mit Eingeborenen zu tun, die weniger von der Gesetzgebung der Weißen beeinflußt waren als Stämme mit engem Kontakt zu Missionssiedlungen. Sie waren sogar weiter von der Zivilisation entfernt als ihre schwarzen Brüder im Zentrum des Kontinents, durch das ja eine Eisenbahnlinie führte und in dem eine Reihe von Städten liegt und es Straßen und Telegrafie gibt. Mit den Männern dieses Stammes mußte er verhandeln, ohne seine Autorität herauszukehren. Sie verbargen sich nicht, sondern fühlten sich auf ihrem angestammten Gebiet so sicher, daß sie, wie Bony jetzt sah, die Rauchsäulen ihrer Lagerfeuer zwischen einer Gruppe von Eukalyptusbäumen an einem ausgetrockneten Bachbett, in dem es vermutlich Wasserlöcher gab, gen Himmel steigen ließen. Er sprang aus dem Sattel, als er etwa vierhundert Meter vor ihrem Lagerplatz war, band sein Pferd an eine Akazie und ging bis auf hundert Meter auf die Stelle zu und blieb dort stehen. Er stieß einen Ruf aus und hockte sich dann nieder. Es war eine beachtliche Leistung, unbemerkt so nahe ans Lager gekommen zu sein, und seine Anwesenheit mußte die Eingeborenen sehr überraschen.

Zwischen den grauen Stämmen der Bäume kamen dunkle Gestalten hervor, sie blieben einen Moment stehen und verschwanden dann wieder. Bony wartete stumm. Er wußte, daß in diesem Lande in jedem Fall die Menschen, die Geduld besaßen, länger lebten als voreilige.

Wenn der Besucher auf diese Weise gewissermaßen an der Haustür geklingelt hat, gibt sich der Hausbewohner die denkbar würdigste Haltung und späht durchs Schlüsselloch, um zu sehen, wer der Besucher sein mag. Sieht er, daß der Fremde unbewaffnet ist und einen friedlichen Eindruck macht, so schickt er einen Bedienten zu ihm, der ihn näher zu betrachten und ihn nach seinen Wünschen zu fragen hat. Dem gemäß kam jetzt zu Bony ein erst kürzlich zum Mann geweihter Jüngling, der einigermaßen Englisch konnte und sich mit Hilfe von ergänzenden Gesten verständlich zu machen wußte. Er betrachtete den Besucher mit unverhüllter Neugier, nahm dessen Bitte um eine Unterredung mit Iriti zur Kenntnis und machte kehrt, um Bericht zu erstatten. Nach einigen Minuten war er wieder da und geleitete Bony zum größten der Lagerfeuer, um das Iriti, der Medizinmann Nittajuri und fünf ältere Männer im Halbkreis saßen.

Der Fremde wurde aufgefordert, sich ihnen gegenüber zu setzen.

Um die sieben Männer lag dieselbe Reglosigkeit, die Bony beim Anblick der endlosen Weite so bedrückend empfunden hatte.

Wie konnte ein moderner Mensch die Kluft zu ihnen überbrükken? Oft schon hatte Bony das versuchen müssen, und manchmal war es ihm halbwegs gelungen.

Etwas abseits von der Gruppe stand Abie, Harmons Fährtensucher, mit seinem senkrecht gehaltenen Speer, dessen Spitze ein schmal zugeschliffenes, vermutlich von einer weißen Hausfrau fortgeworfenes Tischmesser bildete. Er hielt den Speer am Boden zwischen den Füßen und hätte ihn schneller abschleudern können, als Bony imstande gewesen wäre, eine Pistole zu ziehen.

Bony wurde belehrt, daß er sein Anliegen dem hohen Rat durch Vermittlung des jungen Mannes vorzutragen habe, der ihn angemeldet hatte. Er spürte, daß es einer der mit Tony Carr befreundeten jungen Männer sein mußte, was ihm auch später das Aufblitzen in dessen Augen bewies, als Tonys Name genannt wurde.

Er leitete das Gespäch mit der Behauptung ein, Melody Sam schicke ihn her mit der Anfrage, weshalb seine eingeborenen Freunde Bulow's Range verlassen hätten, ohne es ihm vorher zu sagen, noch dazu so kurz nach ihrer Rückkehr von einer großen Wanderung. Dann erinnerte er sie an Sams Großzügigkeit in all den Jahren – daran, daß er sie stets in seiner Stadt willkommen geheißen hatte, wie sie ihn in ihrem Lager empfangen hatten und daß er doch durch die Aufnahme in ihren Stamm zu ihrem Sohn, Bruder und Vater geworden sei.

Er starrte die sieben unverwandt an, aber kein Augenpaar wich seinem Blick aus. Langsam, um dem Dolmetscher genug Zeit zu lassen, fuhr er fort: »Eines Tages war die junge Mary, die beim Pastor gearbeitet hatte, mit Janet Elder auf Wanderung gewesen. Sie waren auf ihrem Rückweg durch den Mulgawald an eurer geheiligten Stätte vorbeigekommen. Keiner von euch hatte Mary gesagt, daß sie nicht in den Mulgawald gehen dürfte. Als sie nun mit dem weißen Mädchen dort vorbeikam, ging sie ein Stück zurück und dann um die Stätte herum, nicht hindurch. Das weiße Mädchen ging über den geheiligten Platz, aber eure Mary, das versichere ich euch, tat das nicht!

Warum seid ihr denn alle auf Wanderung gegangen und habt einen zurückgeschickt, der Mary vor der Hütte des Pastors töten sollte? Wollt ihr mir das sagen? Mary war nicht über den Platz im Wald gegangen! Und warum sagt ihr, sie habe das getan? Sie hat keins eurer Gesetze gebrochen, aber ihr habt eure eigenen Gesetze mißachtet, indem ihr das Mädchen tötetet. Warum? Sagt es mir doch!«

Bony deutete mit der Hand nach den fernen Hügeln. »Auch eure Bruderstämme dort weit hinter den Bergen wissen, daß ihr eure eigenen Gesetze gebrochen habt. Ihr seid keine guten Menschen. Das Gesetz des weißen Mannes mißachtet ihr, und eures brecht ihr. Nun erklärt mir, wie kommt das?«

Bony hatte das Gefühl, daß Marys Ermordung die Folge eines Intrigenspiels zwischen Rivalen gewesen war und daß die Stammesältesten, um den internen Frieden zu erhalten, ihren Tod beschlossen hatten. So oder sehr ähnlich mußte es gewesen sein.

Wenn auch freilich Marys Ermordung durch die Eingeborenen für die Gerichte der Weißen nicht von so großer Bedeutung war wie die Ermordung von weißen Personen durch Weiße, so wollte doch Bony das Gespräch darüber, bildlich gesprochen, als Spaten benutzen, um weitere Beweise für die Überführung des weißen Mörders auszugraben.

Eine Weile debattierten die Stammesältesten miteinander, während Bony geduldig wartete.

»Wenn ihr jetzt mir, der ich herkomme und möchte, daß ihr mir Väter und Brüder seid, nicht die Wahrheit sagt, dann werde ich Wachtmeister Harmon und Melody Sam erzählen, daß ihr selbst Mary umgebracht habt. Wenn es auch nur einer getan hat, so seid ihr doch alle Mörder, das wißt ihr. Und wenn Melody Sam und der Polizeibeamte hören, daß ihr die Täter gewesen seid, dann werden sie euch weit fortstoßen, weit weg von Daybreak, und niemals wieder bekommt ihr Fleisch und Mehl, nie wieder Tabak, und verliert dazu noch eure geheiligte Stätte. Sie werden mit einem Auto hinfahren und die Steine aufsammeln, werden eure Felsengräber sprengen und alle eure toten Brüder hinauswerfen.

Ihr nun hattet Angst, daß der Weiße euch verraten würde, und ihr habt mit ihm abgemacht, daß er euch nicht verraten soll und ihr ihn nicht kennen werdet, wann immer ihr ihn seht?

Als der Mörder Mrs. Lorelli umbrachte, da habt ihr alle gesagt, daß die Fußspuren nicht von Tony Carr stammten. Und dasselbe habt ihr gesagt, als der weiße Junge getötet wurde.«

Und nun riskierte Bony einen blinden Vorstoß. »Als aber Miss Loader tot war – von einem Mann in Strandschuhen ermordet –, da habt ihr die Fährte desselben weißen Mannes gesehen und habt gesehen, daß er sie so gemacht hatte, als wenn er Tony Carr wäre. Und ihr seid auch an die Baumwurzel gekommen, über die er gestürzt war und habt da bemerkt, daß er dann vergessen hatte, seine Fährte so wie die von Tony Carr zu machen. Aber das habt ihr nicht dem Wachtmeister gesagt, weil ihr große Angst hattet, der weiße Mann könnte dem Wachtmeister erzählen, daß Mary von euch getötet wurde. Was habt ihr dazu zu sagen?«

Es war eine nicht gerade streng logische Rede, doch die Zuhörer begriffen sie mit Hilfe ihres Dolmetschers. Und dieser junge Mann wurde immer ärgerlicher – er ließ zu Bonys Freude recht deutlich seine Empörung darüber merken, daß die Stammesältesten sich zu einer Intrige hergegeben hatten, von der ihr Volk nichts wußte.

Und was hatten sie vorzubringen? Nachdem der Medizinmann den Dolmetscher unter Drohungen fortgeschickt hatte, gab es ein erregtes internes Palaver. Anfangs sprachen sie noch so leise und mit so ruhigen Mienen, daß man hätte glauben können, sie unterhielten sich über das Wetter, doch schnell wurde offenbar, daß Zorn aufzulodern begann, der zu stürmischer Wut entflammte. Beschuldigungen flogen hin und her wie Steine bei einem Aufruhr, Augen blitzten, weiße Zähne glänzten, Fäuste wurden geballt, Arme zuckten, als verlangten sie danach, Speere zu schleudern.

Abie, nach wie vor wachsam, wurde zu einer Statue. Er hielt den Speer wurfbereit fest. Bony, der wohl wußte, daß Abie ihn schneller werfen konnte, als das menschliche Auge es wahrnimmt, blieb gelassen hocken und genoß die Szene in diesem Nest von Riesenameisen, die er so wirkungsvoll aufgescheucht hatte.

Die von ihm verursachte Unruhe mußte zu einem dramatischen Höhepunkt führen, denn es war ihm gelungen, einen Keil zwischen die Partei der alten Männer und die der jungen zu treiben, die sich mit Tony Carr freundschaftlich verbunden fühlten. Und jetzt entzweiten sich auch die Alten – die einen hielten zu den jungen Männern, die andern blieben dabei, daß es richtig gewesen sei, das Mädchen Mary zu töten.

Am Schluß war es der Medizinmann, über den sich der Zorn aller entlud. Aber er verstand die Verantwortung von sich abzuwälzen. Er steigerte sich in eine Art Trance, fuchtelte mit den Armen, rollte die Augen, bis sie weiß hervorquollen, ließ Speichel aus dem Munde laufen, brach plötzlich zusammen und blieb wie tot auf der Erde liegen.

Nach dieser Darbietung wurde es still im ganzen Lager. Das Schweigen wurde erst gebrochen, als Iriti einen Befehl brüllte und daraufhin mehrere schon geweihte Jünglinge einen offensichtlich vor Angst völlig verstörten Mann aus dem Lager heranführten, gefolgt von sämtlichen anderen mannbaren Stammesgenossen. Iriti blieb stehen, wo er stand, schlug sich mit den Fäusten gegen die Brust und hielt eine feierlich-ernste Rede, um schließlich einen Schuldspruch zu fällen, dem allgemein zugestimmt wurde. Der Häuptling wies auf die schon tiefstehende Sonne, der Verurteilte stieß einen trotzigen Schrei aus und rannte blindlings davon.

Eine Frau jammerte unheimlich schrill und lange. Die Menge zog sich zurück. Der Medizinmann hatte sich wieder erholt, er stelzte zu seinem privaten Lagerplatz an dem kleinen Feuer. Auch die alten Männer gingen und ließen Iriti, der sich wieder breit hinsetzte, mit Bony allein. Abie und eine Schar jüngerer Männer versammelten sich in der Nähe, um soviel wie möglich zu essen und zu trinken, denn sie mußten sich stärken für die Hetzjagd, die beginnen sollte, sobald der untere Rand der Sonne den Horizont berührte. Der Mann, den sie einholen sollten, war schon älter als sie. Er hatte nicht die mindeste Aussicht, ihnen zu entkommen.

19

Zwei Stunden saßen sich Bony und Iriti noch an dem kleinen Feuer gegenüber.

Als die Sonne ganz leicht den Horizont berührte, stand Iriti auf, wies mit erhobenem Arm in die Richtung, in die der Verurteilte geflohen war, und beobachtete mit ausdrucksloser Miene seine jungen Leute, die schnell wie Känguruhs durch das Unterholz in der Umgebung sprangen. Iritis Aufgabe war beendet. Bony aber hatte den endgültigen Triumph der Katze über die Maus noch nicht errungen. Immerhin war er mit dem hier Erreichten zufrieden und überzeugt, daß Iriti sich an ihre Vereinbarung halten würde.

Es war Nacht, als er beim steinernen Sam in die Hauptstraße einritt, in Gedanken bei dem Problem Tony Carr. Vor dem Hotel konnte er die Gäste im Lokal sprechen hören. Als er in den Hof des Polizeireviers einbog, erschien Harmon in der Tür seines erleuchteten Dienstzimmers und rief: »Sind Sie's, Nat? Ich hatte mir schon Sorge um Sie gemacht.«

»Ich bin weiter geritten, als ich eigentlich wollte«, erklärte Bony.

Der Wachtmeister folgte Bony nicht zum Reitplatz, wo er den Grauen tränkte und ihm Futter gab. Als er durchs Fenster sah, daß Harmon wieder an seinem Schreibtisch saß, ging er rasch zum Wohnhaus hinüber, um schnell ein paar Worte mit Esther Harmon zu sprechen. Sie sollte Carr in seinem Versteck mit Essen versorgen, während er sich mit dem Wachtmeister in ein Gespräch vertiefte.

Fünf Minuten lang sprachen sie über Harmons Pferd. Für Bony war das nur das Vorspiel zu einigen Mitteilungen, die vor Harmon wie Handgranaten platzen sollten.

»Wußten Sie, daß die Eingeborenen heute morgen abgerückt sind?« eröffnete er seine Überraschungskanonade.

Harmons Augen wurden zu schmalen Schlitzen. Kopfschüttelnd sagte er: »Können Sie sich einen Grund denken?«

»Ja, das kann ich. Ich bin draußen gewesen, um mit Iriti zu reden. Ein Mann aus dieser Stadt hatte ihnen geraten, zu verschwinden. Iriti wird aber mit seinem Stamm morgen zurückkommen, und ich habe ihn veranlaßt, uns, das heißt Ihnen und mir sowie Sam Loader und noch ein paar Einwohnern, mittags zu einem Palaver zur Verfügung zu stehen.«

»So, haben Sie das!« Zorn zuckte im Gesicht des Wachtmeisters auf. Er beherrschte sich aber. »Wissen Sie, Nat, ich habe mal genauer über Sie nachgedacht. Sie machen doch nicht etwa aus dieser Sache ein ganz privates Spielchen, wie?«

»Soweit es der Zufall fügte, habe ich das allerdings getan. Sie könnten sich hier am Telefon sofort mit Inspektor Mann verbinden lassen und ihn bitten, zu bestätigen, daß ich Kriminalinspektor Napoleon Bonaparte aus Queensland bin, in einem Sonderauftrag hier tätig. Andererseits gebe ich Ihnen den Rat, damit zu warten, weil es noch viel Arbeit zu erledigen gibt, die wir gemeinsam erledigen könnten. – Soll ich weitersprechen?«

»Ja.«

»Ich weiß, wer diese Morde verübt hat, und kenne das Motiv, Harmon, jedoch reichen meine Beweise noch nicht aus, um eine Verhaftung zu rechtfertigen, und sie sind noch nicht schlüssig genug, als daß man sie dem Staatsanwalt unterbreiten könnte. Ergänzende Indizien können wir von Iriti und seinem Medizinmann bekommen, doch gewiß sehen auch Sie die Unmöglichkeit ein, diese Männer dem Gericht als Zeugen zu präsentieren. Wenn der Stamm morgen wieder da ist, werden wir die Aussagen seiner führenden Männer durch den Mund eines jungen Eingeborenen zur Kenntnis nehmen, der besser Englisch spricht als Ihr früherer Fährtensucher. Aus diesem Grunde muß Melody Sam bei der Konferenz zugegen sein und auch Postmeister Thurley, der ja Friedensrichter ist. Ich kann wohl damit rechnen, daß Sie sich dafür bereithalten?«

Die Hand, die schon über dem Telefonapparat geschwebt hatte, wurde zurückgezogen.

»Wir haben also den Falschen verhaftet?« fragte Harmon.

»Sie haben den Falschen verhaftet, richtiger gesagt. Und ich ließ das zu aus einem Grunde, den Sie noch erkennen werden.«

»Und der richtige Mann – wer ist das?«

»Er wird bei der Konferenz mit Iriti entlarvt werden.«

Harmon, der Bony unentwegt angestarrt hatte, stand mit einem Ruck auf und wanderte im Zimmer umher.

»Ich habe von Ihnen schon gehört«, sagte er. »Eigentlich hätte ich's schon vor einer Weile erraten müssen. Was sollen wir also jetzt machen? Bis morgen warten können wir nicht, ich meine, bis wir gehört haben, was die Eingeborenen erklären. Weil es möglich ist, daß inzwischen ein Beamter den jungen Carr aufgreift und dabei ein Unglück passiert. Sie wissen ja, wie es zugeht, wenn einer vor der Polizei türmt.«

Die Härte wich jetzt aus Bonys blauen Augen, und ein kleines Lächeln der Anerkennung spielte um seinen ausdrucksvollen Mund. »Was Sie eben sagten, freut mich um Ihrer Schwester willen, aber um Tony Carr brauchen Sie sich nicht zu beunruhigen«, sagte er. »Der ist gut aufgehoben, dafür habe ich gesorgt. Bis morgen bleibt er, wo er ist. Konzentrieren Sie sich nur auf die Frage, wer noch als wesentlicher Zeuge in Betracht kommen könnte, wenn wir dem Mörder die Schlinge um den Hals legen. Wer versteht die Sprache des hiesigen Eingeborenenstammes am besten?«

»Fred Joyce«, erwiderte Harmon, ohne nachzudenken.

»Wer sonst noch?« drängte Bony.

»Na, der junge Carr kann ihren Reden ganz gut folgen, aber er ist ja nicht hier, und Sam Loader kann sich verständigen. Ich selbst verstehe die Sprache auch ein bißchen, schon um mit Abie zurechtzukommen.«

»Es wird schwierig werden, Harmon. Ich könnte natürlich vor Gericht gehen und beeiden, daß der Mörder der und der ist. Jeder Polizeibeamte im Lande würde mir das abnehmen. Ob es aber die Geschworenen tun würden? Würde eine Jury die beeidigten Aussagen von fünf oder sechs weißen Einwohnern von Daybreak, wenn sie sich auf Behauptungen von Iriti und seinen Stammesbrüdern beziehen, als Beweis anerkennen? Das bezweifle ich.«

»Und das ist alles, was wir haben?«

»Jawohl. Nur die Aussagen eines Kriminalinspektors, gestützt auf eine Horde von Wilden – so sieht es das Gericht. Direkte Beweise haben wir nicht, keine Fingerabdrücke, und das Motiv würde ohne Beweise auch keinen Glauben finden. Aber es besteht die Möglichkeit, Harmon, daß der Mörder sich selbst überführt, und auf diese Chance hin werden wir handeln.«

Bony erhob sich vom Stuhl, um die in großem Maßstab gehaltene Wandkarte des riesigen Distrikts zu studieren. Ortsnamen gab es da nur wenige, aber viele große weiße Flächen. Nur an der Straße nach Laverton waren ein paar Gehöfte und Brunnen eingezeichnet. Diese Straße bildete den einzig möglichen Fluchtweg von Daybreak aus.

Langsam sagte Bony: »Morgen bei Sonnenaufgang wird sich Iriti mit den meisten seiner Leute auf den Weg nach Daybreak machen. Einem Wachtposten auf dem Förderturm müßten sie etwa zwischen halb elf und elf Uhr ins Blickfeld kommen. Ich werde dort sein. Sie können von Ihrem Hof aus bis zum alten Schacht sehen, also auch mich beobachten. Wenn ich winke, heißt das, daß Iriti ankommt. Dann werden Sie Melody Sam und Thurley hier in Ihr Büro holen und mit ihnen warten, bis ich komme. Aber keinen außer diesen beiden – das merken Sie sich. Sie können ihnen ja sagen, es handle sich um eine Dienstsache, etwa Carrs Flucht. Klar?«

»Jawohl. Aber wie ist es mit –«

»Keine weiteren Fragen, Harmon. Kein Gespräch mehr und keine Maßnahme, bis Sie mich vom Förderturm winken sehen.«

»Wollen Sie nicht noch ein Weilchen mit mir aufbleiben, Nat?« schlug Sam vor. »Ich mag noch nicht zu Bett gehen.«

Bei Tagesanbruch brachte Bony Sam den gewohnten Morgentee, dann erledigte er seine täglichen Aufgaben. Er hatte gehofft, nach dem Frühstück mit Esther Harmon sprechen zu können, was jedoch durch Harmons Dazwischentreten verhindert wurde.

»Mir ist, als hätte ich das alles gestern abend geträumt«, sagte Harmon. »Ist Ihr Plan denn noch gültig?«

»Ja. Ich wiederhole: Sie halten scharf Ausschau zum Förderturm hin. Dort werden Sie mich sehen, und sobald ich winke, holen Sie Sam und den Posthalter in Ihr Zimmer.«

Der Hengst verlangte ungeduldig einen scharfen Galopp, und Harmon wurde, wie jedesmal, neidisch, als er beobachtete, wie rasch und elegant Bony in den Sattel kam und das Pferd an der Kandare hatte. Der Graue bäumte sich zornig, bekam einen scharfen Schlag mit dem Endstück des Zügels, und dann erlaubte ihm Bony, in vollem Galopp durch die Hauptstraße zu jagen – beobachtet von Harmon an seinem Hoftor, von Fred Joyce vor seinem

Laden, von Schwester Jenks vor ihrer Haustür und den Kindern, die gerade in einer Kolonne in die Schule marschierten.

In scharfem Tempo ritt er den Berghang hinab bis nach Dryblowers Flat, um noch bei Elders vorzusprechen. Er war erfreut, daß der Alte mit seinem Partner zum Goldwaschen unterwegs war, und noch erfreuter, als er von Joy zum Morgentee eingeladen wurde.

»Janet ist mit Vater gegangen, Nat«, sagte sie. »Haben Sie von Tony wieder gehört?«

»Ja und nein. Es wäre denkbar und doch eigentlich nicht«, neckte er sie. »Wollen Sie mir eine Frage beantworten?«

»Los, fragen Sie.«

»Na schön, ich will's tun. Lieben Sie Tony Carr?«

Sie antwortete schlicht: »Ihn mehr zu lieben, als ich es tue, wäre gar nicht möglich.«

»Warum lieben Sie ihn denn so sehr?«

Joy furchte die Stirn, dann lächelte sie und antwortete: »Ich weiß jetzt, warum. Weil er es nicht über sich brachte, mir wegen des Splitters den Fuß aufzuschneiden.«

Verständnisvoll nickend, aß Bony seinen Kuchen.

»Erzählen Sie mir doch von ihm, Nat«, bat das Mädchen.

»Folgendes kann ich Ihnen sagen, Joy – Tony ist nicht so weit fort, wie Sie annehmen.« Indem er auf den Schatten vom Dach blickte, der quer über den ungehobelten Tisch fiel, fuhr er fort: »Die Sonne zeigt mir, daß es kurz vor zehn Uhr ist, und wir haben noch viel Arbeit vor uns. Meinen Sie, daß Sie auf diesem Pferd hinter mir durchhalten können?«

Wieder ein kleines Stirnrunzeln, dann nickte das Mädchen.

»Ich möchte nämlich, daß Sie mich zum alten Förderturm begleiten«, ergänzte Bony, »und nachher sollen Sie in die Stadt gehen und dort für mich etwas erledigen. Und für Tony.«

»Lassen Sie uns sofort losreiten, ja?«

20

Im Schatten des Förderturms glitten sie vom Pferd. Bony kletterte in dem uralten Balkengerüst empor und spähte in die Umgebung. Aus der erwarteten Richtung sah er keine Eingeborenen kommen, doch in weiter Ferne über dem Horizont, parallel mit einem Hügelrücken, stiegen zwei Rauchsäulen in Abständen gen Himmel.

Als Bony vom Turm herunterkam, wollte Joy wissen, was er da oben vorgehabt hatte. »Alles schön der Reihe nach«, antwortete er. »Ich erwarte Besucher. Jetzt hören Sie bitte mal ganz genau zu, was Sie für mich tun sollen«, sagte er. »Sie warten hier, bis Sie mich mit dem Taschentuch winken sehen, dann begeben Sie sich, so rasch Sie können, zur Hauptstraße, gehen diese entlang, bleiben unterwegs wiederholt stehen, drehen sich um und schauen hierher, wo Sie mich noch winken sehen werden.

Wenn die Leute merken, wohin Sie spähen, werden sie auch zu mir herüberblicken. Ich möchte erreichen, daß möglichst alle Einwohner mich sehen und sich die Köpfe zerbrechen, was ich wohl da oben vorhaben mag. Wenn Sie zur Polizeistation kommen, nehmen Sie vom Wachtmeister keine Notiz, sondern gehen in seine Wohnung, um mit Esther zu sprechen. Passen Sie auf, daß niemand Sie belauscht, wenn Sie ihr sagen, daß ein junger Mann, den sie kennt, nicht mehr in der Stadt zu bleiben braucht. Klar?«

»Nein. Welcher junge Mann denn? In welcher Stadt? In Perth?«

»Sie haben ihr nur ganz ruhig zu sagen, ein ihr bekannter junger Mann brauche nicht mehr in der Stadt zu bleiben.«

Er setzte sich oben im Turm so bequem hin wie möglich. Die Rauchsäulen stiegen nicht mehr auf, sie ballten sich in großer Höhe zu einer weißlichen Wolke zusammen. Im Nordwesten konnte Bony menschliche Gestalten sehen, die sich in der Nähe der Sandelholzbäume bei Dryblowers Flat bewegten. Viel näher an seinem Beobachtungsplatz sah er MacBride aus dem Pfarrhaus kommen, sah Schwester Jenks über die Hauptstraße zur Post gehen und sah Joyce auf dem Hof hinter seinem Laden an seinem Lieferwagen stehen. Zwei Männer – der eine war Melody Sam – saßen auf der Bank vor dem Hotel, und vor der Tür seiner Küche saß, unverkennbar, der stämmige Harmon.

Die Minuten verstrichen – da entdeckte er die Reihe menschlicher Gestalten, die soeben hinter einer Düne auftauchte. Also erschienen Iriti und sein Volk vereinbarungsgemäß, um sich vor den Weißen zu verantworten.

Bony winkte mit dem Taschentuch. Joy Elder antwortete durch Winken mit der Hand.

Als Joy Elder die Hauptstraße erreichte, war Harmon in der Post. Sie blickte auffällig zum Turm zurück, wo Bony noch mit dem Taschentuch winkte. Unter dem ersten Pfefferbaum saß offenbar jemand, denn Bony sah sie sprechen. Er hatte recht, eine Frau kam hervor und starrte, wie es Joy soeben getan hatte, nach dem Förderturm.

Soweit verlief alles programmgemäß. Jeder, der Joys Benehmen beobachtete, schaute nun nach dem Mann auf dem Turm.

Joyce ging bis ans Hoftor neben seinem Laden zurück, wo seine Frau, der auch das ungewöhnliche Straßenbild auffiel, sich zu ihm gesellte. Nach einer Weile verließ sie ihn, um mit einer anderen Frau zu sprechen. Joyce begab sich rasch zu seinem Auto und fuhr vom Hof – in die Richtung des Förderturms.

Alle Eingeborenen waren jetzt in Bonys Blickfeld, sie wanderten in lockerer Reihe zu ihrem Lagerplatz.

Bony richtete seinen Abstieg so ein, daß er unten am Turm war, als Joyce mit seinem Lieferwagen ankam.

»Was bedeutet eigentlich dieser ganze Trubel?« rief Joyce.

Bony zündete sich mit betonter Sorgfalt eine Zigarette an, ehe er in das Gesicht des Mannes blickte, der jetzt vor ihm stand.

»Das weiß ich selbst nicht genau, Mr. Joyce«, sagte er gedehnt. »Ich habe hier einen Auftrag für den Wachtmeister ausgeführt. Er wartete auf die Rückkehr der Eingeborenen und sagte mir, ich sollte mal auf den Turm klettern und ihm winken, sobald ich sie sähe. Er wird doch wohl mein Winken bemerkt haben?«

»Muß er, Bonnar. Warum interessieren ihn denn jetzt die Eingeborenen so sehr? Hat er das nicht gesagt?«

»Nur, daß er sozusagen dienstlich mit ihnen reden wollte. Vielleicht weil es ihm merkwürdig vorkommt, daß sie so schnell wieder loswanderten, nachdem sie gerade erst heimgekehrt waren.«

»Mir will das nicht gefallen. Harmon hat Loader und Thurley in sein Büro geholt. Sie standen sich doch die letzte Zeit ganz gut mit Harmon, wie?«

»Wie man's nimmt, Mr. Joyce.«

Der kraftvolle Joyce hatte seine klobigen Hände in die Hüften gestemmt; Erstaunen malte sich in seinem Gesicht, doch sein Blick war hart und die Winkel seines breiten Mundes zogen sich herab.

Bony fragte: »Was vermuten Sie denn?«

»Wenn ich das wüßte, würde ich Sie ja nicht fragen«, gab der Fleischer zurück. Er ging wieder zu seinem Wagen, fuhr jedoch nicht zur Stadt zurück, sondern nahm den Weg nach Dryblowers Flat. Bony, der vermutete, daß Joyce den Eingeborenen begegnen wollte, ging zu seinem Pferd und sprang in den Sattel. Während er überlegte, was sich aus Joyces Begegnung mit Iriti und seinem Medizinmann ergeben mochte, hörte er den Lieferwagen erneut.

Offenbar hatte Joyce seine Absicht geändert. Er fuhr vorbei und wieder auf die Hauptstraße.

Die Tür zu Harmons Büro stand offen. Bony rief ihm nur im Vorbeigehen zu, daß er in zwei Minuten kommen würde, und ging über den Hof, wo er Esther und Joy Elder vor der Küche stehen sah. Er näherte sich ihnen und sagte: »Sie müssen beide hier stehenbleiben und dürfen sich in nichts einmischen.«

Esther griff unwillkürlich nach Joys Arm, als sie sah, daß Bony in die Futterkammer ging.

»Alles wird gut, Tony«, versicherte er dem Flüchtling dort. »Ich sagte Ihnen ja, daß ich den Mörder entlarven würde, nicht wahr? Jetzt sind Sie frei von jedem Verdacht.«

Er hörte einen heftigen Atemzug, eine Bewegung, und schon stand Carr vor den Säcken und dem Haufen alten Geräts. Sein Blick war mißtrauisch, er verschränkte die Hände fest ineinander.

»Ich bin doch Ihr Freund, Tony«, hörte er Bonys ruhigen Zuspruch. »In meiner Eigenschaft als Kriminalinspektor sage ich Ihnen, daß Sie frei von jedem Verdacht sind. Daß Sie dem Wachtmeister ausgerissen sind – na, das betrachten wir als unerheblich. Wir möchten Sie jetzt bitten, uns zu helfen, als Dolmetscher, damit wir aus den Eingeborenen die Wahrheit herauskriegen. Sind Sie dazu bereit?«

Carr nickte.

Zusammen verließen sie den Schuppen. Neben Carr drängte er sich ins Dienstzimmer. Die zwei Männer bei Harmon fixierten empört den jungen Mann, Bony erlebte eine Überraschung.

»Kommen Sie bitte näher, und nehmen Sie Platz«, forderte Harmon, der am Schreibtisch saß, Tony auf. »Ich habe mich schon gefragt, wann meine Schwester Sie plötzlich präsentieren würde. Wir wollen uns beide nichts mehr nachtragen, wenn's Ihnen recht ist.«

Der junge Mann war so verblüfft, daß er stehenblieb. Erst als Bony ihn vorschob, setzte er sich auf den angebotenen Stuhl, immer noch unschlüssig, ob er sich wehren oder fortlaufen sollte. Die großen Hände zu Fäusten geballt, saß er da und starrte den Wachtmeister an. Bony, der sich neben ihn gesetzt hatte, sagte: »Nehmen Sie doch Vernunft an, Menschenskind.«

Melody Sam wollte losbrüllen, wurde aber von Bony energisch zur Ordnung gerufen. Er begriff diese Situation nicht ganz, ließ sich aber auf seinen Stuhl fallen. Thurley wartete das Weitere ab.

»Unsere Bekanntschaft durch meinen Aufenthalt hier in Daybreak«, leitete Bony die Besprechung ein, »hat mich ermutigt, Sie ins Vertrauen zu ziehen. Da Sie Bürger mit Verantwortungsgefühl sind, zähle ich darauf, daß Sie mich bei meinen Bemühungen, die Morde aufzuklären, gern unterstützen werden. Ich bin Kriminalinspektor Napoleon Bonaparte aus Queensland, zur Zeit hier in einem Sonderauftrag tätig.«

»Ganz zu Ihrer Verfügung, Nat – wollte sagen Insp –« begann Thurley, doch Bony unterbrach ihn gleich. »Bleiben Sie bei ›Nat‹, Mr. Thurley. Nun, Sam, machen Sie auch mit?«

»In jeder Weise, Nat«, erwiderte Melody Sam.

»Gut. Also folgendes, meine Herren: Wachtmeister Harmon und ich haben uns den Kopf zerbrochen, seitdem wir feststellten, daß jemand auf den jungen Carr in sehr raffinierter Weise den Verdacht gelenkt hatte, Katherine Loader ermordet zu haben. Wir verließen uns auf die Fährten, und es besteht kein Zweifel, Tony, daß der Mann, der Ihnen die Falle stellte, einen sehr ähnlichen Gang hat wie Sie, obendrein Ihre Schuhgröße und etwa dasselbe Gewicht. Nun machen Sie mal ein anderes Gesicht und hören Sie gut zu. Ich habe mehrere wichtige Aufgaben für Sie, bei denen Sie Ihr Gehirn anstrengen müssen.

Sie, Sam, werden mir zustimmen, daß die Aussagen der Eingeborenen über die Fährten auf dem Grundstück von Mr. Lorelli und am Tatort im Fall Moss durchaus nicht so klar und vollständig gewesen sind, wie mit Recht erwartet werden mußte. Und Sie, Wachtmeister Harmon, werden mir zustimmen, daß die Aussagen der Eingeborenen zusammen mit den Gipsabgüssen vor einer Geschworenenbank nicht als ausreichend anerkannt würden. Wir allein sind darin einig, daß die Fährtenbeweise, verstärkt durch die Entdeckung der Schuhe in Carrs Hütte und auf dem Dach, durchaus genügt hätten, Tony Carr wegen Mordes den Prozeß zu machen. So gut war der Strick gedreht.

Die Ermordung der jungen Eingeborenen Mary löste die anderen drei Morde aus. Ich habe hinsichtlich des Mordes an diesem Mädchen die genauesten Ermittlungen durchgeführt, welche ergaben, daß es ausschließlich eine Angelegenheit der Eingeborenen gewesen ist. Vor dieser Sache will ich bis auf weiteres meine Augen verschließen, vorausgesetzt, daß Iriti und seine Männer jetzt im Hinblick auf die Morde an den drei Weißen, mit denen der Stamm direkt nichts zu tun hat, uns jede gewünschte Auskunft geben werden. Der Vorgang beim ersten Mord war folgender: Das Mädchen wurde vom Stamm zum Tode verurteilt. Sie weigerte sich, mit auf die Wanderung zu gehen, bei der die Eingeborenen das Urteil vollstreckt haben würden. Deshalb wurde ein Mann hierher in die Stadt geschickt. Wie er es fertigbrachte, Mary aus ihrem Zimmer zu locken, braucht uns nicht zu kümmern. Er trug bei der Tat alte Stiefel, die er vielleicht auf einem Müllhaufen am Stadtrand gefunden hatte, doch das Glück war ihm nicht hold, denn er wurde von einem Weißen beobachtet, der die Gelegenheit benutzte, Häuptling Iriti zwecks Vorbereitung eigener Verbrechen zu erpressen. Kurzum, er verlangte und setzte durch, daß – als Gegenleistung für sein Schweigen – Iritis Fährtensucher über seine Schuhspuren, wenn er in Zukunft Strandschuhe mit geflochtenen Sohlen trug, nur ganz unsichere Angaben machten. Er hatte dem Häuptling gedroht, er werde – falls das nicht geschah – Wachtmeister Harmon veranlassen, ihre Andachtsstätte im Walde zu zerstören und den Stamm für immer weit in die Wüste hinauszujagen.

Unser Mörder wußte, daß er das Gewicht und die Schuhgröße

Carrs hatte und ihr Gang derart ähnlich war, daß Weiße bei Untersuchung der Fährten sich täuschen lassen würden. Um dieses falsche Spiel perfekt zu machen, brauchte er nur noch Carrs leichtes Hinken nachzuahmen, was ihm nach etwas Übung bestens gelang. Nachdem er somit eine Situation geschaffen hatte, die ihm ermöglichte, auf die Eingeborenen genügend Druck auszuüben, begann er, seinen lange vorbereiteten Plan auszuführen, der darin bestand, drei Menschen umzubringen und dabei Carr derart zu belasten, daß er als unbescholtener Bürger in Daybreak weiterleben konnte.«

»Aber wozu, Nat? Was bezweckte er denn eigentlich damit?« fragte Melody Sam barsch.

»Alles zu seiner Zeit, Sam. Gestern hatte unser Mörder die Eingeborenen wieder auf Wanderung geschickt. Ich bin ihnen gefolgt und habe mit Iriti verhandelt, der sich bereit erklärt hat, mit dem ganzen Stamm zurückzukehren und dem Wachtmeister die entsprechenden Aussagen zu Protokoll zu geben. Um ihn dazu zu bewegen, habe ich ihm versprochen, mich mit dem Mordfall Mary nicht zu befassen, der uns ja gar nichts angeht.«

»Wer ist denn nun unser Mörder, Nat?«

»Er hat sich noch nicht zu erkennen gegeben«, erwiderte Bony.

»Sie wissen also nicht, wer es ist?«

Bony blickte sie, gelassen lächelnd, der Reihe nach an. »Doch, ich weiß, wer es ist, denn ich bin ihm auf der Hauptstraße auf die Spur gekommen.«

21

»Wir stehen vor einem Problem«, sagte Bony lebhaft. »In diesem Spiel haben wir sehr schlechte Karten. Karte eins: eine Anzahl Gipsabgüsse von Strandschuh- und Stiefelspuren. Karte zwei: mehrere Aussagen Eingeborener, für die Polizei tätiger Fährtensucher in Form von Berichten aus zweiter Hand, die von der Polizei vorgelegt werden können. Karte drei: Aussagen, die wir uns von Iriti und seinen Leuten noch zu sichern hoffen und die zum Teil Karte zwei aufwerten. Es wäre zwecklos, diese drei Karten auszuspielen, weil, wie ich schon sagte, das, was wir hier glauben, für eine Jury von zwölf Weißen unannehmbar wäre. Den Städter hat man ganz auf die Bedeutung der Fingerabdrücke gedrillt. Wir müssen ja zugeben, daß die Auswertung von Fingerabdrücken eine exakte Wissenschaft ist, die von Fußspuren dagegen nicht. Fußspuren würden, für sich allein genommen, einen Weißen nie überzeugen, der nicht einmal die Fährte eines Dingo von der eines Fuchses unterscheiden kann.«

»Da haben Sie wahrhaftig recht«, bestätigte Harmon, »und wir haben weiter keine Karten im Spiel als diese drei. Überdies gibt es unter den Eingeborenen nur ein paar der jüngeren, die sich englisch verständlich machen können. Keiner von ihnen wäre im Zeugenstand für uns einen Pfifferling wert. Aber Sie haben doch Beweise, Nat, daß die Fährte, auf die wir neulich morgens stießen, nicht von Tony Carr stammt?«

»Dafür habe ich Beweise gefunden, ja«, gab Bony zu, »aber es ist niemand da, der mir ihre Gültigkeit bestätigen kann, so daß mein Beweis allein vor Gericht nicht verwertbar ist. Richtig betrachtet bleibt uns nur eine Möglichkeit – nämlich den Mörder dazu zu bringen, daß er seine Verbrechen eingesteht.«

»Wie denn? Verraten Sie uns das mal, Nat«, meinte Melody Sam.

»Indem wir die Maus zwingen, aus ihrem Loch herauszukommen.«

»Das ist keine Antwort. Auf welche Weise?«

»Unser Verbrecher ist nicht außergewöhnlich klug, hat jedoch ein sehr bedeutsames Moment einkalkuliert, als er seinen meisterlichen Plan entwarf – die Geduld. Wie es den meisten von uns hier draußen geht, so geht es auch ihm: Zeit spielt für ihn eine geringere Rolle, als das in einer Großstadt der Fall wäre. Er hat Geduld genug gehabt, stets in dem für ihn günstigsten Augenblick zu handeln.

Somit bleibt uns die Benutzung exakt wissenschaftlicher Mittel versagt, und die Waffen, über die wir hier verfügen, würden sich als stumpf erweisen, wenn wir mit ihnen Großstadtmenschen überzeugen wollten, die von ihnen nichts verstehen und auch gar nicht verstehen wollen. Infolgedessen müssen wir zu ganz anderen Mitteln greifen, um unseren Verbrecher zum Geständnis seiner Taten zu zwingen und dadurch das für seine Verurteilung noch nötige Beweismaterial zutage zu fördern.«

»Na, und was tun wir zu dem Zweck?« fragte Melody Sam.

»Zuerst essen wir mal, es ist ja Mittag. Dann gehen wir zu den Eingeborenen, um mit ihnen zu verhandeln, bleiben bei ihnen sitzen und warten, ob sie uns etwas offenbaren werden oder nicht. Kann ich auf Ihre Mitwirkung rechnen?«

»Beim Warten, ob dieser Kerl sich selbst ans Messer liefert?« fragte Thurley spöttisch.

»Ja, beim Warten. Wir werden Katz und Maus spielen.«

»Das wird ja ein aufregendes Spiel werden«, meinte Thurley.

»Sehr richtig, Nat. Treffen Sie Ihre Anordnungen«, befahl Melody Sam.

»Mr. Thurley, gehen Sie bitte zur Post zurück und lösen Sie persönlich bitte Ihre Telefonistin ab, der Geheimhaltung wegen. Dann verbinden Sie uns mit Mr. Lorelli.«

Der Posthalter ging. Nach einigen Minuten schrillte das Telefon. »Das wird Lorelli sein. Stellen Sie fest, wie viele Männer es da gibt.«

»Drei«, sagte Harmon kurz darauf, noch am Apparat. »Der Viehzüchter selbst und zwei Knechte. Sie sind gerade beim Essen.«

»Sagen Sie dem Mann«, verlangte Bony, »daß er mit seinen Leuten sofort die Straße nach Laverton in der Nähe seines Hauses blockieren soll. Schlagen Sie ihm vor, das seinem Haus gegenüberliegende Straßentor durch Drahtseile unpassierbar zu machen. Keine Fragen beantworten.«

Harmon, selbst über seine Fügsamkeit verwundert, gab die Anweisung durch. Drüben war man sofort bereit, entsprechend zu handeln. Die erbetene Erklärung versprach Harmon für später.

»So weit ganz schön«, sagte Bony zu ihm. »Nun nehmen Sie Tony mit zum Essen. Gehen Sie zusammen so in Ihre Wohnung 'rüber, wie Vater und Sohn es tun würden, das wird unseren Mörder noch neugieriger machen. Und wir beide, Sam, begeben uns jetzt zum Hotel, wo Sie im Speisezimmer essen werden, während ich in der Kneipe bediene.«

Es waren nur wenige Menschen unterwegs. Auf den Bänken unter den Pfefferbäumen saßen ein paar Leute, andere standen müßig in den Türen ihrer Läden und Häuser. Bony begleitete seinen Boß ins Hotel. Nachdem er die Köchin gebeten hatte, ihm Essen zu bringen, ging er in die Gaststube und schloß die Vordertür auf.

Da ein tüchtiger Schankkellner immer tätig sein sollte, putzte er Gläser blank und wettete im stillen zehn zu eins, daß der Ratsdiener Bert Ellis wieder sein erster Gast sein würde. Doch er verlor diese Wette, denn als erster trat Fred Joyce ein.

»Tag, Mr. Joyce«, begrüßte er ihn heiter. »Was soll's sein?«

»Eine Art Abrechnung mit Ihnen, Nat.«

Bony stand hinter dem Schanktisch dem Gast genau gegenüber. Auf der Theke lag außer einem Zweishilligstück eine erstklassige Winchesterbüchse, deren Mündung wie zufällig auf ihn gerichtet war. Er zapfte ein Glas Bier, nahm das Geld und warf es in die Kasse. Gelassen sah er in die grauen Augen, die ihn kalt fixierten.

»Eine Abrechnung?« gab er zurück. »Weswegen?«

»Sie waren oben am Förderturm und haben Harmon durch Winken verständigt, daß die Eingeborenen nach Daybreak zurückkommen«, sagte Joyce im Tonfall eines Richters. »Sie haben behauptet, Harmon brauche sie dienstlich. Wozu? – Inzwischen sind Sie ja selbst bei ihm gewesen, drüben in seinem Büro, mit Sam und Thurley. Was hat's da also gegeben?«

»Ich verstehe gar nicht, warum Sie das so interessiert«, gab Bony zurück. »Wollen Sie nicht lieber Harmon selber fragen? Ich bin ja hier nur Hausdiener. Warum sind Sie so ärgerlich?«

Die grauen Augen des Mannes blickten Bony hart an.

»Ich habe ein Recht, zu wissen, was hier gespielt wird«, sagte der Fleischer energisch. »Harmon und Sie haben Carrs Spuren nach dem letzten Mord verfolgt, haben gültige Beweise entdeckt, und Harmon hat ihn verhaftet. Und auf einmal geben sich Harmon und Carr so vertraut wie Brüder. Ich habe ein Recht, zu erfahren, wie das kommt! Für Tony Carr bin ja ich verantwortlich, ich bin sein Arbeitgeber. Ich –«

»Es hat keinen Zweck, darüber ausgerechnet mit mir zu streiten, Mr. Joyce. Sie wissen, wo Harmon zu finden ist. Fragen Sie ihn.«

»Das mache ich, verlassen Sie sich drauf, Nat!« Joyces linke Hand umschloß das Gewehr am Bügel, mit der Rechten nahm er das Bier, trank es aus, wobei er Bony unentwegt anstarrte, setzte das Glas hart auf die Theke und verlangte noch eins.

»Ich hatte gestern abend mit Harmon ein kleines Wortgefecht, Nat. Eigentlich ohne rechten Anlaß. Nun seien Sie mal nett und sagen Sie mir im Vertrauen, was da drüben im Gange ist.«

»Na also. Wenn Sie mir so kommen . . .« Bony setzte Joyce das frisch gefüllte Glas vor die Nase. »Wissen Sie, ich wäre vor Staunen bald wie ein Ballon in die Luft gegangen, als ich in die Polizeistation schaute und den Verein da sah. Als der Wachtmeister mir dann den Auftrag gab, zu seinem Schuppen hinten auf dem Hof zu gehen und Tony Carr herauszuholen – na, Sie können sich wohl vorstellen, wie mir da . . . Ich tat also Harmon den Gefallen, und dann sagte er, wir sollten uns hinsetzen und zuhören. Er erzählte uns, nach ihm zugegangenen Informationen hätte jemand anders Carr die Morde aufgehalst. Wenigstens hatte ich nach seinen Worten den Eindruck, daß er das meinte. Er sagte noch ziemlich grob, er wollte uns zum Lager der Eingeborenen mitnehmen und ihnen ein paar Fragen stellen. Worüber, das hat er nicht erwähnt. Ich fragte ihn danach, aber er fuhr mir gleich über den Mund.«

»Hm, möglich, daß Sie mir die Wahrheit gesagt haben. Ich fragte nämlich schon Thurley, und der hat's mir ebenso geschildert.« Joyces dicke Finger begannen auf der Theke zu trommeln.

»Ich will Ihnen aber noch etwas erzählen, Mr. Joyce, was vielleicht mit der Sache zusammenhängt«, sagte er, indem er ohne Aufforderung seinem Gast das Glas wieder füllte. »Also das war vorgestern morgen, als ich mit Harmons grauem Hengst beschäftigt war. Da rief er mich in sein Büro, ganz aalglatt und freundlich und sagte . . . Ja, richtig das war's – er sagte: ›Sie wissen doch noch, Nat, wie wir beide die Fährte von Carr verfolgten, an dem Morgen, als Katherine Loader umgebracht worden war?‹ Ich sagte, das wüßte ich natürlich, aber er sei ja nicht die ganze Zeit bei mir geblieben, weil er nach Hause ging, sich die Uniform anzog, seine Pistole holte und mich nachher erst unterwegs wiedertraf. ›Stimmt‹, sagte er, ›aber Sie wissen doch die Stelle, dieses steinige Plateau, wo Carr die Strandschuhe aus- und die Stiefel anzog?‹ Ich sagte wieder: ›Ja, natürlich‹, und da sagte er: ›Na, und von der Baumwurzel wissen Sie auch, über die Carr gestolpert ist, und daß er seine Handabdrücke dann verwischt hat?‹ Als ich antwortete: ›Klar weiß ich das‹, da sagte er: ›Also, Nat, nun denken Sie mal scharf nach, wie es von da an weiterging. Können Sie sich erinnern, ob von dieser Wurzel an, über die Carr stürzte, an den Fußspuren etwas besonders auffällig war?‹

Ich tat, was er wünschte, Mr. Joyce, das heißt: Ich strengte mein Gedächtnis an, konnte mich aber nicht erinnern, wieso nach Carrs Sturz über die Wurzel die Fußspuren auffällig verändert gewesen sein sollten. Also sagte ich das Harmon und auch, daß ich an dem Morgen extra noch mal der ganzen Fährte nachgegangen bin. Das war noch, bevor er im Hof die Gipsabgüsse machte. Und ich fragte ihn, was er denn merkwürdig fände an den Spuren.«

Bony trank einen Schluck Bier, während Fred Joyce förmlich zitterte vor Spannung. »Na, und was hat er darauf erwidert?« rief er plötzlich sehr laut.

»Aber, aber, nur mit der Ruhe, Mr. Joyce. Was ist denn bloß in Sie gefahren? Ich bin ja nicht taub.«

Mit gewaltiger Anstrengung beherrschte sich Joyce. »Entschuldigen Sie, Nat«, sagte er, »ich bin heute morgen ein bißchen durchgedreht. Meine Frau hat Theater gemacht. Sie können sich ja vorstellen, daß ich zuviel tränke, und so weiter und so weiter. Na ja – aber was Sie eben sagten, ist sehr interessant. Ich habe ja selbst noch mit den Eingeborenen Carrs Fährte untersucht, und die sagten auch, daß ihnen nichts aufgefallen wäre.«

»Mit mir darüber zu streiten hat doch keinen Sinn, Mr. Joyce. Wie ich vorhin schon sagte: Ich war ja nicht dabei, als Sie mit den Eingeborenen hingingen.«

»Ich streite doch gar nicht, Nat«, erwiderte Joyce, fast um Entschuldigung bittend. »Sie brauchen mir ja bloß mal zu erzählen, was Harmon an dieser Fährte für auffällig gehalten hat.«

»Na, dann will ich's Ihnen erzählen. Ich glaube, ich kann's sogar in seinen eigenen Worten wiedergeben, Mr. Joyce. Er sagte: ›Nach Informationen, die ich über Carrs Fußspuren erhalten habe, hat er nach dem Fall über die Wurzel nicht gehinkt – ungefähr hundert Schritte weit nicht gehinkt, Nat. Wie kommt es eigentlich, daß Sie gar nicht gemerkt haben, daß er da nicht gehinkt hat, wo er doch den rechten Fuß verletzt hat?‹ Na, ich fragte ihn, für was er mich denn hielte. Ob etwa für einen erfahrenen Fährtensucher. Und darauf meinte er: ›Es ist doch verdammt merkwürdig, Nat, daß Iriti und Abie und all die anderen nicht bemerkt haben sollen, daß Carr, nachdem er über die Wurzel gestolpert war, weiterging, ohne zu hinken!‹ Und deshalb, glaube ich, Mr. Joyce, will er uns heute nachmittag mit ins Lager nehmen. Denn – wenn er recht hat –, weshalb haben denn dann die Eingeborenenen nicht zu Ihnen gesagt, daß Carr nach diesem Sturz zu hinken vergessen hat?«

Joyce fragte schwer atmend: »Ja, weshalb eigentlich nicht? Wenn einer lahm ist, dann muß er hinken, oder ...?«

»Das ist mir bisher noch nie zu Ohren gekommen, Mr. Joyce. Wenn einer hinkt, dann hinkt er doch dauernd, das ist doch klar?« Bony starrte Joyce unverwandt in die harten Augen. Er ließ sich ruhig von dem Mann mustern, den vorher die Ungeduld so hingerissen hatte. Und Joyce lauerte, ob dem Schankkellner die Antwort auf seine letzte Frage einfiel. Mit eiserner Selbstbeherrschung lauerte er auf diese, die lauten mußte: ›Wenn ein Mensch zu hinken vergißt, hat er eben vorher das Hinken nur markiert.‹ Aber sie kam nicht.

»Ich will jetzt lieber gehen«, sagte er langsam. »Ich muß noch nach Laverton fahren und nachher weiter bis Kalgoorlie.«

Er nahm sein Gewehr, öffnete den Verschluß, um nachzusehen, ob es geladen war, und hielt es dabei, scheinbar ohne Absicht, so, daß auch Bony die Patrone im Lauf sehen konnte. »Möglich, daß ich unterwegs ein Känguruh erwischen kann oder was anderes«, setzte er hinzu, mit besonderer Betonung der letzten drei Worte. Er schwenkte das Gewehr in einem Bogen so herum, daß der Lauf auf Bony gerichtet war.

Bony drehte ihm den Rücken zu, holte von dem Bord an der hinteren Wand ein Tablett mit sauberen Gläsern, stellte es auf die Theke und fing an, sie nachzupolieren. Dann blickte er den Fleischer wieder an und fragte: »Na, noch ein Glas, Mr. Joyce? Sie haben ja eine lange Fahrt vor sich. Ach nein, Sie sagten ja, Sie wollten nichts mehr trinken. Möchte doch mal wissen, wie Harmon es fertiggekriegt hat, Carr so heimlich wieder nach Daybreak zu bringen! Es würde mich nicht überraschen, wenn das glatter Schwindel war – dies Gerede, verstehen Sie, daß Carr ihm in der Nähe von Laverton ausgerückt sein soll. Nein, dieser Harmon, der hat sicher was vor. Mir ist da nichts Besonderes aufgefallen.«

»Mir auch nicht, Nat. Mir kommt überhaupt nichts merkwürdig

vor.« Die schiefergrauen Augen starrten ihn so intensiv an, daß Bony nun doch ein wenig nervös wurde. Ihm war unverständlich, warum bisher noch kein Gast weiter hereingekommen war und warum die Köchin ihm noch nicht sein Essen gebracht hatte.

»Auf mein Reden brauchen Sie nicht viel zu geben, Mr. Joyce«, sagte er. »Jedenfalls ist dieser Carr ja heute morgen beim Wachtmeister ganz lieb Kind. Und daß Harmon gerade mich beauftragt hat, Carr in sein Büro zu holen ... Ach, ich verstehe den ganzen Kram einfach nicht! Ich geb's auf.«

»Ich bin mir noch nicht ganz klar, Nat«, sagte Joyce gedehnt, in eiskaltem Ton. »Am liebsten möchte ich ...« Joyce unterdrückte sichtlich nur mit Mühe, was er sagen oder tun wollte. Er schloß kurz: »Ich muß jetzt gehen«, machte kehrt und schritt zum Ausgang.

Stille herrschte jetzt wieder im Lokal. Bony gab erleichtert das Gläserwischen auf, hob die Klappe am Schanktisch und ging trampelnd zum Ausgang.

Als er durch das große Vorderfenster blickte, konnte er Joyce nicht entdecken. Es war überhaupt kein Mensch auf der Straße. Eine halbe Minute verging, da wurde die Tür zum Korridor leise geöffnet. Bony fuhr herum. Es war Melody Sam.

Über die ganze Breite des Lokals blickten die beiden Männer sich fest an, ehe Sam mit etwas dramatischen Gebärden auf Zehenspitzen auf Bony zukam und sich neben ihn stellte. Sie hörten, wie draußen in einiger Entfernung ein Motor ansprang.

»Das wird Joyce sein«, sagte Bony und seufzte. »Er ist der Mann, den wir suchen.«

Das Auto kam die Straße herauf, sie sahen es am Hotel vorbeifahren – ein Lieferwagen mit Joyce am Steuer.

»Der Kerl flüchtet!« rief Melody Sam.

Bony sagte beruhigend: »Nein, Sam, er kommt nicht weit, er entgeht seinem Schicksal nicht.«

22

Am südlichen Ende der Hauptstraße konnten sie die Staubwolke und in ihr das Auto sehen, das nach dem fernen Laverton raste, auf der Straße, die am Haus von Lorelli vorbeiführte.

»Fünf Meilen über eine holprige Straße – das dauert ungefähr eine Vierstelstunde«, sagte Bony, und schon lief er über die Straße zur Polizeistation, wo er den Wachtmeister beauftragte, sofort Lorelli anzurufen. Thurley selbst stellte die Verbindung her.

Als Lorelli sich meldete, erklärte ihm Harmon, wer Bony war, und dieser nahm nun den Hörer. »Die Straßensperre, Mr. Lorelli – was haben Sie unternommen?« fragte er gleich.

»Wir haben zwischen die Torpfosten starke Drahtseile gespannt, Inspektor. Von unserem Kran. Meine Leute passen da jetzt auf. Um was geht es denn überhaupt?«

»Die Situation ist ein bißchen schwierig«, antwortete Bony. »Fred Joyce ist unterwegs, er wird vielleicht nach Laverton fahren wollen. Der Mann ist etwas wirr im Kopf, ist bewaffnet und kann gefährlich werden. Ich hoffe, er wird, wenn er Sie und Ihre Leute an der Sperre bemerkt, in den Seitenweg nach Westen abbiegen, wo es zu Ihrer Mühle und dem Brunnen beim Mulgawald geht. Tut er das nicht, so müssen Sie ihn unter allen möglichen Vorwänden am Weiterfahren hindern, bis ich bei Ihnen ankomme. Bitte gehen Sie sofort wieder zu Ihrer Sperre.«

»Wird besorgt, Inspektor. Ich kann von meinem Fenster aus die Staubwolke schon sehen. Ungefähr noch eine Meile entfernt.«

Bony legte auf. Dann rief er: »Harmon, Ihren Wagen! Und Schußwaffen! Sam, lassen Sie Iriti und alle seine Männer mit Lastautos holen; sie sollen hier in den Hof gebracht werden. Geben Sie ihnen Lebensmittel, auch Tabak, und halten Sie sie zusammen.

Carr erschien im Türrahmen. Bony winkte ihm. »Tony, ich möchte, daß Sie vorläufig hier das Telefon bedienen. Klar?«

»Telefon bedienen, jawohl. Sonst nichts? Weshalb . . .?«

»Keine Fragen. Tun Sie, was ich sage. – Ja, Mr. Lorelli? – Ja. – Hat er? Fein. Ausgezeichnet! – Ja. Ich hatte schon angenommen, daß er den Seitenweg benutzen würde, mir lag nur daran, daß er

Sie da an der Sperre aufpassen sah. Vielen Dank auch! – Ja, bleiben Sie dort, bis wir kommen.« Bony legte auf.

Harmon kam mit einem Gewehr herein. Er öffnete den Tresor, entnahm ihm mehrere Dienstrevolver, blickte Bony gespannt an und fragte: »Also um Joyce dreht sich's, wie? Was ist denn passiert?«

»Erzähle ich Ihnen unterwegs. Los, kommen Sie.«

Im Auto berichtete Bony, was er kurz zuvor in der Kneipe erlebt hatte und erläuterte seine erfolgreiche Strategie mit der Sperre bei Lorellis Haus. »Ich wollte ja, daß er flüchtete, und zwar sollte er die Richtung zum Mulgawald einschlagen. Genau das macht er jetzt. Um ihn dahin zu lenken, ließ ich durch Lorelli die Straße nach Laverton sperren. Er ist die Maus, Harmon, und ich wollte ihn in ein von mir ausgesuchtes Loch treiben. Am Schanktisch habe ich ihm erst mal Angst eingejagt, und die sitzt ihm jetzt in der Kehle. Ich weiß, was er sich denkt, und weiß, wohin er will, denn ich selbst habe ihn dirigiert.«

»Und wohin, zum Donnerwetter?«

»Zur Kultstätte der Eingeborenen, Harmon. Ich habe Joyce suggeriert, Sie wüßten alles und hätten Beweise, die für zehn Todesurteile ausreichen, und so rast er jetzt nach dem einzigen Ort, wo er meint, sich mit Erfolg gegen uns verteidigen zu können. Aber der Wald, Harmon – der Wald gibt uns den entscheidenden Beweis, um das, was wir schon wissen, dem Gericht glaubhaft zu machen.«

»Ich könnte ihn stundenlang prügeln«, knurrte Harmon.

»Damit Sie deswegen aus der Polizei fliegen, was? Bedenken Sie, daß unser Material bis jetzt zur Anklageerhebung noch nicht ausreicht.«

Die Fenster von Lorellis Haus glänzten in der grellen Sonne. Bony veranlaßte Harmon, zunächst an der Abzweigung vorbeizufahren, weil er noch mit Lorelli und seinen Leuten sprechen wollte.

»Wie ich schon meldete, ist er nach Westen zur Mühle 'runtergefahren. Weiter kann er dort nicht kommen«, informierte Lorelli sie. »Und eine Kette von Sanddünen macht's ihm unmöglich, querfeldein wieder die Straße nach Laverton zu erreichen. Er fährt in eine Sackgasse.«

Wachtmeister Harmon bremste seinen Wagen auf der Kuppe eines langen Abhangs, der sich mit geringem Gefälle bis zu der über einem tiefen Brunnen erbauten, jetzt stillstehenden Windmühle dehnte. Unmittelbar dahinter begann der Mulgawald. Es war anscheinend ein offenes, übersichtliches Gelände, auf dem jedoch bewachsene Termitenhügel und trockene Wasserrinnen einer ganzen Armee Deckung geboten hätten. Beim Brunnen stand der Lieferwagen von Joyce.

»Ich sehe den Kerl nicht«, klagte Harmon. »Liegt vielleicht hinter der Brunnenmauer auf der Lauer. Und Ihnen macht so was Spaß?«

»Spaß macht mir das gar nicht«, gab Bony zurück.

»Sind Sie schon mal unter Beschuß gewesen?«

»Einmal. Sind Sie ein guter Gewehrschütze?«

»Ich schieße mit der Pistole besser. Mit meiner eigenen, die ich aber zu Hause in Queensland gelassen habe. – Von Joyce bemerke ich da unten nichts. Er könnte im Wald sein, oder er liegt, wie Sie meinten, hinter dem Brunnen oder am Waldrand auf der Lauer. Es gibt nur ein Mittel, das festzustellen.« Bony sah den Wachtmeister kurz an. »Ich wette nur selten um Geld, aber hier würde ich um ein Pfund wetten, daß er im Wald ist. Lassen Sie mich jetzt ans Steuer, falls ich verlieren sollte. Sie setzen sich mit dem Gewehr hinten hin, und wenn Sie schießen müssen, nur auf Arme oder Beine.«

Harmon kletterte über den vorderen Sitz nach hinten, während Bony sich ans Lenkrad schob. Der Wald und die bewegungslose Windmühle rückten näher. Eine Krähe flatterte vor ihnen auf und flog zur Windmühle, wo sie sich auf den obersten Flügel setzte.

»Na, wie wär's mit der Wette?« fragte Bony, doch Harmon gab zurück: »Nichts zu machen, ich habe die Krähe auch bemerkt.«

Die Krähe bewies, daß Joyce weder in seinem Wagen saß noch hinter dem Brunnen versteckt war, doch das schloß nicht aus, daß er hinter einem Mulgabaum am Waldrand lauerte, also kaum dreihundert Meter von ihnen entfernt. Bony hielt hinter dem Lieferwagen an, um möglichst gute Deckung gegen Schüsse vom Waldrand zu haben. »Ich werde mal den Spähtrupp machen«, sagte er.

Nur scheinbar seelenruhig – denn das war er nicht – umschritt er den Wagen, um hineinblicken zu können. Im Transportkasten hinten standen zwei Zwanzigliterkanister. Einer enthielt Benzin, der andere Wasser.

An den Wassertrögen bei der Mühle hatten Rinder getrunken, die Erde ringsum war von ihren Hufen zertrampelt. Trotzdem ließ sich unschwer erkennen, daß Joyce diese Stelle auf dem Wege vom Auto zum Waldrand überquert hatte. Er wog etwas mehr als siebzig Kilogramm. Ein guter Fährtensucher hätte nur die Spuren seiner Stiefel gefunden, doch ein besserer stellte jetzt fest, daß Joyce eine Last von ungefähr zwanzig Kilogramm getragen hatte.

»Er ist im Wald, bestimmt«, sagte Bony, als er wieder zu Harmon kam. »Zündschlüssel steckt. Er hat etwas Schweres getragen, höchstwahrscheinlich Proviant und sein Gewehr.«

»Wenn er meint, sich da hinlegen und uns durch Schüsse verjagen zu können, so hilft ihm das nichts«, sagte Harmon. »Nehmen wir den Lieferwagen mit zurück zur Stadt?«

»Dann könnten wir wegen unbefugter Benutzung verklagt werden«, erwiderte Bony. »Joyce könnte ja auch in den Wald gegangen sein, um Kaninchen zu fangen oder ein Gedicht über diese zauberhaft schönen Bäume zu verfassen. Dann kann er beim Zurückkommen seinen Wagen als gestohlen melden.«

»Schon gut, Nat, Sie mögen recht haben. Also, was nun?«

»Der Tank könnte während der Abwesenheit des Fahrers ausgelaufen sein. Geben Sie mir mal einen Schlauch aus der Werkzeugtasche, dann lassen wir den Tank auslaufen.«

»Er muß ja an die vierzig Liter hier drin gehabt haben«, sagte er. »Wieviel ist denn im Kanister?«

»Er ist voll«, antwortete Harmon.

»Hat also ungefähr sechzig Liter aus der Stadt mitgenommen und, nach seiner Fährte zu urteilen, einen Sack voll Lebensmittel. Ja, Harmon, die Sachen muß er aufgeladen haben, während wir bei unserer Besprechung waren. Demnach hatte er seine Flucht schon vorbereitet, ehe er zu dem kleinen Plauderstündchen bei mir an der Theke erschien. Und nach diesem Gespräch hat er beschlossen, hier in den Wald zu gehen, anstatt nach Kalgoorlie. Wir fahren jetzt zurück.«

Es fielen keine Schüsse, als sie den Hang hinauffuhren. Bis zur

Ankunft bei Lorelli und seiner Straßensperre schwiegen sie beide. Dort fragte Bony: »Meinen Sie, daß das Wetter sich halten wird?«

»Nun kommt mir dieser Mensch auch noch mit dem Wetter!« stieß Harmon ärgerlich hervor, während Lorelli, ein großer schlanker Mann, zum Himmel schaute und nickte. Bony bückte sich, nahm eine Handvoll Staub hoch, ließ ihn durch die Finger rieseln und beobachtete ihn dabei genau. »Ja, das Wetter wird sich halten; es ist völlige Windstille«, sagte er lächelnd.

Es war drei Uhr. Die Eingeborenen, annähernd vierzig Männer in jedem Alter, hatten sich satt gegessen und rauchten oder kauten jetzt den von Melody Sam gespendeten Tabak. Vor dem Tor der Polizeistation war die ganze Einwohnerschaft versammelt, und die wildesten Gerüchte kursierten in der Menge.

Bony hatte zehn aufregende Minuten bei Mrs. Joyce hinter sich und sie in der Überzeugung verlassen, daß sie von den Untaten ihres Mannes nichts wußte. Jetzt führte er den Wachtmeister und Melody Sam ein Stückchen von den Eingeborenen weg, nachdem er ihn schon vorher über die neuesten Vorgänge unterrichtet hatte. Er sagte nun mit kalter Stimme und ebenso kaltem Blick: »Sam, alle die hier versammelten Weißen hören auf Sie und sollen sich jetzt Ihren Anordnungen fügen. Über alle Eingeborenen hier habe ich zu bestimmen, Wachtmeister Harmon, Ihre große Gelegenheit ist nun da. Sie sind der Vertreter der Justiz in diesem Gebiet und sind verpflichtet, alle besonderen Ereignisse schriftlich zu vermerken.

Ich werde diesen Kerl fassen, ohne daß ein Mensch dabei umkommt, und werde ihn Ihnen sozusagen auf einem goldenen Tablett überreichen. – Wo steckt Carr?«

Sam rief: »Tony!« Der junge Mann kam rasch aus dem Haus.

»Tony Carr«, redete Bony ihn an, »Sie werden jetzt mein Adjutant sein. Die Verantwortung wird für Sie eine erfreuliche Bestätigung Ihres Wertes sein, und Sie sollen reichlich Verantwortung tragen. Bleiben Sie bei mir, und führen Sie jeden Befehl aus, den ich Ihnen gebe. Ich möchte nicht erleben, daß Sie, wenn ich mich mal umdrehe, irgendwohin abhauen. Klar? Wir werden uns jetzt zu einer Konferenz mit Iriti und seinem Medizinmann begeben.«

Melody Sams Augen leuchteten vor Erregung. Tonys Schultern

hingen nicht mehr so schlapp, sein Mund war energisch zusammengepreßt.

Bony ließ Iriti nicht herbeiholen, sondern er begab sich zu ihm. Die Szene war nicht so sonderbar, wie manche Leute sie sich vorstellen würden. Mit der Handkante strich Bony die Erde vor seinen Füßen glatt und zeichnete mit dem Finger sehr schnell eine Skizze vom Mulgawald, Lorellis Brunnen und dem Lieferwagen, dazu die Lage von Daybreak und Dryblowers Flat. Besonders deutlich zeichnete er die Kultstätte der Eingeborenen ein. Um diese Landkarte aus Sand hockten die weißen Männer und die Stammesältesten, andere standen hinter ihnen. Als Bony zu sprechen begann, half wieder der junge Mann, der das schon bei Bonys Besuch im Lager getan hatte, als Dolmetscher aus. Bony sagte: »Fred Joyce ist in seinem Lieferwagen geflohen. Er hat ein Gewehr, Patronen und viel Proviant bei sich. Den Wagen hat er bei dem Brunnen – hier seht ihr ihn – stehengelassen und ist mit seinem Gewehr und dem Proviant in den Mulgawald gegangen.

Warum er das tat? Das werde ich euch erzählen. Als er die Stadt verließ, hatte er nämlich Angst, von Wachtmeister Harmon verhaftet zu werden. Er fuhr sehr schnell und sagte unterwegs zu sich selbst: ›Es wäre ein Fehler, nach Kalgoorlie zu fahren, weil Wachtmeister Harmon durch den Draht an den hohen Mulgapfählen Nachricht an die Polizei dort schicken kann, und weil die mich dann verhaften. Nein, so entkomme ich dem Wachtmeister nicht‹, dachte er. Lieber fuhr er zu eurer Kultstätte. Da ist er sicher vor den schwarzen Männern, weil sie dort niemanden töten dürfen und es auch nicht wagen werden, einen ihrer Brüder dort von ihm töten zu lassen. Und wenn weiße Männer ihn von da fortholen wollen, kann er einen, vielleicht zwei oder drei von ihnen, totschießen, ehe sie ihn töten können. – Damit ist die Kultstätte mit Blut besudelt.«

Bony hob den Finger von der Landkarte im Sand. Die dunkelhäutigen Männer knurrten leise, und er erkannte ihre Einstellung. Sie waren jetzt nicht verschlossen und warteten schon mit versteckter Spannung auf die Fortsetzung dieser Geschichte.

»Der Polizeibeamte in Kalgoorlie hatte Wachtmeister Harmon befohlen: ›Bringe du mir Fred Joyce hierher, und weiße Männer werden dann sagen, was mit ihm gemacht werden soll.‹

Wir selber haben Fred Joyce nicht getötet, ihm nichts getan. Aber wir sagten zu ihm: ›Komm heraus aus dem Mulgawald‹, und er antwortete: ›Das fällt mir nicht ein. Kommt nur und holt mich. Ich schieße dann.‹ – Verstanden?«

Diese Darstellung begriffen sie rasch. Jetzt stand Bony auf, beide Hände mit Staub gefüllt. Sie beobachteten, wie der Staub in dünnen Rinnsalen zu Boden fiel und kein Lufthauch sein Fallen störte. Dann sahen sie Bony lange zum Himmel und in die dürftige Laubkrone des alten Eukalyptusbaumes im Hof der Polizeistation blicken. Sie fingen an, auch diese Szene zu begreifen.

Wieder auf den Fersen hockend, fuhr Bony fort: »Ihr Männer sollt zu Fred Joyce sagen: ›Komm aus dem Wald.‹ Immerzu sollt ihr ihm das zurufen. Die Sonne mag gehen und wiederkommen, und die ganze Zeit werdet ihr sagen: ›Fred Joyce, du mußt heraus, der Wald ist nicht dein Freund, aber Wachtmeister Harmon, der ist dein Freund.‹ Nun, was meint ihr dazu?«

Iriti sprach mit seinem Medizinmann Nittajuri, der sich erhob, Staub aus seinen Händen fallen ließ und ihn beobachtete. Dann trat er zu dem großen Baum, und es sah aus, als suchte er unter dessen rissiger Rinde nach Insekten.

Er kam zu der Gruppe der Ältesten zurück und sprach mit Iriti, der sofort dem Vorschlag zustimmte. Und dann ließ der Häuptling sich Zeit, bevor er sagte: »Wir werden Fred Joyce wie einen Mulgasamen behandeln, der schön fest in seiner Hülse sitzt. Wir werden ein Feuer anzünden und warten, bis die Hülse aufplatzt und der Sämling genau in Wachtmeister Harmons Gefängnis springt.«

23

Die erste und die zweite Nacht, seitdem Fred Joyce in den Mulgawald geflohen war, vergingen ereignislos. Bei Tage drang weder das Vogelgezwitscher und das Krächzen der Krähen in den Wald noch die Stimmen der Männer, die in einer breiten, trockenen Wasserrinne auf Posten standen, gut geschützt vor dem Mann mit dem Gewehr, der hinter den Mulgabäumen lauerte.

Den Lagerplatz hatte Iriti ausgedacht – knapp zweihundert Meter von dem Waldrand am Berghang, nach Daybreak zu. Bony fragte nicht, warum so und nicht anders, denn er war vollkommen sicher, daß zum Schluß die Maus hervorkommen mußte.

Iriti und die Stammesältesten hatten Bonys Plan mit demselben Eifer ausgeführt, den sie bei jeder noch so langen und anstrengenden Menschenjagd verspürt hätten. Dies war für sie noch dazu eine neue Erfahrung: Sie sollten ihren ›Zauber‹ gegen einen Weißen anwenden, den ein weißer Polizeibeamter haben wollte. Sie waren entschlossen, den Erfolg zu erringen.

Sofort nach seiner Zustimmung hatte Iriti seine jungen Männer für Patrouillen rings um den Wald eingeteilt, mit dem Befehl, sich nicht von dem Flüchtigen sehen zu lassen, und, sollte er einen Ausbruch versuchen, sofort ein Rauchsignal zu geben.

Im Lager bei Bony waren Harmon und Carr. Melody Sam, Bert Ellis und ein dritter Mann brachten ihnen bei Nacht Essen und Wasser. Iriti und Nittajuri ließen sich bei einem kleinen Feuer nieder, das mit nicht mehr und nicht weniger als jeweils fünf trockenen Stöckchen brennend gehalten wurde, die wie Radspeichen über die Glut gelegt waren. Abwechselnd wärmte sich jeder von ihnen eine Stunde an diesem winzigen Feuer, und wenn er sich, vom nächsten abgelöst, erhob, mußte er sich den Krampf aus den Beinen massieren. Aber das langweilte sie nicht.

Wachtmeister Harmon jedoch wurde die Geschichte langweilig. Er sagte: »Wenn das klappt, Nat, dann will ich auf einem Bein von hier bis nach Laverton hüpfen!«

»Nur nicht so voreilig«, riet Bony, »das würde ja ausgesprochen albern aussehen.«

»Ich habe schon mehr als einmal von Zaubereien gehört, die mir keiner erklären konnte, aber noch nie ist mir zu Ohren gekommen, daß man einen Mann aus einem Wald ziehen kann wie einen Korken aus der Flasche. Gedankenübertragung oder Telepathie mag ja auf einen anderen Eingeborenen wirken, aber Joyce ist ein Weißer.«

»Und doch genauso verwundbar durch die naturgegebene Waffe, die wir jetzt anwenden, wie sie«, entgegnete Bony. »Ganz abgesehen von dem Zauber der Eingeborenen, an den man glauben mag oder nicht, müssen wir zugeben, daß wir eine natürliche

Waffe besitzen. Diese Waffe ist das Fehlen jeglichen Geräusches. Sie haben diesen Zustand sicher schon selbst erlebt, wenn auch kürzer. Ich auch. Eine ganze Nacht lang hat nicht der geringste Laut mein Ohr berührt. Ein solches Schweigen herrscht jetzt dort im Wald.

Menschen haben lange Zeit Einzelhaft überstanden. Jedoch sogar in einem tiefen Kerker ist es nicht vollkommen still, mag es dem Gefangenen auch so vorkommen. Denn er selbst erzeugt Geräusche, durch seine Bewegungen, durch sein eigenes Atmen, seine eigene Stimme, Tonschwingungen, die von den Wänden zurück in sein Ohr treffen, von ihm aufgenommen werden und sein Denken anregen. Hier in der Einsamkeit aber, in dem Wald, gibt es keine Wände. Wenn nun kein einziger natürlicher Laut ihn erreicht, verfällt er gewissen Sinnestäuschungen.«

»Mag sein, aber wozu dann dieses Theater mit dem Feuer?« fragte Harmon hartnäckig. »Es kommt doch nicht von dem bißchen Glut, daß die Männer so schwitzen, wenn sie bloß eine Stunde hineingestarrt haben.«

»Aber, Harmon, Sie müssen doch eigentlich in der Zeit, wo Sie in Berührung mit diesen wirklich noch primitiven Eingeborenen gekommen sind, schon manche rätselhaften Vorgänge bemerkt haben«, sprach Bony ernst weiter. »Vorgänge, bei denen es, für Sie wie für mich und andere buschkundige Leute, nur eine einzige Erklärung gibt – die Macht der Gedankenübertragung, also Telepathie. Wenn Sie das einem Anthropologen darlegen, lächelt er freilich und zieht sich in seine akademische Burg zurück.

Im Augenblick ist es ja auch einerlei, ob Sie oder Tony mir recht geben oder nicht. Meine Ansicht ist, daß diese Eingeborenen die uns von der Natur gegebene Waffe – die absolute Stille – fortwährend verstärken, indem sie ihren Willen, daß Joyce herauskommen soll, dauernd auf ihn einwirken lassen. Außerdem tragen die übrigen Eingeborenen auf wirksame Art dazu bei, daß dieses Resultat erzielt wird, indem sie nämlich jeden Meter des Waldrandes beobachten und Joyce, ohne daß er sie zu sehen bekommt, spüren lassen, daß sie ihm nahe sind. Die Waffe der Stille ist wie eine rasiermesserscharfe Klinge, die ständig gewetzt wird. Ich glaube, die Eingeborenen werden Ihnen schon bald eine Überraschung bereiten.«

»Das hoffe ich«, brummte der Wachtmeister.

Gegen Ende dieses Tages erlebte der Wachtmeister seine Überraschung: Wie vom Himmel gefallen stand vor ihm sein ehemaliger Fährtensucher Abie. Er trat vor und hielt Harmon eine Winchesterbüchse hin. Harmon runzelte die Stirn; Tony Carr blickte erst das Gewehr, dann ihn an und sagte: »Das ist ja das Gewehr von meinem Chef! Der besitzt nur das eine.«

»Ich hatte Iriti nahegelegt, daß man vielleicht Joyce das Gewehr ohne Gewaltanwendung wegnehmen könnte«, erklärte Bony schlicht dazu. »Wir können uns also jetzt ohne die Gefahr bewegen, aus dem Hinterhalt beschossen zu werden.«

»Die Leute sind gut, Nat, man muß es zugeben«, sagte Harmon nun begeistert. Er klopfte Abie herzhaft auf den Rücken, und Abie grinste vor Stolz und Freude. Als Harmon wissen wollte, wie er das gemacht und ob er Joyce zu dem Zweck mit dem Speer durchbohrt habe, entfernte sich Abie kopfschüttelnd von ihm und war verschwunden. Jetzt konnten sie sich erheben und stehend nach dem Wald blicken.

Der Tag ging zu Ende, wieder erschienen die Sterne. Sam und seine Helfer erschienen mit Proviant und Wasser. Als Sam die Sache mit dem Gewehr erfuhr, lachte er vergnügt.

»Der muß meinen Chef schlafend vorgefunden haben«, meinte Tony.

Melody Sam versetzte ihm einen freundschaftlichen Rippenstoß und sagte: »Der schlief nicht, Tony. Wenn er eingeschlafen wäre, hätte er sein Gewehr an sich gepreßt wie eine Hündin ihr Junges.«

Sam schlug dann vor, Bony sollte ihnen endlich erklären, was hinter den Morden in Daybreak steckte.

»Es ist eigentlich unbedacht, das schon vor Joyces Verhaftung zu tun«, sagte Bony, »aber zuweilen hat der Mensch ein besonderes Anrecht darauf, unbedacht zu handeln. Also werde ich Ihnen in großen Zügen den Fall schildern, der recht gut, Harmon, in Ihr Buch ›Berühmte Mordfälle‹ hineinpassen würde.

Als ich mich entschloß, in der Tarnung als Pferdezureiter nach Daybreak zu kommen, hatte ich mir etliche Nachteile auf den Hals geladen. Einer davon war, daß ich als wandernder Fremdling in eine kleine, ganz in sich geschlossene Gemeinde kam, in der fast alle Leute miteinander verwandt sind. Ich konnte hier nicht bedenkenlos hundert Fragen stellen, in der Hoffnung, daß wenigstens eine Antwort mir von Nutzen sein würde. Ich durfte, mit Ausnahme von Schwester Jenks, niemandem trauen.

Als wir einmal bei Ihrer Schwester Tee tranken und gesprächsweise auf das Interesse kamen, das Katherine Loader an mir nahm, da erwähnten Sie, die Frauen aus dem Haus Loader hätten noch immer bekommen, was sie begehrten, und Sie sagten, das könnte ich mir auch von Fred Joyce bestätigen lassen. Somit hatten Sie mich indirekt wissen lassen, daß auch Mrs. Joyce eine Enkelin von Sam ist, also Katherines Schwester. Als Katherine umgebracht wurde, da lag der ganze Plan für die Morde deutlich vor mir.

Irgendwann hatten Sie, Sam, sich früher mal mit Mrs. Joyce entzweit und Ihre Zuneigung ganz Katherine zugewandt, die Sie auch zu Ihrer Erbin machten. Kat war die Schranke zwischen Fred Joyce und Ihrem Vermögen. Kurzum: Joyces Idee war, diese Schranke nach und nach zu entfernen und gleichzeitig einen jungen Mann, der schon im schlechten Ruf stand, als er nach Daybreak kam, einwandfrei zum Täter zu stempeln. Zu dem Zweck warf sich Joyce während der ganzen Zeit zum besonderen Gönner und Beschützer dieses jungen Mannes auf, damit man, wenn er seine abschließende Tat begangen hatte, sie ihm, also Joyce, am allerwenigsten zutraute. Indem er so den armen Jungen bevorzugte und ihn doch zum Mörder stempelte, nahm er den Kampf gegen Sam – um dessen ganzes Vermögen – auf.

Joyce sah voraus, daß nach dem Tod Kat Loaders ihr Großvater gezwungen sein würde, sich seiner anderen Enkelin zuzuwenden. Der Mord an Katherine sollte sein letzter Mord sein, und die Serie hätte ihr Ende gefunden, wenn Tony Carr gehängt worden wäre.

Marys Tod verschaffte ihm eine in seinen Augen vortreffliche Basis. Dieser Mord war eine Angelegenheit des Stammes, aber er wurde zufällig Zeuge und erpreßte nun den Häuptling Iriti, der ›zahlen‹ mußte, indem er seine Fährtensucher unklare Aussagen machen ließ, als man sie holte, um der Polizei bei Aufklärung der Mordfälle Lorelli und Moss zu helfen. Auf diese Weise ruhte das von Joyce gegen Carr errichtete Verdachtsgebäude fest auf seinem

Fundament. Joyce hat fast das gleiche Gewicht und die gleiche Größe wie Carr, und dessen Hinken konnte er nachahmen.

Der Preis, den Iriti bei der Erpressung zu zahlen hatte, bestand erstens darin, daß keine positiven Angaben über den Träger der Strandschuhe gemacht wurden, als Mrs. Lorelli und der junge Mechaniker ermordet worden waren – obwohl die Fährtensucher sehr wohl gemerkt hatten, daß es nicht Carr gewesen war, sondern jemand, der seinen Gang imitierte –, und zweitens darin, daß sie, als sie nach Kat Loaders Ermordung die Spuren zu prüfen hatten, mit Bestimmtheit erklärten, der Täter müsse Tony Carr sein.

Alles hätte einen wunderbar glatten Verlauf genommen, wäre nicht, nach diesem letzten Mord, Joyce gestolpert und gestürzt, so daß er in seinem Ärger das Hinken vergaß. Sie aber, Tony, konnten nie das Hinken vergessen, weil es bei Ihnen ja ein echtes Leiden ist.«

»So ein erbärmlicher, gemeiner –«

»Schon gut, Sam, es genügt«, fiel Bony schnell ein, so daß Sam plötzlich schwieg wie ein abgestelltes Radio. »Ich bin überzeugt, daß Mrs. Joyce von allem, was ich hier kurz geschildert habe, keine Kenntnis hatte. Und jetzt werden Sie begreifen, inwiefern dies ein klassisches Beispiel dafür ist, daß ein Kriminalbeamter, obwohl er ohne den leisesten Zweifel wußte, wer diese so heimtückischen Verbrechen begangen hatte, doch kein ausreichend schlüssiges Beweismaterial besaß, um die Verurteilung des Täters als Mörder zu sichern.«

»Und dabei hat er sich mir gegenüber so nett benommen«, sagte Tony Carr verbittert. »Hat mir Sachen geschenkt und ging anständig mit mir um, wenn andere Leute mich gemein behandelten. Und während der ganzen Zeit hat er so etwas gegen mich vorbereitet! Man kann keinem Menschen mehr trauen.«

Ruhig sagte Bony: »Einen Menschen gibt es aber, dem Sie immer trauen können, Tony, und an dem Sie nicht zu zweifeln brauchen. Und Sie wissen auch, wer das ist.«

Carr stand auf und ging ohne zu antworten fort. Die Männer blieben nachdenklich sitzen. Nach einer Weile sagte Melody Sam: »Der Junge wird noch ein ordentlicher Kerl. Ich werde mich um ihn kümmern.«

Sam und seine Gehilfen waren bereits wieder halb den Abhang

zur Stadt hinaufgestiegen, als sie plötzlich stehenblieben. Sie drehten sich um und horchten nach dem jetzt unsichtbaren Wald hinüber. Am Lagerfeuer blickten Harmon und Bony nach dem Wald, den sie nicht sehen konnten, denn von dort, tief aus seinem Innern, drang eine Stimme bis zu ihnen, eine Stimme, die der Welt trotzen wollte und doch seltsam klein und verlassen klang.

Der dunkelhäutige Mann, der an dem kleinen, feierlich gehüteten Feuer hockte, hob den Kopf und wandte sein Gesicht Bony und dem Wachtmeister zu. Seine weißen Zähne schimmerten, und sein Mund lächelte triumphierend.

24

Der Mann, der schwerfällig durch den hellroten Sand über dem festen Untergrund ging, in dem die Mulgabäume gleichmäßig wie angepflanzt standen, kochte vor Wut. Dieser verfluchte Schankkellner! Immer schon hatte er gespürt, daß etwas an dem nicht recht war! Er war von einer zu lässigen Sicherheit und stand sich zu gut mit Harmon.

Er hätte ihn kaltblütig niederknallen sollen, als er ihn vor dem Gewehrlauf hatte.

Aber es war sinnlos, sich vor Wut hier noch selbst umzubringen. Er konnte sich da bei der Kultstätte hinlegen und die Lösung austüfteln. Da war er sicher vor Harmon und diesem elenden Schnüffler, wenn er die Sache nur richtig anfaßte. Und die Eingeborenen? Na, wenn die etwa mitmachten, was nicht anzunehmen war, dann wagten sie bestimmt nicht, ihn zu töten. Auf ihrer Kultstätte? Nein! Und wenn es wirklich zum Äußersten käme, dann würde er erst mehr als einen umlegen, ehe sie ihn zu fassen kriegten.

Einmal blieb er stehen, um den Sack mit Proviant abzusetzen und sich den Schweiß vom Gesicht zu wischen. Als er hinter sich blickte, konnte er seine Fußspuren erkennen, eine gewundene Fährte zwischen den bräunlichgrünen Baumstämmen dieses erstarrten Zauberwaldes. Spuren zu machen ließ sich nicht vermeiden.

Er warf sich den Sack wieder auf die Schulter, hängte über die andere das Gewehr und schritt schneller weiter. Fußspuren! Wie, zum Teufel, hatte er sich bloß so strohdumm benehmen können – in der Nacht, als er Kat Loader erledigt hatte? Ja, davon hatte doch Harmon gesprochen, wie dieser Schankkellner behauptete. Er entsann sich wohl, daß er über die verfluchte Wurzel gestürzt war, und nun sollte Harmon gesagt haben, Tony Carr hätte vergessen, zu hinken? Oder vielmehr – er hätte vergessen, so zu hinken wie Tony Carr?

Er sah jetzt schon die Steine bei der Kultstätte zwischen den Bäumen, in einer Lichtung, die er dann breiter fand, als sie von weitem aussah. Und da lag ein Steinhaufen – eine Festung, die er bis zum Letzten verteidigen konnte.

Das Dunkel der Baumkronen über ihm lichtete sich, als er zwischen den Bäumen hervortrat; der Sonnenschein kam ihm sehr heiß vor. Einen Stein, der die Abgrenzung des Platzes bildete, stieß er heftig mit dem Fuß beiseite, durchschritt den durch Steinreihen gebildeten Gang und gelangte so zu dem Steinhaufen, dem Ende seines Fluchtweges. Es war gut, von diesen Felsbrocken umgeben zu sein und den schweren Proviantsack abzuwerfen. Und in dem Felsloch gab es kaltes, klares Wasser in Fülle.

Fred Joyce richtete sich in seiner Festung ein. Er fand eine Stelle, wo er bequem liegen und dabei den freien Platz mit den so merkwürdig angeordneten Steinen völlig überblicken konnte.

Hier war er jedenfalls den Eingeborenen überlegen. Ganz in seiner Nähe mußte ja ihre verborgene Schatzkammer liegen, mit den Zauberknochen, den Regensteinen, den männlichen und weiblichen Churingasteinen, ›Vater‹ und ›Mutter‹ genannt. Und ringsum waren auch ihre Toten bestattet, die sich – nach ihrem Glauben – alle erheben und wild vor Wut würden, wenn auf diesem Platz nur ein Tröpfchen Blut vergossen würde. Nein, die Eingeborenen würden hier nicht gegen ihn vorgehen, hier nicht! Harmon und die anderen, das war möglich, aber dann wendeten sich vielleicht die Eingeborenen gegen sie.

Nichts regte sich. Kein Blatt an den Bäumen hinter ihm bewegte sich, nicht ein einziger Vogel war da. Hier gab es auch keine Jerboaratten, keine Kaninchen und keine Ameisenbären. Die einzige Fährte eines Lebewesens, die er gesehen hatte, war seine eigene.

Es wehte auch kein Wind – eine windstille Periode. Die gab es zu dieser Jahreszeit öfter. Windstille, das war der richtige Ausdruck.

Als die Nacht kam, fiel die Lautlosigkeit noch mehr auf, weil nicht einmal mehr etwas zu erkennen war. Der Verstand, der bei Tage mit dem beschäftigt war, was das Auge wahrnimmt, versucht bei Nacht Geräusche aufzunehmen.

Anfangs war Joyce noch völlig ruhig, weil er in dieser Lautlosigkeit jede Annäherung von Menschen wahrnehmen würde. Er fühlte sich so sicher, daß er die ganze erste Nacht schlief, wenn auch mit Unterbrechungen, und als es hell wurde, aß er zum Frühstück Hackfleisch und Brot.

Er sah sich wieder in der Landschaft um, an der sich seit dem Vortage nicht das geringste verändert hatte. Außer dem Rauch seiner Zigarette bewegte sich nichts, und nur, wenn er mal heftig die Luft einzog oder ausatmete, gab es ein Geräusch.

Die steigende Sonne gab Wärme, aber er brauchte sie nicht. Er putzte sein Gewehr, doch es war noch völlig in Ordnung. Dann zählte er seinen Patronenvorrat. Wenn er jedesmal träfe, könnte er zweihundertunddrei seiner Gegner umlegen. Später begann er mit Steinchen nach einem Felsblock zu werfen und freute sich, wenn er traf, über das Geräusch. Als Stunde um Stunde verging und nichts sich regte, glaubte er fast schon, daß weder Harmon noch die Eingeborenen sich für ihn interessierten. Das wunderte ihn, später enttäuschte und schließlich ärgerte es ihn. Er war bereit gewesen, sich bis aufs Blut zu verteidigen, und nun kam kein Angreifer!

Erst am Nachmittag ließ seine Spannung nach, es trat die Reaktion ein, eine geistige Ermattung, in der er unvermittelt einschlief. Als er aufwachte, war er innerlich ruhig und aß etwas, nach einer schnellen Prüfung der Umgebung. Trinkwasser schöpfte er sich mit dem Blecheimer der Eingeborenen aus dem Felsloch.

Kein Angriff war erfolgt, und nichts deutete auf einen hin. Harmon hatte es bei hellem Tage nicht riskiert, und wahrscheinlich hatten die Eingeborenen gar nicht mehr mitmachen wollen. In der Nacht konnte es aber anders kommen, und die Nacht war nicht mehr fern. Endlich ging die Sonne unter, aber mit ihr verschwanden auch die Schatten, es blieben nur die zahllosen, einander völlig gleichen Bäume auf dem hellroten Sandboden, der in dem Halbdunkel dieselbe Farbe zu haben schien wie der Abendhimmel. Dann tauchten auch die Bäume im Dunkel unter, die weißen Steine auf dem heiligen Platz wurden noch weißer und sahen aus wie vom Sand polierte Schädel der vermutlich hier in der Nähe bestatteten Eingeborenen. Und dann waren auch die Steine nicht mehr zu sehen, nur der dunkler werdende Himmel blieb.

Die Stille, die zuerst seine Freundin war, da sie ihm die Ankunft von Gegnern melden konnte, wurde seine Feindin. Die Anstrengung des Lauschens verursachte ihm körperliche Schmerzen.

Zwischen den Felsblöcken sitzend, den Gewehrkolben so fest umklammernd, daß seine Hände sich verkrampften, hielt Joyce auch die zweite Nacht durch. Er sehnte sich nach Tageslicht, und als es kam, war alles wie zuvor – und die Maus vergaß allmählich nach der Katze auszuschauen.

Den ganzen Vormittag geschah nichts, regte sich nichts. Aus dem Wald um ihn drang kein Laut. Seine Ohren schmerzten unerträglich. Um sich Erleichterung zu verschaffen, klopfte er leicht auf den blechernen Wassereimer, nur leicht, damit nicht Harmon und seine Leute es hörten.

Im Lauf des Nachmittags mußte er einsehen, daß er nicht länger untätig zu bleiben vermochte. Sie kamen nicht, um ihn zu holen, also mußte er gehen und sie aufstöbern.

Nichts war, wie es sein sollte in diesem verdammten Wald! Er nahm sein Gewehr vom Boden auf und rannte auf die Bäume zu.

Er war das einzige lebende Wesen in einer Theaterkulisse von Bäumen, und auf einmal war er zwischen den Kulissen hindurchgelaufen und sah sich nun auf der Bühne.

Er stand da an einen Mulgabaum gelehnt und drehte sich eine Zigarette. Die grobe Borke preßte sich angenehm gegen seinen breiten Rücken, sein Gewehr hatte er neben sich an den Baum gestellt. Er zündete ein Streichholz an – das gab ein schönes Geräusch.Die Flamme war im grellen Sonnenlicht fast unsichtbar, vor seinen Augen stieg blaß der Rauch empor. Plötzlich schien sich auf dieser Bühne etwas verschoben zu haben. Er starrte gespannt nach allen Seiten, in die Luft über sich und auf die Erde unter sich – da war etwas! Aha! Am weißlichen Stamm eines jener Eukalyptusbäume nahm er eine kleine Bewegung wahr. Verflucht, hinter dem Baum stand ein Eingeborener, kaum hundert Meter von ihm entfernt.

Während er wie gebannt auf den weißen Baumstamm blickte, tastete seine Rechte an seinem Bein hinunter nach dem Gewehr. Aber die Hand stieß nur gegen den Stamm, der rauh war wie ein Reibeisen. Er mußte den Blick von dem fernen Eukalyptusbaum abwenden, um die Waffe zu finden. Er fand sie nicht.

Es war ein schwerer Schock für ihn, und jetzt, als er geduckt zu den Steinen der Kultstätte lief, war seine Umgebung auf einmal von Geräuschen erfüllt – das Geräusch seines stoßweisen Atmens und das seiner Schritte. Die verfluchten Eingeborenen hatten ihm sein Gewehr geraubt, es weggenommen, als er mit dem Rücken an dem Mulgabaum lehnte und die Waffe neben ihm stand – nur eine Handbreit von seiner Hüfte entfernt. Sie hatten gelauert, bis der Augenblick kam, wo er sich die Zigarette drehte und beide Hände dazu brauchte, dann hatte einer seine Aufmerksamkeit abgelenkt, indem er sich hinter dem Eukalyptusbaum einen Moment blicken ließ, während ein zweiter sich anschlich und die Waffe stahl.

Seine beim Weglaufen hinterlassene Fährte war bis zum nächsten Mulgabaum zu erkennen gewesen – deutliche Abdrücke nackter Füße. Er hatte den Dieb bis zu diesem Baum verfolgt, es aber dann jäh aufgegeben, um auf dem schnellsten Wege zu seiner Festung zurückzueilen. Nun besaß er keine Schußwaffe, um das Eingeborenenpack fortzuscheuchen. Aber erledigt war er noch nicht! In die schmale Öffnung zwischen den Felsblöcken wollte er sich jetzt legen und da einen Berg handlicher Steine hinpacken, um die Kerle gebührend zu empfangen, wenn sie es jemals wagen sollten, ihm zu nahe zu kommen. Mit fieberhafter Energie fing er an, Steine zu sammeln.

Mit dem Rücken an einen Felsblock gelehnt, zu beiden Seiten von Steinen geschützt, bildete Joyce sich ein, daß die Sterne am Himmel von einer dunklen Gestalt verdeckt wurden, die sich anschickte, ihm eine gewaltige Steinplatte auf den Kopf zu werfen. Er glaubte schwarze Hände zu sehen, die aus der Finsternis nach ihm griffen. Er spürte Todesgefahr und konnte sich seiner Angst nicht erwehren.

Seltsam, und doch vielleicht nicht, daß er in pechschwarzer Nacht die Nähe schwarzer Hände zu spüren vermochte. Weniger seltsam vielleicht, daß er Pupillen – kleine schwarze Kugeln, vom weißen Rund der Augäpfel umgeben – zu sehen vermeinte.

Er stieß einen gellenden Schrei aus und entfloh aus den Felsen.

Auf dem offenen Platz vor ihm, wo die Sterne ein wenig Licht spendeten, die Luft freier war und keine Felsblöcke ihn einengten, verfluchte er, bald brüllend, bald wimmernd, diese kriechenden, schleichenden, schwarzhäutigen Kreaturen, und Harmon, diesen Schurken, und den üblen Schuft von einem Schankkellner.

Und die Sterne selbst sanken herab, um ihn zu zerschmettern, die Bäume rückten näher, um ihn zu erdrücken. Langsam begruben sie ihn unter sich. Als er aus dieser Hölle auftauchte, war es Tag.

Er rannte zurück zu dem Steinhaufen. Nichts war verändert, aber die Stille war jetzt ein lebendes Wesen, das bei ihm blieb wie sein Schatten und ihm überallhin folgte. Seine Ohren schmerzten. Sein Gesicht, das alle Einwohner von Daybreak freimütig und offen genannt hatten, war durchzogen von tiefen Falten. Seine Augen, die früher einmal einem zufriedenen, warmherzigen Menschen zu gehören schienen, waren glanz- und farblos geworden.

Am dritten Tag fing er an, mit den Fingern in seinen Ohren zu stochern, in dem verzweifelten Versuch, die Trommelfelle von dem Druck zu befreien, der sie quälte und der begleitet wurde von einem schwachen, aber pausenlosen Zischen, das in seiner Phantasie immer wieder zum Atmen eines Eingeborenen wurde, der hinter ihm lauerte. Von allen Seiten engte ihn die Stille ein, und wenn er schrie, fielen seine Schreie tonlos in die Stille, die ihn umschloß.

Er zündete ein Feuer an und kochte Wasser. Das Knacken der kleinen Äste in den Flammen klang ihm wie herrliche Musik. Als er auf das Abkühlen des Tees wartete, den er aufgegossen hatte, ergriff ihn unwiderstehlich das kindische Verlangen, alle seine Patronen in das Feuer zu werfen. Hinter einen Stein geduckt, lachte er wie ein Irrer, als die Patronen explodierten. Er sah sich im Mittelpunkt einer Schlacht, heldenhaft bis zum letzten Augenblick. Brüllend forderte er die Bäume, die ihn einkreisen wollten, zum Kampf auf, weil sie nicht ein einziges Blatt bewegen wollten – was ihm bewiesen hätte, daß Leben in ihnen war und daß auch er selbst noch lebte.

Am vierten Tage floh er, alle Vorsicht vergessend, bis zur äußersten Nordecke des Waldes, von wo aus sein Blick auf das kleine Felsplateau oberhalb der Senke fiel, wo vor wenigen Wochen Inspektor Bonaparte gestanden und das Land bis nach Daybreak hin betrachtet hatte, bevor er in die Stadt ritt. Die schroffe Felswand unterhalb der Kante hatte Spalten und Risse, oben wuchsen dürres Gestrüpp und Spinifexbüschel. In einer der Felsspalten sah Joyce jetzt ein Wesen mit Augen, sah das Weiße um die schwarzen Pupillen. Einer der ausgebrannten Baumstümpfe hatte plötzlich auch Augen. Sie flackerten, verschwanden, kamen wieder.

Joyce schrie entsetzt auf und fuhr zurück in sein Versteck, doch er war längst der Illusion beraubt, er fände Schutz in ihm. – Die nächste Nacht stand Joyce mit dem Rücken an einen Baum gepreßt.

Am Morgen des fünften Tages tappte er hilflos umher auf der Suche nach dem Steinhaufen und dem Loch mit dem kühlen Wasser. Da sah er die Spuren nackter Füße. Er blieb stehen und starrte sie so lange stumpf an, bis er endlich ihre Bedeutung erkannte.

Vor dieser Fährte floh er in bisher noch nicht betretenes Gebiet und stockte doch schon nach kurzer Zeit vor einer anderen Spur. Es waren auch nackte Füße hier gelaufen. Er wandte sich um, rannte blindlings weiter, kreuz und quer, bis er überall Spuren nackter Füße sah.

Hinaus aus diesem verfluchten Wald! Er mußte hinaus, kein Mensch vermochte das zu ertragen. Und dann war er wirklich aus dem Mulgawald heraus und stolperte über höckerigen Boden zwischen Gras und Gestrüpp vorwärts. War das eine Krähe, dieses Geräusch eben? Niemals, nie wieder würde er eine Krähe schießen! Und da – da saßen Männer auf der Erde, drei Männer. Sie blickten ihm entgegen, während er sich taumelnd bemühte, sie zu erreichen. Harmon war dort, George Harmon. Und Iriti. Und zwischen ihnen hockte der Schankkellner.

»George!« stöhnte er, »George! Sag etwas! Sag etwas!«

25

Melody Sam sollte sich noch oft an den Tag erinnern, der wundervoll für alle Bewohner Daybreaks war. Unterstützt von seinem Schankkellner und Hausdiener Nat hielt er alle Gäste frei. Sein Geschäftsführer im Kaufhaus hatte Auftrag, die Kinder der Stadt mit Süßigkeiten, Limonade und Früchten zu beschenken, bis kein Stück mehr da war. Und Tony Carr mußte einen fetten Ochsen für die Eingeborenen schlachten.

Um fünf Uhr ersuchte Melody Sam sämtliche Gäste, sein Lokal zu verlassen. Bony saß um sechs Uhr mit Wachtmeister Harmon im Büro, wo der Schreibtisch bedeckt war mit vielen, von Friedensrichter Thurley schon unterzeichneten Schriftstücken.

Harmon war müde, aber in besserer Stimmung als früher. »Da wickelt sich Joyce nicht mehr 'raus«, sagte er, auf die Papiere deutend. »Ich habe seine Aussagen, die ich nur hinkritzelte, als er aus dem Walde kam, in Reinschrift übertragen, und er hat diese Niederschrift unterzeichnet. Kann mir kaum denken, Nat, daß sich schon mal ein Verbrecher so eindeutig selbst sein Urteil gesprochen hat, wie Joyce es durch die genaue Schilderung aller Vorgänge, mit Zeitangaben, die Wiederholung von Gesprächen und Benennung der Personen, die ihn als Zeugen belasten können, getan hat.«

»Wenn so kalte berechnende Menschen einmal zusammenbrechen, dann gründlich«, sagte Bony mit Betonung. »Sie meinen in ihrer Eitelkeit, fest dazustehen wie ein Haus, aber sobald ihnen die Eitelkeit vergangen ist, werden sie weich.«

»Ihre Leistung war großartig, Nat.«

»Wir haben es alle zusammen erreicht, auch Iriti und seine Leute.«

»Ja, auch Iriti. Was wird nun aus dem Mord an Mary? Wollen Sie da etwas veranlassen?«

»Ich werde Ihnen mal die Tatsachen darlegen. Es ist jetzt gerade ein Jahr her, als Janet Elder bei dem Ausflug mit Mary quer über die Kultstätte ging, während Mary einen großen Bogen darum machte.

Einen Tag später sah ein Eingeborener – Wantarri oder so ähnlich hieß er – die Fußspuren des Mädchens auf dem Platz. Ein Kerl mit schlechtem Charakter, der Mary, die von ihm nichts wissen wollte, schon vorher heimlich nachgestellt hatte. Dieser Wantarri meldete – das habe ich herausbekommen – dem Häuptling, Mary sei über den geheiligten Platz gegangen, also nicht Janet. Er wußte, daß seine falsche Aussage Marys Tod bedeuten würde.

Wantarri, ein Mann in mittleren Jahren, hatte Einfluß beim Stamm. Seine unwahre Behauptung wurde ernst genommen. Nach einigem Disput beschloß man, Mary in Daybreak durch einen Stammesangehörigen töten zu lassen. Jetzt nun hat Iriti, sobald er von mir überzeugt worden war, daß seinerzeit das weiße Mädchen, nicht aber Mary, den verbotenen Weg gegangen war, den heimtükkischen Wantarri zum Todeslauf verurteilt. Es wurde ihm knapp eine Stunde Vorsprung bewilligt, den die von Iriti entsandten Rächer erst am nächsten Tage eingeholt hatten. Sie werden also zugeben, Harmon, daß es wenig Sinn hätte, in diese Affäre noch amtlich einzugreifen. Oder sind Sie anderer Meinung?«

»Als ob ich nicht so genug zu tun hätte!« gab Harmon zurück.

»Ich habe auch schwer gearbeitet, Nat«, behauptete Esther Harmon vergnügt, als ihr Bruder und Bony sich ihr vorzüglich gekochtes Abendessen schmecken ließen. »Ich habe nämlich Melody Sam gebeten, er möchte Tony eine Stellung verschaffen, und er sagte: ›Gut, ich nehme ihn als Schankkellner.‹ Worauf ich erklärte, das ginge nicht, ich möchte Tony nicht in einem Gasthaus wissen, weder in seinem noch in einem anderen.«

Esthers dunkle Augen hatten ein ganz neues Leben bekommen, so glücklich war sie. »Schließlich erklärte er sich bereit, einem Vorschlag von mir zuzustimmen. Er wird nämlich sich selbst und sein Hotel von seiner Enkelin, also Mrs. Joyce, betreuen lassen, während Tony Carr den Fleischerladen bekommen soll, an dem Tag, an dem er Joy Elder heiratet.«

»Das ist fein, Esther. Sie gestatten mir gewiß, daß ich Sie Esther nenne, nach allem, was wir zusammen erlebt haben? – Und was haben Sie für George arrangiert?«

»Oh, der bleibt ja in Daybreak, nicht wahr, George?«

»Na, das ist noch gar nicht so sicher«, brummte Harmon.

»O doch, das ist es. Wie oft hast du mir schon gesagt, daß du nie von hier fortgehen möchtest, weil sonst kein Mensch in Daybreak die Kinder ordentlich erzieht!«

Über die Kuppe von Bulow's Range strich der Ostwind herab, und nach den vielen windstillen Tagen war sein Spiel in den Laubkronen der Pfefferbäume ein angenehmes Geräusch.

Miss Jenks gratulierte Bony zu seinem Erfolg und bedauerte noch nachträglich, ihn bei seinem ersten Besuch in der Klinik so schroff behandelt zu haben.

Am schwersten wurde die Trennung von Melody Sam, der seinen ehemaligen Hausdiener beschwor, bei ihm im Hotel zu bleiben. Und jetzt erfuhr Bony, nachdem er sein Bündel gepackt und dem Wachtmeister das Zaumzeug zurückgegeben hatte, daß Sam im Keller unter der Kneipe hockte. Die Falltür war verriegelt.

Sam spielte Geige. Bony blieb oben lauschend stehen.

Die Musik verstummte, und unter den Planken der Kellertür ertönte es: »Oh, komm in meine Arme . . .«

»Kommen Sie lieber 'rauf, Sam!« rief Bony.

Nach einer Pause dröhnte es herauf: »Gehen Sie nur, Nat, zurück in die Großstadt. Ich hatte Ihnen eine Dauerstellung geben wollen, hatte mich sogar entschlossen, Ihnen die verflixte Kneipe hier zu überschreiben. Und Sie haben es abgelehnt. Gehen Sie Ihres Weges.«

»Nicht, ehe Sie nach oben gekommen sind und mir Lebewohl gesagt haben, Sam.«

»Wenn Sie nicht gleich abhauen, sprenge ich Sie mitsamt dem Lokal und dem ganzen Kram in die Luft!«

»Können Sie gar nicht, Sam.«

»Und ob! Eine Kiste Dynamit habe ich hier, Sprengkapsel und Zündschnur ebenfalls. Brauche bloß ein Streichholz dranzuhalten.«

»Diesmal, Sam, habe ich Sie 'reingelegt«, erklärte Bony. »Ich habe das ganze Dynamit 'rausgenommen und Abfälle in die Kiste getan. Sehen Sie ruhig mal nach.«

Er vernahm unten lebhafte Bewegung, dann knarrten die Stufen der Kellertreppe, und die Klappe flog mit Schwung auf. Vor ihm stand Melody Sam, kerzengerade und fest, ein Mann wie ein Baum.

Langsam kam er, die knorrigen Hände ausstreckend, auf Bony zu. Sein weißes Haar war zerwühlt, der Schnurrbart zu lang. Und es war nicht Whisky, der seinen Blick so unnatürlich strahlend machte.

»Leben Sie wohl, Nat. Ich bin ein wenig müde«, sagte er. »Scheine alt zu werden. Kann doch nicht mehr soviel vertragen wie früher, es hat auch nicht mehr denselben Reiz. Meine letzte Tour war damals, als Sie gerade ankamen. Nun ist Kat nicht mehr hier, und Sie wollen fort. Leben Sie wohl, Nat, alles Gute!« Seine Stimme wurde zum Flüstern. »Raus jetzt aus meinem Lokal, Nat! Ich will Sie nie mehr sehen!«